Der Schatten von Whitechapel

EIN JACK-THE-RIPPER-THRILLER

Für Michèle, Jenny und Sven

SOLLTE DEIN WEG DICH EINMAL IN KÜHLEN HERBSTNÄCHTEN NACH LONDON FÜHREN, VERIRRE DICH NICHT IN DEN NEBLIGEN GASSEN VON WHITECHAPEL, DENN JACK THE RIPPER LEBT!

UND WIE.

Danksagung

Als Erstes möchte ich mich bei folgenden Personen ganz herzlich bedanken:

bei *Shirley Harrison* und *James Hodgkinson*, denn ohne ihre Genehmigung für die Benutzung der Zitate aus: *Shirley Harrison, Das Tagebuch von Jack the Ripper* hätte dieser Roman in der vorliegenden Form nie veröffentlicht werden können;

bei *Wilfried Schotten* und *Joe Blitgen*, für ihre unermüdliche Lektorats- und Korrekturleistung. Gab es neben Satzzeichen und Schreibfehlern noch so manche holprige Stelle zu glätten und unverständliche Sätze zu verändern, konnte ich immer auf sie zurückgreifen – durch sie hat dieser Roman erst den richtigen Schliff bekommen.

Prolog

Wenn ich heute an die Ereignisse zurückdenke, die erst wenige Monate hinter mir liegen, dann steigt als eines der Bilder, die sich in meine Erinnerungen eingebrannt haben, immer wieder das Antlitz von Mary Jane Kelly auf. Sie mag wohl die geheimnisvollste und bezauberndste von ihnen gewesen sein. Jedenfalls war sie die Jüngste. Alle waren sie dem Tod geweiht, es musste so kommen. Sie hätten noch lange leben können, wenn es mich nicht gegeben hätte. Aber wären sie, hätte ich sie nicht ermordet, auch nur annähernd so unvergesslich geworden? Ich sehe Mary vor mir, in ihrem kleinen Zimmer, wie sie versuchte sich zu wehren. Ihren zarten Mund, die wild rollenden, blutunterlaufenen Augen. Sie wehrte sich nicht lange, und als ich mein Werk vollendet hatte, war sie eine Frucht, aus der sämtlicher Saft entronnen war. Das war nur wenige Monate vor meinem Tod, bevor man mich auf diesem Friedhof beisetzte.

Aber ich ließ mehr zurück als meine Frau und fünf gefüllte Gräber. Meine Frau, die wegen des Mordes an mir verurteilt werden wird, hatte in Wahrheit nichts damit zu tun; aber sie wird leiden müssen, so wie ich unter ihren Demütigungen zu leiden hatte.

Nun liege ich hier in meinem kalten, modrigen Grab und die Würmer nagen bereits an meinem faulenden Fleisch. Mit mir begruben sie meine Träume. Träume von Reichtum, Glück und Macht. Eine Macht von menschlicher Größe und Ruhm. So wird wohl jeder von uns etwas zurücklassen, wenn er durch die Tore der Zeit schreitet. Ich ließ meinen Namen zurück, einen Namen, der zur Legende wurde und den man bis in alle Ewigkeit nicht vergessen wird. Ich nannte mich

Jack the Ripper

1. KAPITEL

London 1988

Rick Maybrick war einer der beliebtesten Professoren der London University, nicht nur, weil er sein Fach bis ins kleinste Detail beherrschte, sondern vorwiegend deshalb, weil er sich weigerte, Seminare vor zehn Uhr morgens zu beginnen. Niemand wusste, weshalb er seinen Unterricht erst so spät anzusetzen pflegte, aber alle hatten eine Meinung dazu. Egal, welcher Ansicht sie waren, ob er die ersten Morgenstunden zum Schlafen brauchte oder ob sie dazu dienten, sich vom Rausch des vorangegangenen Abends zu erholen, alles war Ansichtssache. Den tatsächlichen Grund aber kannte niemand. Alkoholische Getränke fasste er nie an. Darin war er anders als die meisten seiner Kollegen. Und doch hatte er an diesem Morgen eine schlimme Migräne.

Der Anlass für seine Beliebtheit beruhte nicht allein auf der Tatsache, dass er erst spät am Morgen seinen Unterricht abzuhalten pflegte. Er war auch beliebt, weil er sich bei allem, was er tat, Zeit ließ, und eben die ließ er auch seinen Studenten. Die anderen Professoren verachteten ihn nicht, sie missbilligten lediglich seine Art, und insgeheim wünschte sich jeder von ihnen, einmal so beliebt zu werden wie er. Rick Maybrick besaß als einziger Professor der Universität das Privileg, seine Studenten selber auswählen zu dürfen. Fünfzig Teilnehmer waren oberste Grenze. Das war seine Regel, und die hatte er bisher nie überschritten. Zu viele Studenten bedeuteten ein zu hohes Defizit an Aufmerksamkeit, und das konnte er sich nicht erlauben!

Maybrick war fünfzig, aber mit seinen stechenden Augen, seiner jugendlichen Art und wie er sich kleidete, hätte er ebenso gut erst vierzig sein können. Sein heutiges Aussehen ließ allerdings eine andere Vermutung zu; mit seiner Kleidung und seinem Viertagebart hätte er vielmehr in ein früheres Jahrhundert gepasst. Sein Alter war ihm gleichgültig, jede Lebensphase hatte ihre Besonderheiten, genauso wie die Jahreszeiten. Von allen Jahreszeiten mochte er die

Winterzeit am liebsten. Dann ließ er sich einen Vollbart wachsen und rasierte sich erst wieder, wenn der Frühling kam.

Bei ihm war es die kalte Winterzeit, die ihn auf ihre frostige Art verzaubern konnte! Die meisten verabscheuten es, wenn der Schnee seinen weißen Mantel über die Stadt legte, die Straßen unbefahrbar machte und eine Eisschicht die Bürgersteige in eine Schlittschuhpiste verwandelte. Wie oft saß er dann auf seinem Bett, sah durchs Fenster dem Schneetreiben zu und dachte, wie nett es doch wäre, endlich wieder wie früher Weihnachten zu feiern.

Vor einigen Jahren hatte es eine Zeit gegeben, da war die Festlichkeitsstimmung nicht mehr so richtig aufgekommen, aber den Winter hatte er immer gemocht. Der bloße Gedanke an Schnee und Weihnachten hatte etwas Idyllisches. Allein dem Spiel der Schneeflocken im Lichtkreis der Straßenbeleuchtung zu folgen, rief Erinnerungen wach. Uralte Erinnerungen an Zeiten, da Schnee für niemanden eine lästige Angelegenheit bedeutete, sondern das Zeichen für fröhliche Schlittenfahrten und Spaziergänge im Park. Maybrick erinnerte sich gerne an seine Kindheit; wenn Weihnachten kam und der erste Schnee fiel, zog helles Schlittengeläute durch die ganze Stadt und farbige Lichterketten schmückten die Parkeingänge und Wege. Wie lange war das schon her!? Seit damals schien eine Ewigkeit vergangen. Der große Wirrwarr der Gefühle, das Vergnügen, die fallenden Schneeflocken in den Haaren und auf dem Gesicht zu spüren, war irgendwann beinahe verloren gegangen. Eines Tages aber hatte er den Weg zurück gefunden. Seitdem ließ er Jahr für Jahr die alten Erinnerungen wieder aufleben. Bevor der nächste Winter kommen sollte, würden noch Monate vergehen. Monate, in denen dichter Nebel durch die Gassen zog und kalter Regen den Schmutz der Straßen aufpeitschte. Das Karussell des Lebens drehte sich unaufhaltsam wie die Zeiger seiner Uhr. Mit den Jahreszeiten änderte Maybrick auch sein Aussehen und seine Kleidung.

An manchen Tagen kam er gekleidet, als lebte er im neunzehnten Jahrhundert, mit dunklem Mantel und einem harten Filzhut mit breitem Rand. Aus seiner Westentasche hing eine goldene Kette, mit der er während des Unterrichts oftmals eine Uhr hervorzog, die, wie er behauptete, einst seinem Urgroßvater gehört hatte. Obwohl sein Auftreten in ungewöhnlichem Gegensatz zu anderen Tagen stand, konnte er mit seiner Behauptung Recht haben, denn der Feinheitsstempel auf der Innenseite des Uhrdeckels trug das Datum von 1846. Er schaffte es mit seiner Brillanz und Beharrlichkeit, sein Fach, die kriminalistische Geschichte Großbritanniens, immer interessanter zu gestalten. Das brachte an der London University sonst niemand fertig, und so drängten sich die Studenten an Rick Maybricks Seminaren nach zehn Uhr, an fünf Vormittagen in der Woche.

Heute sollten es fünfzig sein, die in fünf ansteigenden Reihen saßen und miteinander flüsterten, während er ungeniert auf seinem Pult saß und seinen Stoppelbart kraulte. Es war drei Minuten vor zehn und die Plätze waren bis auf einen restlos belegt.

„Immer noch zu früh", bemerkte er scharfsinnig.

Wahrscheinlich wollte er warten, bis auch der letzte Sitz besetzt war, denn seine Augen blickten gelangweilt zu dem leeren Platz. Maybrick ließ den Blick langsam durch den Raum schweifen und wartete. Das Flüstern hatte sich gelegt und im Raum breitete sich Totenstille aus.

Dann klickte der Türknopf. Die Tür schwang auf und eine attraktive junge Frau in schwarzen Jeans und roter Bluse schmiegte sich an der Wand entlang zur dritten Reihe, wo sie sich geschickt zwischen den Studenten hindurchschlängelte, bis sie den freien Platz erreicht hatte und sich setzte. Wie eine sanfte Wolke breitete sich der Duft ihres Parfums in den hinteren Reihen aus und erweckte in so manchem abenteuerliche Gedanken. Sie war erst 20 und das dunkelrote Haar reichte ihr in welligen Strähnen gerade bis zu den Schultern. Mit ihrer prachtvollen Figur und der Art, wie sie sich kleidete, gehörte sie einfach zu den kleinen, charmant aussehenden Mädchen, in die sich jeder junge Mann mindestens einmal während des Studiums verliebte. Aber sie war keine von denen, die gleich zur Schau stellen, was sie besitzen. Obwohl sie bereits seit drei harten Studienjahren die London University besuchte, hatte es bisher noch keiner geschafft, mit ihr auszugehen. Der Mann, der neben ihr saß, lächelte sie an; sie lächelte kurz zurück, und viele aus den anderen Reihen, die ihre Köpfe nach ihr umdrehten, hätten gerne ihre Plätze mit ihm getauscht.

Maybrick ignorierte ihr Eintreten; wenigstens sah es so aus, denn er kraulte weiter gelangweilt seinen Bart. Jeder, der ihn nicht kannte, hätte annehmen können, er empfände nichts gegenüber dem weiblichen Geschlecht. Obwohl er es nicht zeigte, fühlte er sich stärker zu ihr hingezogen als zu allen anderen Frauen, die er kannte. Viele seiner Studenten hätten gerne die Nacht mit ihr verbracht, Maybrick hätte sein Leben für sie gegeben. Doch das sollte sein Geheimnis bleiben. Mit ihrem Aussehen und ihrer Figur erinnerte sie ihn an Mary Jane Kelly, die nach alten Bildern fast genauso ausgesehen haben musste. Doch das war vor langer Zeit gewesen, vor sehr langer Zeit, damals im Herbst des Jahres 1888, den sie nicht überleben sollte.

Es war bereits das dritte Jahr, dass diese junge Dame, die Mary Jane Kelly zum Verwechseln ähnlich sah, an Maybricks Unterricht teilnahm. Damit stand sie nicht allein, denn seit Rick die Seminare abhielt, hatte die Zahl der Studenten sich mehr als verdreifacht. Das hatte bisher an der Universität noch keiner geschafft.

Mit flüchtigem Gruß wandte er sich seinen Studenten zu und begann umherzuwandern. Es war absolut nicht seine Art, ein Seminar mit einer Begrüßung zu beginnen, und jeder der hier Anwesenden wusste das. Augenblicklich herrschte Stille im Saal.

„Hat jemand meine Abhandlung über Jack the Ripper gelesen?", fuhr er fort, als die Zeiger der Uhr genau auf zehn wiesen. Alle beobachteten ihn verwundert und senkten die Köpfe. Maybrick schaute sich um. Die Legende von Jack dem Schlitzer war einer von mehreren bedeutenden Fällen, die Maybrick eine Woche zuvor beiläufig erwähnt hatte; aber mit keinem Wort hatte er verlauten lassen, dass er von diesem Thema eine Abhandlung verfasst hatte. Niemand meldete sich. Maybrick ließ seinen Blick langsam durch die Reihen schweifen und wartete darauf, eine hochgereckte Hand zu erblicken. Es war zu riskant, wenn man nicht genügend über ein Thema wusste, die Hand auszustrecken, denn dies konnte eine Stunde pausenlosen Aushorchens auslösen.

Keiner schien seine wissenschaftliche Arbeit gelesen zu haben. Maybrick hatte es gleich gewusst, und doch wollte er seine Annahme bestätigt sehen. Dass er seine Seminare mit solcherart Fragen eröffnete, dafür war er berühmt. Dabei konnte das diesjährige Abschlussexamen beinahe hundert solcher Kriminalfälle umfassen, und wenn er dann ebenso vorgehen würde, würde das Examen zum bösesten Albtraum werden. Normalerweise war er ein netter Kerl und ein großzügiger Beurteiler, und wer beim Examen durchfiel, musste ein unbelehrbarer Blödmann sein. Aber heute schien er recht unfreundlich und seine stechenden Augen wanderten immer noch durch den ganzen Saal. Alle Köpfe blieben gesenkt. Jede noch so geringe Bewegung, und sei es nur ein Augenzwinkern, konnte seine Aufmerksamkeit erregen. Irgendwer würde daran glauben müssen, das stand fest. Dann blieben Maybricks Augen in der dritten Reihe hängen. Die Zeit für sein Opfer war gekommen.

„Was ist mit Ihnen, Mr Goodman?", fragte er den Mann, der eben noch lüstern der Rothaarigen nachgestarrt hatte. „Haben Sie meine Abhandlung gelesen?"

„Nein, Sir", hallte es verängstigt aus der dritten Reihe.

„Ach ja. Liegt das vielleicht daran, dass Sie beim letzten Mal nicht aufgepasst haben?"

„Nein, Sir. So ist es nicht gewesen!"

„Woran dann?"

„Ich wusste nicht, dass Sie eine Abhandlung verfasst haben."

Maybrick funkelte ihn an. Seine stechenden Augen und die altertümliche Kleidung ließen den dunklen Blick noch drohender wirken.

„Und warum nicht? Wir hatten doch letztes Mal ausgiebig darüber gesprochen. Sie haben wieder mal nicht aufgepasst, nicht wahr? Das war dumm von Ihnen, Mr Goodman! Ausgesprochen dumm!"

„Es muss mir irgendwie entgangen sein."

Maybrick nahm es erstaunlich gelassen.

„Das überrascht mich nicht. Ich habe den Ripper-Fall letzte Woche nur flüchtig erwähnt. Um genau zu sein, letzten Montag. Das ist jetzt genau eine Woche her, und ich muss gestehen, dass mein Beitrag noch nicht einmal erschienen ist."

Hörbare Erleichterung ging aus den Reihen hervor und Goodman erinnerte sich, dass Maybrick den Ripper im gleichen Atemzug mit John Christie und Dr. Crippen erwähnt hatte.

Maybrick ging langsam um sein Pult herum und musterte die Studenten. Alle Augen waren jetzt auf ihn gerichtet, während er gelassen herumwanderte, den Blick auf den Boden gerichtet. Er legte großen Wert auf Diskussionen solcher Art, denn für ihn stand fest: Nur so würden sie die Fälle während ihrer gesamten Laufbahn nicht wieder vergessen.

„Nur damit alle informiert sind: Der Fall Jack the Ripper wird im Abschlussexamen vorkommen."

Das war wieder charakteristisch für Maybrick. Er hatte nur des Spaßes halber gefragt und alle waren wie die Kinder ängstlich in ihre Stühle gerutscht. Die Spannung hatte sich gelöst.

„Vielen Dank, Mr Goodman, für Ihr Interesse an einem der berühmtesten Kriminalfälle der englischen Geschichte."

Es folgte ein flüchtiges Lachen aus den oberen Reihen, ausgestoßen von Studenten, die sich zum Lachen verpflichtet fühlten und gleichzeitig die Aufmerksamkeit auf sich lenken wollten. Maybrick aber lächelte nicht.

„Damit stehen Sie nicht allein, Mr Goodman. Sie hatten lediglich das Pech, dass ich Sie als Ersten gefragt habe." Maybrick musterte seine Studenten eingehend, dann lächelte er.

„Nun möchte ich Ihr kriminalistisches Niveau ein bisschen anheben. Ich werde dort beginnen, wo ich glaube, dass alles seinen eigentlichen Anfang nahm. Später werden wir uns mit jedem einzelnen dieser Morde beschäftigen.

Sie können alle Orte besichtigen, die in irgendeiner Weise mit Jack the Ripper in Verbindung stehen, und Sie werden feststellen, dass das East End von 1888 langsam, aber sicher verschwindet. Seit der Ripper dort gewütet hat, ist vieles anders geworden. Als Erstes wurden Straßennamen umbenannt: Bucks Row, wo Mary Ann Nichols ermordet wurde, heißt heute Dunward Street, und Millers Court, Schauplatz seines letzten und grausamsten Verbrechens, gibt es heute gar nicht mehr. Dort, wo einst das Haus der 25-jährigen Mary Jane Kelly stand, sind heute Lagerhäuser, und die Gebäude gegenüber mussten einem Parkhaus weichen. Millers Court war ein enger Durchgang an der Nordseite der heruntergekommenen Dorset Street, der heutigen Duval Street. Aber nicht nur Straßennamen wurden umgeändert. Häuserreihen wie die der Hanbury Street oder ganze Blocks, die einst den Bomben zum Opfer fielen, existieren heute auch nicht mehr. Anstelle der kleinen, verwahrlosten Häuser stehen heute modernere Bauten, Gebäude, die eigentlich gar nicht in diese Gegend passen.

Es gibt nicht viele Verbrecher, die eine so hohe Aufmerksamkeit auf sich gezogen haben wie Jack the Ripper. In neuester Zeit änderte man meines Wissens nur noch einmal einen Straßennamen. Im Fall

John Christie. Er mordete bei sich zu Hause in Rillington Place Nummer 10 in Notting Hill. Nach den grauenvollen Morden wurde Rillington Place in Ruston Close umbenannt. Das Christie-Haus steht heute immer noch im hintersten Teil dieser heruntergekommenen Gasse. Es ist das letzte Haus zur Linken und sieht noch schäbiger aus als zu den Zeiten, als Christie es bewohnte. Der Putz und die Farbe sind längst abgebröckelt und der Zug verlässt London immer noch mit seinen tosenden Geräuschen hinter der hohen Grenzmauer. Das Christie-Haus liegt nach wie vor im Schatten der hohen Fabrikkamine, mit dem einzigen Unterschied, dass die Fabrik stillgelegt wurde. Irgendwann, es wird sicher nicht mehr lange dauern, wird auch dieses Haus moderneren Bauten weichen, und das Letzte, was noch an ihn erinnern wird, ist das Wissen um die grausamen Morde. Der Ripper aber hält nach wie vor alle Rekorde! Das, was ich Ihnen zu erzählen habe, können Sie übrigens auch meiner Abhandlung entnehmen, sollten Sie später einmal eines dieser vorerst noch seltenen Exemplare erstehen", warb er und wedelte mit einer Ansammlung loser Blätter durch die Luft. „Das soll Sie aber nicht daran hindern, mir für die folgenden zwei Stunden Ihre Aufmerksamkeit zu schenken. Fangen wir also damit an, was Ihnen über die Vorgeschichte des Schlitzers vertraut sein sollte.

Wie Sie alle wissen, war das East End lange Zeit bedeutendster Ort unvorstellbarer Verbrechen. Von den vielen Millionen Menschen, die in London lebten, hauste ein Großteil im unübersehbaren Gassengewirr von Whitechapel. Ein Wirrwarr an Straßen, Gerüchen und Abfällen. Das Blut aus den Schlachthöfen mischte sich unter menschliche und tierische Exkremente, die durch die Gassen flossen. Das East End stank wie eine Kloake. In diesem Elend vegetierten Menschen in modrigen Räumen dahin. Whitechapel war reich an überfüllten Armenhäusern, in denen jährlich Tausende ihr Leben beendeten. Obdachlose, die kein Geld für ein Bett hatten, schliefen im Urin auf den Straßen oder unter Brücken am Fluss und verströmten ihrerseits einen ebenso grässlichen Gestank wie der ganze Rest des Viertels.

Die unzähligen, überwiegend ausländischen Bewohner wurden für ihre Armut gleichermaßen wie für unzählige Mordtaten verantwortlich gemacht.

Zehn Jahre, bevor Jack the Ripper durch die Straßen Whitechapels zog, zählte die Kriminalabteilung der Themse-Metropole zum Criminal Investigation Department. Zu Beginn war diese Abteilung für Verbrechensbekämpfung in der Nähe von Charing Cross untergebracht. Mit der Zeit aber wurden die Räumlichkeiten zu klein und die Polizei suchte nach einem größeren Gebäude. Im gleichen Jahr sollte am Embankment ein Opernhaus erbaut werden, aber nachdem das Grundstück gekauft und der Grundstein gelegt worden war, ging dem Erbauer das Geld aus. Das Grundstück wurde von der Regierung gekauft, die palastartigen Ausstattungen durch Portlandsteine ersetzt und es entstand der Bau, wie wir ihn heute kennen. Ein Gebäude, gelegen am Themse-Ufer, mit großen runden Türmen an jeder Ecke, in dem Scotland Yard seinen neuen Sitz finden sollte. Viele junge Männer hofften dort als Beamte in der Kriminalabteilung von Scotland Yard Karriere zu machen. Im Anfangsstadium wurden sie lediglich mit der Untersuchung von kleinen, ärgerlichen Einbruchsdiebstählen beauftragt. Einige Beamte gelangten auf der Karriereleiter nach oben, andere versagten und blieben ihr Leben lang kleine Mitläufer.

An der Spitze der Londoner Polizei stand Sir Charles Warren. Königin Victoria hätte keine unheilvollere Wahl für diesen Posten treffen können, als sie sich für den ehemaligen General entschied. Warren war ein gutaussehender, stattlicher Mann mit dichtem Schnurrbart und kurz geschnittenem, schwarzem Haar. Ob er außer seiner auffallenden Figur noch andere Vorzüge besaß, weiß Gott allein. Wie in der Armee, herrschte er auf seinem neuen Posten mit militärischer Strenge. Mit seiner Ernennung zum Commissioner der Metropolitan Police hat das ganze Übel erst richtig begonnen. Die Folgen waren harte Schicksalsschläge, unter ihnen auch jene, die als die Morde Jack the Rippers in die Annalen eingehen sollten. 1886 war ein Jahr großer Unruhen, die Forderungen der Arbeitslosen jedoch wurden nicht zur Kenntnis genommen. Königin Victoria glaubte, dass nur Warren das Vertrauen des Volkes wiederherstellen könnte, und der Commissioner erhielt den Auftrag, die Demonstrationen schnellstmöglich zu beenden. Während der ganzen Zeit, bis zum eiskalten Winter des darauffolgenden Jahres, ließ er seine Polizisten der rebellierenden Menschenmenge, die sich auf dem Trafalgar

Square und in den umliegenden Straßen einfand, gegenübertreten. Sie wollten nur auf ihre bittere Not aufmerksam machen. Wie wildes Vieh ließ Warren sie auseinandertreiben. Am 13. November 1887 versammelten sie sich erneut, kamen in noch größeren Scharen aus allen Teilen der Themsestadt auf den Trafalgar Square zu einer weiteren Demonstration. Königin Victoria war entrüstet über das Fußvolk, das sich so sehr gegen die Regierung auflehnte. Um seine Macht zu beweisen, stellte Warren seine Polizisten wie Soldaten gegen die Menschenmenge. Viele Demonstranten wurden schwer verletzt ins Krankenhaus gebracht und erlagen ihren Wunden. Sein brutales Durchgreifen hatte ihm beim Yard einiges Ansehen verschafft, doch die Bevölkerung hatte ihr Vertrauen in die Regierung gänzlich verloren. Überall wollte Warren seinen Willen durchsetzen, denn nach diesem Tag, der als Blutsonntag in die Geschichte einging, fühlte er sich als unfehlbarer Herrscher der Nation. Seit jenem Sonntag lebte er in ständigem Streit sowohl mit dem Leiter des Criminal Investigation Department, James Monro, als auch mit dem Innenministerium und der gesamten Bevölkerung von London. Sir Charles Warren hatte es geschafft, das Vertrauen des Volkes, das es in langen Jahren mühsam zum Yard aufgebaut hatte, in nur zwei Jahren zu zerstören. Seine Leitung als Chef der Metropolitan Police brachte unglückliche Folgen mit sich; ein Rattenschwanz, der vom Volk bis auf die ihm unterstehende Polizei reichte. Die Zusammenstöße mit den Arbeitslosen hatten die Öffentlichkeit verängstigt. Die Polizisten waren erschöpft und gründlich demoralisiert.

Möglicherweise hätte Jack the Ripper gefasst werden können, wäre Hauptkommissar James Monro - der Einzige, der neben Inspektor Frederick Abberline dazu in der Lage gewesen wäre - nicht nach einer Reihe von Auseinandersetzungen mit Sir Charles Warren und dem Innenministerium am 31. August 1888 von seinem Posten zurückgetreten. Von August bis November herrschten große Streitigkeiten zwischen Innenministerium und Polizeiabteilung, Differenzen, die sich zweifellos abschlägig auf den Fall Jack the Ripper auswirkten. Nach dem Rückzug von James Monro blieb nur noch Inspektor Abberline, der im Stande gewesen wäre, den Ripper zu fassen; aber das Innenministerium und Sir Charles Warren ließen ihm nicht den nötigen Freiraum, sein Können gegen ein so diabolisches

Gehirn wie Jack the Ripper unter Beweis zu stellen. Warren war ein Angeber auf höchstem Niveau, unterstützt von Ihrer Hoheit, Queen Victoria, und wollte sich überall gnadenlos durchsetzen. Er war so sehr von sich überzeugt, dass er kein Fettnäpfchen ausließ. Letztendlich war es Jack the Ripper, der ihn von seinem hohen Ross herunterholte. Der Ripper begann seinen Streifzug unter Warrens Herrschaft, mordete weiter und ließ ihn nicht einmal annähernd an sich heran. Am Tag vor dem Mord an Mary Jane Kelly kündigte Sir Charles Warren seinen Posten als Commissioner, zu einem für den Ripper idealen Zeitpunkt. Monro übernahm seine Stelle.

Marys Leichnam wurde in einen Schuppen auf der Old Montague Street, gleich hinter dem Armenhaus, gebracht. Es war ein wahrlich widerliches und dunkles Loch, das in Schmutz und üble Gerüche gehüllt war. Die Chirurgen, die hier Obduktionen vorzunehmen hatten, waren gezwungen, ihre kniffligen Aufgaben mit überaus mangelhaften Mitteln durchzuführen."

Maybrick machte eine kurze Verschnaufpause, hob seinen Kopf und richtete im gleichen Augenblick, als in der hintersten Reihe Bryan Smith seine Hand ausstreckte, die Augen seinen Studenten zu.

„Ja, Smith?"

„Ihre Geschichte hört sich an, als wären Sie dabei gewesen!"

„Tut mir leid, wenn ich Sie enttäuschen muss, aber der einzige Weg dorthin wäre für mich mit H. G. Wells' Zeitmaschine gewesen, und die gibt es, soviel ich weiß, nur im Roman. Außerdem würde ich äußerst ungern die dunklen Pfade der Vergangenheit betreten, jedenfalls soweit sie Jack the Ripper betreffen. Kaum zu glauben, dass ein Mensch dazu imstande war, ein solches Chaos anzurichten."

Als der Professor ihn anfunkelte, senkte Bryan den Kopf und fragte sich, weshalb er diese Bemerkung überhaupt gemacht hatte.

Maybrick wandte seinen Blick ab und begann wieder umherzuwandern. Sein Kopf schmerzte und die Stiche nahmen zu. Es war in der Tat eine schlimme Migräne, aber der Unterricht musste weitergehen.

2. KAPITEL

Wales, Großbritannien 1988

Am Freitag nach dem Begräbnis seines Freundes Jonathan Peltzer lenkte Maybrick seinen Wagen zum südlichsten Zipfel von Wales. Dort schlängelt sich eine schmale Landstraße die gewundene Küstenlinie entlang, von Cardiff nach Liverpool. Unweit des Dorfes Pembroke zweigt eine kaum befahrene Nebenstraße von der Küstenstraße ab und führt nach und nach, beinahe wie zufällig, ins Landesinnere, wobei die Straße zwischen den Bergen, den Wäldern und dem Meer verläuft. Nahe Carmarthen stößt man auf eine weitere Abzweigung. Einer dieser Wege führt im Schatten der Gebirgszüge an hochmittelalterlichen Schlossruinen vorbei, als wollte er den Besucher in frühnormannische Zeiten zurückversetzen, geradewegs zum Carew Castle.

Von dort führt der Weg parallel zur Küste weiter, hoch oben über eine Gebirgskette, mit faszinierendem Ausblick über den Atlantischen Ozean, dann südlich durch die stillen Täler nach Milford Haven, einem Landstädtchen mit einem der größten Naturhäfen der Welt. Milford Haven, einst Wohnsitz Lady Hamiltons, deren Liebesromanze mit Lord Nelson nur allzu bekannt war, hatte sich mit den Jahren zum beliebtesten Ferienort der Südküste entwickelt.

Maybrick liebte es, über diesen Weg nach Liverpool zu gelangen, und noch mehr liebte er es, wenn er an den langen Wintertagen diese Strecke zurückzulegen hatte. An solchen Tagen war das Hügelland kalt und rau, heftige Stürme jagten darüber hinweg, und wenn der Sturm nicht wochenlang ununterbrochen Regen vor sich her peitschte, dann jagte er die Schneeflocken. Wenn der Frühling zeitig begann, oder zur Sommersonnenwende, wurden die Gebirgszüge in fließend roten Sonnenschein gebadet. Doch heute war das Wetter ruhig und vom Meer her kroch undurchdringlicher Nebel übers Land. Wie Watte schien er über dem Meer zu hängen, wo er sich nach und nach in immer größer werdenden Mengen zum Festland hin bewegte, um die Heidelandschaften und Gebirgszüge tagelang in feuchte Kälte und geheimnisvolle, tiefe Stille zu hüllen.

Wie oft schon hatte Maybrick diesen Weg zurückgelegt, und jedes Mal hatte sich ihm das Küstenland von einer anderen Seite gezeigt.

Maybrick erinnerte sich an seine Kinderzeit, die er hier mit seinen Eltern verbracht hatte. Damals lebten sie dort unten im Tal, zwischen Milford Haven und Haverfordwest. Irgendwo dazwischen zweigt ein breiter Weg von der Hauptstraße ab, der sich zu den Feldern hin stark verengt, über eine Flussbrücke führt und schließlich zu einem fast holprigen Fußpfad wird. Am Ende dieses Pfades, nahe dem Hügelhang, bewohnten sie vor langer Zeit ein kleines Häuschen, von dem behauptet wurde, dass die Grundmauern noch aus der Tudor-Zeit stammten. Aus den Bergen kommend, plätscherte ein Bach am Fuße der Scheune vorüber, zog unter der kleinen Brücke durch, um wenig weiter in den Ozean zu münden. Das Haus sah wirklich sehr alt aus, doch hatte es ihnen nur für kurze Zeit als Wohnhaus gedient; denn wenige Jahre, nachdem sie aus Liverpool kommend dort eingezogen waren, kamen seine Eltern bei einem Autounfall ums Leben. Seitdem lebte er zusammen mit seiner Tante Irma in London, bis auch sie vor sechs Jahren verstarb und ihm neben allen Erinnerungen ihr Herrenhaus in London hinterlassen hatte.

Einmal, zur Weihnachtszeit, als Rick Maybrick noch ein kleiner Junge war, saß er mit seinen Eltern im Wohnzimmer. Es war schon spät und draußen glitzerte der frisch gefallene Schnee im silbrigen Mondlicht. Die Stille der Nacht erfüllte das Haus. Nichts war zu hören, außer dem schwachen Knistern des Feuers. Drei Lehnsessel standen dicht vor den Kamin gerückt. Sein Vater, Charles Maybrick, etwa dreißig Jahre alt, hatte sich zurückgelehnt und die Beine zum Feuer hin ausgestreckt. Einer seiner Arme lag über der Armstütze des Sessels, in der Hand hielt er ein großes Stück vergilbtes Papier. Sein fein geschnittenes Profil hob sich klar vom knisternden Feuer ab. Er war glatt rasiert, hatte den Kopf erhoben und starrte geradewegs in die Flammenzungen. Daneben saß Ricks Mutter, wie eine königliche Dame, mit schmalen Lippen und dunklen, kühl leuchtenden Augen.

An solchen Abenden pflegte Ricks Vater Geschichten über England zu erzählen. Verblasste Erzählungen, die von uralten Zeiten berichteten und seit ungezählten Generationen von den Eltern auf die Kinder überliefert wurden. Die langen, aber gemütlichen Winterabende waren wie dafür geschaffen, die Legenden des Landes wieder auferstehen zu lassen. Geschichten längst vergangener Kulturen, wo sich die Mythen der Vergangenheit mit den Erzählungen der Zeit in erfindungsreichem Ablauf verstrickten. Sagen von Geisterschiffen und Gnomen, von Spuk und Poltergeistern, aber nie hatte er von seinen Ahnen erzählt.

An einem Tag, vor langer Zeit, zog ein Mann in ein kleines Haus in Milford Haven. Einige Monate gingen ins Land, bis Rick an einem frühen Morgen im März durch Zufall ein seltsames Gespräch zwischen diesem Mann, der sich Bryan Maycroft nannte, und seinem Vater mit anhörte.

„Ich fürchte", sagte der Fremde, „ich habe schlechte Nachrichten für Sie."

Die Tür zum Wohnzimmer war nur angelehnt und Rick spähte durch einen Spalt ins Innere. Sie saßen sich an einem Tisch gegenüber, und jedes Mal, wenn der Fremde seinen dicken Bauch gegen die Tischkante drückte, schwankten die Teetassen.

„Ich weiß nicht, von welchen Nachrichten Sie sprechen", erwiderte Charles Maybrick und versuchte, keinen Anschein von Interesse zu erwecken.

„Na, die Sache mit Ihrem Großvater! Ein überaus eifriger und gefährlicher Mann", fuhr er fort, ohne eine Erwiderung abzuwarten. Er versuchte sich zu erheben, wobei er energisch die Brust vorstreckte, plumpste aber gleich wieder in seinen Sessel zurück.

„Wovon reden Sie?"

„Ich rede über wahre Ereignisse und ich versichere Ihnen, ich treibe Sie bis an den Rand des Unerträglichen. Wir sollten uns einmal ernsthaft darüber unterhalten", sagte Bryan. Charles Maybrick hatte die Andeutung verstanden. Woher nur konnte Bryan Maycroft von seinem wohlgehüteten Geheimnis wissen? Keiner wusste davon, keiner außer ihm! Er hatte nie jemandem von seiner Entdeckung erzählt, nie jemandem verraten, dass sein Großvater der berüchtigte Jack the Ripper gewesen war. Vor langer Zeit war ihm in Liverpool im Hause seines Großvaters durch Zufall dieses Tagebuch in die Hände gefallen. Detailgetreu hatte James Maybrick alles in diesem unscheinbaren Buch niedergeschrieben. James war ein seltsamer Mann gewesen, das hatte Charles immer gewusst, aber niemals hätte er seinen Großvater mit dem Whitechapel-Mörder in Verbindung gebracht. Er hatte alle Einträge gelesen, wollte anschließend das Tagebuch vernichten, doch dann war er auf dieses perfekte Versteck gestoßen. Keiner würde es je dort finden, keiner erfahren, dass Jack the Ripper sein Großvater gewesen war. So wie einst sein Großvater, wollte auch er das Geheimnis mit ins Grab nehmen, das hatte er sich geschworen.

Nun aber saß dieser fette, glotzäugige Kerl vor ihm und drohte mit seinem Wissen an die Öffentlichkeit zu gehen! Mit einem versöhnlichen Lächeln und einer beschwichtigenden Handbewegung versuchte Charles, drohendes Unheil abzuwenden.

„Sie glauben mir nicht! Großer Gott, ich weiß, wovon ich rede, und das wissen Sie auch." Bryan hob den Blick zur Decke. „So etwas habe ich noch nicht erlebt. Sie waren alle nur Huren, die geradewegs zur Hölle gingen." Er blickte zur Tür, da er glaubte, in seiner Aufregung einen Laut gehört zu haben. Das Geräusch, das er vernommen hatte, musste vom alten Haus stammen. Keiner außer ihnen war anwesend, und so wendete er sich wieder Charles Maybrick zu.

„Er war angeblich Arzt!", fuhr er fort. „Ein praktischer Arzt kann aber nicht so viel anrichten wie damals Ihr Großvater. Es sei denn, er war unheilbar krank und besessen." Bei dieser Andeutung fuhr er sich bedeutungsvoll mit der Hand an den Kopf. „Multiple Persönlichkeitsstörung, wie in der Erzählung von Dr. Jekyll und Mr Hyde. Sie wissen, was ich meine."

Für den Bruchteil einer Sekunde schien es, als ob Charles seine Beherrschung verlieren würde. „Sie können mich nicht für etwas belangen, für das mein Großvater verantwortlich war."

Mit einem verächtlichen Blick musterte Bryan ihn über seine schweren, herabhängenden Lider hinweg. Sein Gesichtsausdruck veränderte sich zu einem versöhnlichen Lächeln. Hatte Charles Maybrick doch soeben seinen Verdacht bestätigt. Jack the Ripper war wirklich sein Großvater gewesen.

„Ich sehe, Sie haben verstanden. Sie stecken in ernsten Schwierigkeiten, mein Freund!"

Charles lächelte. „Ach, du liebe Güte, es ist doch sehr unwahrscheinlich, dass Sie mir damit Unannehmlichkeiten bereiten können."

„Aber nicht gänzlich auszuschließen. Ihr Großvater ist seit jeher ein Gesprächsthema, und das Interesse an den Morden von 1888 wächst beständig an. Es gibt mittlerweile sogar einen Namen für Leute wie mich!"

„Ach ja", schmunzelte Maybrick und versuchte seine Wut nicht zu zeigen.

„Ripperologen!", entgegnete Bryan angeberisch und nickte mit dem Kopf.

„Idioten würde wohl eher passen!", entgegnete Maybrick gelassen.

„Nicht doch, Mr Maybrick! Wir sind nicht die Schlechten! Ich bin zurzeit der einzige Mensch im Tal, der über Ihre Familie Bescheid weiß. Ich kenne alle Gerüchte, die in Milford Haven umgehen. Stellen Sie sich vor, wie schnell sich Ihr guter Ruf verschlechtern könnte. Denken Sie an Mrs Freeman, die Besitzerin des Lebensmittelladens; sie ist schon 67 Jahre alt, aber im Kopf immer noch gut beieinander. Dabei kennt sie jeden im Umkreis von zehn Meilen und weiß praktisch alles über die Leute, die hier verkehren. So ein Laden ist nun mal ein Ort, an dem die Leute zusammenkommen, um neben einigen Einkäufen die Zeit totzuschlagen und zu diskutieren. Sie zerreißen sich die Mäuler über anderer Leute Angelegenheiten. Ich verkehre sehr oft in solchen Läden. Deshalb weiß ich auch, dass ganze Familien in der Blüte ihrer Jahre von Zeit zu Zeit Opfer solchen Geschwätzes werden können. Manchmal höre ich Gerüchte, die es wirklich in sich haben. Was soll ich sagen, ich hasse Klatsch und Tratsch, doch kann man ihm oft nur mit Mühe aus dem Weg gehen."

Bryan schüttelte den Kopf, verschränkte die Arme vor dem dicken Bauch und blickte Maybrick aus tiefliegenden Augen an. In seinem Blick lag ein Hauch von Verbitterung und moralischer Entrüstung. Charles Maybrick hatte das Gefühl, als riefe der bloße Gedanke an diese Dirnen in Bryan lüsterne Phantasien hervor.

„Es gibt keinen Zweifel, Ihr Großvater war sicherlich einer der bedeutendsten Huren-Experten. Ich stelle mir vor, wie es war, als er sie abschlachtete. Er muss ihren Atem im Gesicht gespürt haben. Womöglich haben sie ihm sogar in die Augen gesehen, als er ihre Kehlen durchschnitt."

Charles Maybrick schwieg und wartete, während Bryan weitersprach. „Ihr Großvater hat Sie testamentarisch zum Alleinerben gemacht."

Charles lächelte. „Das bezweifle ich sehr. Wann soll er das denn getan haben?"

„Was weiß ich?", entgegnete Bryan gereizt. „Jedenfalls verwalten Sie die Nachlässe Ihres Großvaters."

„Die er meinem Vater vermachte", erwiderte Maybrick.

„Nun ja, letztendlich sind Sie der Alleinerbe. Darauf läuft es doch mehr oder weniger hinaus."

„Von dem Haus in Liverpool abgesehen, bekam mein Vater so gut wie nichts."

Charles Maybrick vermutete, dass Bryan die Habseligkeiten seines Großvaters mit ihm durchgehen wollte, um möglicherweise irgendetwas von seinem Besitz gegen seine Verschwiegenheit auszutauschen. Aber Maybrick irrte. Bryan wollte noch mehr ...

„Gerade darauf will ich hinaus. Es ist ein sehr eindrucksvolles Haus, nicht wahr? So ein Haus kostet natürlich auch einiges an Unterhalt!" Endlich war es heraus. „Mit anderen Worten: das Haus gegen meine Verschwiegenheit!"

Bryan erhob sich und ging geradewegs auf das Fenster zu, um einen Blick auf die Berge zu werfen.

„Was denken Sie, machen wir das Geschäft? Immerhin sind Sie derjenige, der ansonsten dringend Hilfe benötigt."

Maybrick war nicht erstaunt über den Wunsch, den Bryan für seine Diskretion äußerte. Ein seltsam verzerrtes Grinsen kroch über sein Gesicht.

„So etwas hab ich noch nicht erlebt." Charles' Stimme wurde beinahe zu einem Flüstern. „Sie sind es, der Hilfe braucht, nicht ich. Zum Teufel, wie kommen Sie darauf, das von mir zu verlangen?" Er machte eine Pause. „Wie Sie wollen, ich gehe mit Ihnen auf das Hochseil, ohne Netz und doppelten Boden, nur wir beide und der Tod. Ich weiß nicht, aber wenn Sie so weitermachen, können Sie bald in der Hölle bei meinem Großvater an die Tür klopfen und ihn persönlich wegen des Hauses fragen."

„Damit eins von Anfang an klar ist, Mr Maybrick", entgegnete Bryan wütend. „Ich werde dieses Haus bekommen, so oder so ...!"

„Ich weiß nicht, vielleicht sollten Sie sich das noch einmal überlegen. Ein Leben kann schnell zu Ende sein. Vergessen Sie das nie. Als mein Großvater von dieser Welt ging, hat er viel unvollendete Arbeit hinterlassen." Charles Maybricks Gesicht strahlte etwas aus, das Bryan erblassen ließ. „Ein Wort davon in die Gerüchteküche der Freeman kann den Kessel ganz schön zum Brodeln bringen. Dadurch könnten plötzlich unvorhersehbare Dinge geschehen. Welche Art von Besessenheit mag wohl meinen Großvater dazu verleitet haben, so scheußliche Morde zu begehen? Ich hoffe, ich bin ihm nicht allzu ähnlich. Obwohl ich gestehen muss, dass seine Ausrutscher mich bewegen. Vielleicht haben Sie Recht und ich habe außer dem Haus doch noch etwas von ihm geerbt. Sein Messer und etwas Talent wären bestimmt sehr hilfreich." Maybrick rollte sich eine Zigarette, leckte über den Blätterrand und klebte sie zusammen. „Ich nehme an, Mr. Maycroft, es gibt jetzt keinen Grund mehr, diese schrecklichen Gerüchte in Umlauf zu bringen, nicht wahr?" Charles Maybrick erhob die Hand und zeigte zur Tür. „Und nun, mein Lieber, machen Sie, dass Sie schleunigst von hier verschwinden!"

Maycroft stieß ein verächtliches Schnauben aus. Es hatte den Anschein, als wolle er aufgeben. „Ich werde gehen", fauchte er, mit dem Finger drohend, „aber ich komme zurück, und dann werden wir sehen, wer von uns die Oberhand behält." Ein seltsam verzerrtes Grinsen kroch über sein Gesicht, doch Maybrick blickte gelangweilt zur Decke.

„Sagenhaft, mein Lieber! Sie schlagen einen Weg ein, der Sie direkt ins Unheil führt. Da fährt man durch die einsamste Wildnis, dem Fluch der Vergangenheit zu entrinnen, und findet trotzdem keinen Frieden. Irgendwer findet einen immer, aber keiner weiß, wie es ist, wenn man alles dransetzen muss, seine Ruhe zu haben. Gütiger Himmel, lassen Sie die Vergangenheit ruhen und kehren Sie zu Ihrer Frau und Ihren Kindern zurück. Sie haben doch eine Familie?"

„Was geht Sie das an? Sie täten besser daran, sich um Ihre eigene Familie zu kümmern!"

„Du lieber Gott, ich mache mir ernsthaft Sorgen um Sie. Die armen Opfer meines Großvaters sind längst schon verwest ... Ich frage mich nur, wie lange über diese Morde noch diskutiert und spekuliert wird, bis endlich Ruhe einkehrt. Aber reden wir nicht mehr davon. Und nun bitte ich Sie zu gehen."

„Das werde ich", entgegnete Maycroft, drehte sich um und ging durchs Wohnzimmer, dem Ausgang entgegen. „Aber ich werde wiederkommen."

„Im Ernst, überlegen Sie es sich noch einmal und nehmen Sie schnellstens Vernunft an, sonst ..."

Maycroft aber hatte bereits die Tür hinter sich zugezogen.

Als er zu seinem Wagen ging, hörte Rick ein Klirren, ähnlich dem einer Teetasse, die gegen eine Wand geschleudert wird.

Seit dem Besuch von Maycroft hatte Maybrick seine gewohnte Ausgeglichenheit verloren. Er reagierte oft unbeherrschter und zorniger, und manchmal schien es, als wäre er der Trunksucht verfallen.

An manchen Tagen ging Charles Maybrick bereits vor Morgengrauen den Flusspfad entlang, hoch hinauf in die Berge, bis zu jenem Ort, wo der Fluss aus den Hängen entspringt, um der Natur zu lauschen. Ein Garten der Friedlichkeit, wo sich Fuchs und Hase gute Nacht sagten und die Vögel ihre schönsten Lieder zwitscherten.

Im Laufe der Monate wurden seine Zornesausbrüche immer häufiger, obwohl er, wie er sagte, den Frieden in den Bergen fand.

Dann, ganz plötzlich, endeten Maybricks Tobsuchtsanfälle und seine alte Ausgeglichenheit kehrte zurück. Die Zeit verging, doch Maycroft war seit diesem Besuch nie wieder zum Haus am Hügelhang zurückgekehrt.

Eines Morgens, an einem sonnigen Tag Ende August, erzählte Mrs Freeman, die alte Besitzerin des Lebensmittelladens, ihrer Nachbarin, dass Wanderer auf ihrem Weg hinter den Hügeln bei den Mooren, die gut zwei Meilen von ihrem Haus entfernt nahe dem höchsten Gipfel der Gegend lagen, eine Leiche gefunden hatten. Hinter dichten Hecken hatte sie versteckt gelegen und war der Gruppe durch den Verwesungsgeruch aufgefallen. Bei dem Toten handelte es sich um einen Mann namens Bryan Maycroft. Seine Kehle war mit einem scharfen Gegenstand von einem Ohr zum anderen durchtrennt worden.

3. KAPITEL

Großbritannien, Westküste 1988

Überraschenderweise verschlechterte sich das Wetter. Die Sonne, die während des ganzen Tages eine warme Decke über das Land gelegt hatte, verschwand und der Himmel nahm eine aschgraue Farbe an. Ein eisiger Wind kam auf, wehte vom Meer her Gewitterwolken über die Felsenhänge und das kahle Hügelland. So unerwartet wie der Wetterwandel schlugen auch schon die ersten Regentropfen gegen die Windschutzscheibe des alten Rover. An den Felsen unten am Meer brachen sich Brandungswellen, die von Minute zu Minute riesiger wurden.

Rick Maybrick hatte die Straße verlassen und lenkte den Wagen einen Waldweg entlang. Der Himmel über ihm war von zerfetzten, vom Wind getriebenen Gewitterwolken durchzogen und hatte jenes seltsame, rötliche Licht, das von der Dämmerung und dem sturmgepeitschten Regen kündete.

Ungefähr eine halbe Meile vor ihm lag auf einer Lichtung im Wald eine Hütte, in der er vor dem tobenden Wetter Schutz finden wollte.

„Es ist nicht mehr allzu weit“, sagte er sich, schaltete die Wagenlichter ein und verlangsamte seine Fahrt auf Schrittgeschwindigkeit, als er mit dem Wagen in eine tiefe Furche sackte. Langsam rumpelte er weiter, dem Waldstück entgegen.

Als er den Waldrand erreichte, gabelte sich der Weg. Er hielt sich rechts auf dem Pfad, der jetzt steil nach unten führte. Der Wald wurde dichter und der Wagen prallte erneut gegen die Furchen, die den steinigen Boden säumten. Zwischen stämmigen, von Efeu umrankten Eichen schob sich das Gefährt langsam abwärts. Die Hütte stand inmitten einer Lichtung mit Blick auf die Moore. Wenn Rick sich recht erinnerte, war es hier gewesen, wo vor langer Zeit die Leiche Bryan Maycrofts gefunden worden war.

Maybrick stoppte den Wagen vor der Hütte aus dunklen Ziegeln, blieb einen Moment lang sitzen und starrte hinaus. Der Regen hatte noch nichts von seiner Stärke eingebüßt. Die Hütte sah verlassen aus. Um die Fenster rankten sich Kletterpflanzen und am Eingang wucherte das Gras wild zu beiden Seiten.

Dann öffnete er die Wagentür und sprang hinaus. Der Sturm peitschte dicke Regentropfen ins Innere und Maybrick beeilte sich, um in den Schutz der Hütte zu gelangen. Bis auf die Haut durchnässt, stieß er gegen die Vordertür, die sich nur mühsam öffnen ließ, da das Holz durch die Feuchtigkeit leicht gequollen war. Er trat ins Innere und gelangte in einen kleinen, düsteren Flur, der auf beiden Seiten durch Trennwände geteilt wurde. Im hinteren Teil des Flurs wand sich eine Treppe in den ersten Stock und davor stand ein von Staub bedeckter Ofen. Irgendjemand hatte die Türen entfernt, die das Schlafzimmer auf der linken und das Wohnzimmer auf der rechten Seite von dem düsteren Flur trennten. Die Wohnzimmereinrichtung bestand aus einem alten Tisch mit vier Stühlen und einem hässlichen Sofa, von dem ein säuerlicher Fäulnisgeruch ausging. In der hintersten Ecke stand ein Kühlschrank, in dem nur ein Sandwich lag. Der Kühlschrank war in Betrieb und das Sandwich schien bereits mehrere Tage alt, doch gab es noch keine Andeutung von Schimmel. Auf einem hinter dem Tisch an der Wand befestigten Regal reihten sich säuberlich geordnet die Teetassen und eine Kiste mit Besteck. Daneben eine eingedrückte Blechdose, die kleine Teebeutel enthielt und sonderbarerweise eine Packung Weetabix, die ebenfalls frisch zu sein schien. Ansonsten war das Wohnzimmer leer.

Auf der linken Seite des Schlafzimmers stand ein altes Bett gegen die hintere Wand gedrückt, mit einer sauber aussehenden Matratze, an deren Fußende ebenso säuberliche Laken zu einem Stapel zusammengefaltet lagen. Um das Bett herum waren leere Bierflaschen aufgestellt; überall lagen Müll und eine Unmenge zerknüllter Zigarettenschachteln. Die Räume sahen aus, als wären sie seit Monaten nicht benutzt worden. Dieser Annahme aber widersprachen das frische Weetabix und das Sandwich. Wer auch immer vor Kurzem hier gewesen war, Ordnung schien für ihn nicht die oberste Priorität zu haben. Im oberen Teil der Hütte befanden sich ein leeres Zimmer sowie ein Bad mit Toilette. Die Fenster im Obergeschoss waren von außen mit morschen Brettern vernagelt. Der Regen prasselte gegen das Wohnzimmerfenster und schien ebenso wie die eisige Kälte zuzunehmen. Es war alles vorhanden, einem zufällig Vorbeikommenden eine notdürftige Unterkunft zu bieten. Nur das Brennholz fehlte; doch davon gab es genug dort draußen im Wald.

Maybrick schauderte vor Kälte. Dann eilte er nach draußen, sich nach Brennholz umzuschauen. Hinter der Hütte, im Schutze vor dem Wetter, unter einem kleinen, angebauten Überdach, lagen Holzscheite und Anzündholz in großer Menge aufgestapelt. Maybrick ergriff ein paar Scheite und schaffte sie zusammen mit etwas Anzündholz in die Hütte. Kurze Zeit später loderte ein gemütliches Feuer durch die Gläser des Ofens. Auf einmal war ihm klar, weshalb die unteren Räumlichkeiten keine Türen besaßen. Nur so konnte die Wärme sich schnell in allen Räumen ausbreiten. Die Holzscheite prasselten und knisterten und glühend rote Späne spritzten gegen die kleinen Scheiben. Das Feuer zu beobachten machte ihm Spaß. Stundenlang hätte er auf dem Bett liegen können und sich von dem goldenen Licht berauschen lassen, das immer wieder neue Schatten auf die gegenüberliegende Wand zauberte, während draußen der vom Sturm gepeitschte Regen in kleinen Bächen die Fensterscheiben hinunterlief. Die magischen Schatten an der Wand hatten ihre beinahe hypnotische Wirkung nicht verfehlt und nur kurze Zeit später schlief Maybrick in der wohligen Wärme ein.

4. KAPITEL

England 1988

Irgendwo im tiefen Schlaf hörte Rick die Stimme seines Urgroßvaters, der sich mit einem Fremden zu unterhalten schien. Rick hatte seinen Urgroßvater nie kennen gelernt, doch seine Intuition sagte ihm, dass er es war. Sie unterhielten sich auf seltsame Weise. Der Fremde hatte das Gespräch begonnen und im Traum hörte Rick ihnen aufmerksam zu. Am Ende ihres Gespräches glaubte er zu wissen, mit wem sein Urgroßvater sich unterhalten hatte. Es musste der Teufel persönlich gewesen sein, denn die Pläne, die sie schmiedeten, waren die reine Ausgeburt der Hölle!

„Du hättest nicht herkommen dürfen", hallte eine Stimme durch die Dunkelheit.

„Wie ein Schiff zur anderen Seite der Welt segelt, bist du mit dem Schiff der Seelen durch die Meere der Zeit gereist. Was hat dich zu mir befohlen?"

„Es wurde mir im Traum auferlegt, die Schatten der Vergangenheit haben es so gewollt. Ich habe Verpflichtungen gegenüber diesen unchristlichen Geschöpfen der Nacht."

„Schlafende soll man nicht stören! Geh zurück und vergiss, dass du hierher beordert wurdest."

„Ich kann nicht mehr zurück, der Schatten der Träume hat mich hergezerrt. Ich besitze nicht die Macht, dieses Band zu zerstören. So wie der erste kalte Hauch des Winters in den Vollmondnächten über das Land zieht, werde ich in ihre Stadt einreisen, um sie von ihren Leiden zu erlösen. Ich werde meinem Weg folgen, wo immer er mich hinführen mag. Wie viele von ihnen werden übrig bleiben, um den Frühling zu begrüßen? Nicht ich werde es sein, der sie durch die Straßen der Stadt jagen wird; der Fluch der Vergangenheit wird mir vorauseilen, ihnen die Eingeweide herausreißen, und die Angst vor den dunklen Nächten wird die Übriggebliebenen um den Schlaf bringen. Ich bin berufen, den Kampf zwischen den Mächten des Guten und der Finsternis zu führen. Wenn ich gerufen werde, in diesem Kampf meinen Dienst zu leisten – und im Grunde meines Herzens weiß ich, dass ich danach dürste –, so soll es geschehen. Meine Verpflichtung ist es, in die Stadt der Huren zu reisen und dort mein Werk zu verwirklichen. Ich werde einen Namen in der Geschichte Englands erwerben. Über meine Arbeit wird man noch in Hunderten von Jahren reden. Ebenso wie man über alle toten Legenden redet, werde ich zu einem Meilenstein in der Geschichte werden, und das alles nur wegen meiner Reise durch das Land der Träume. Mir ist etwas Außergewöhnliches widerfahren, und ich werde eher zur Hölle ziehen, als meine Arbeit aufzugeben. Ich bin ein Mann, ein Auserkorener, auserwählt, die Werke meiner Träume zu verwirklichen."

„Sei ehrlich zu dir selbst! Du hast danach verlangt und wusstest, dass dein Rufen eines Tages erhört werden würde. Du hast es so gewollt und brauchst dich nicht mehr zu bemitleiden. Ich verstehe es jetzt sehr gut und glaube, dass du Recht hast. Es muss endlich etwas unternommen werden. Es gibt nichts Kostbares an dem Leben, das sie führen. Deine Frau betrügt dich seit Jahren und du versuchst sie in deinen Träumen zu vernichten. Du tust genau das, was jeder an deiner Stelle täte. Wie deine Frau, bist auch du schuldig an dem, was geschehen ist; aber du wirst noch schuldiger sein an dem, was kommt. Du wirst deine Reise durch die Nächte fortsetzen, um deine innigen Begierden in höchster Vollendung zu verrichten. Mögen sie ruhen in Frieden, wenn der Schatten des Todes über ihnen schwebt."

Am Horizont der Träume waren dunkle Wolken aufgezogen und die Stimme klang wie aus weiter Ferne zu den Ufern der Zeit. „Vernichte sie, vernichte sie, vernichte sie, vernichte ..."

Wie ein Echo hallten die Worte durch die Ewigkeit. Dann verschwammen die Schatten und mit ihnen die letzten Worte im trüben Nebel der Unendlichkeit.

„Vergiss nicht, alter Junge. Denk jetzt an unser gemeinsames Werk und komm; du brauchst nicht nur meinen Geist, du brauchst Materie."

5. KAPITEL

Liverpool 1888

James Maybrick saß im „Poste House“, einer kleinen Schenke in der Cumberland Street nahe den Docks von Liverpool, und streifte mit der Hand über sein sandfarbenes Haar. Einsam und verlassen saß er an einem Tisch in einer spärlich erleuchteten Ecke und niemand schien von seiner Anwesenheit Notiz zu nehmen. Vor ihm stand ein Teller mit Rinderbouillon, auf der ein weißes Pulver schwamm. Seine grauen Augen starrten gebannt auf das seltsame Weiß, das er anschließend in der Bouillon umzurühren begann.

James hatte ein Durchschnittsgesicht, sah unauffällig aus, zeichnete sich durch eine hohe Stirn, einen angenehm intelligenten Ausdruck aus und gab sich äußerst kultiviert. An manchen Tagen aber hegte er einen außerordentlichen Hang zum Jähzorn. Trotz allem, hätte jemand, während er hier saß, in seine Augen sehen können, wären sie ihm völlig ausdruckslos vorgekommen, wie die Augen einer Leiche, aus der jegliches Leben und Gefühl gewichen war. Und doch schienen sie sich dauernd zu verändern, und wenn sie nicht düster wirkten, trugen sie den Ausdruck eines verängstigten Tieres in sich.

Er war drogenabhängig, süchtig nach Arsen und Strychnin. Mit den Jahren hatte er seine Dosis gesteigert, die er fortwährend zu sich nahm. Wie oft schon hatte er seinen Drogisten aufgesucht, um sich von ihm geben zu lassen, was ihm sein Arzt längst nicht mehr verschrieb.

James Maybrick war von Beruf Baumwollhändler. Die Welt des traditionellen Handels war zu einem Geschäft geworden, in dem nur die Mächtigsten ihre Position behaupten konnten. Ein Handel ohne Skrupel war für sie der einzige Weg, die Machtposition zu behalten; und Liverpool war zufällig Maybricks Heimatstadt und Mittelpunkt der britischen Baumwollindustrie zugleich.

1874 reiste er in die neue Welt, um eine Zweigstelle in New York zu gründen. Um im Baumwollhandel überleben zu können, schien dies für ihn der einzige Ausweg.

Im Frühjahr des Jahres 1880 verliebte sich Maybrick während seiner Überfahrt von New York nach Liverpool. Seine Geliebte, Florence Chandler, stammte aus den Südstaaten. Durch Zufall war Maybrick ihr in der eleganten Bar auf einem der besten Dampfer der White Star Line begegnet, und noch bevor die Fahrt zu Ende war, hatte er ihr einen Heiratsantrag gemacht. Im Sommer des darauffolgenden Jahres fand die Trauung in der St.-James-Kirche im Herzen von Piccadilly statt. Aber die Welt, die Maybrick ihr präsentieren sollte, war von einer Fassade aus Heuchelei, Betrug und Mord umgeben.

Sieben endlose Jahre waren seitdem vergangen, Jahre des Glücks und der Freude, aber ebenso der Untreue und des Hasses. Die Geburt ihres Sohnes James Maybrick Jr. oder der vier Jahre jüngeren Gladys trugen nicht dazu bei, das Eheglück der Familie wiederherzustellen. Als Gladys zwei Jahre alt war, erfuhr Florie durch Zufall, dass es bereits eine Mrs Maybrick in London gab, die jederzeit für ihren Mann da war, wenn er sie brauchte. Sieben Jahre hatte es gedauert, die furchtbare Wahrheit zu erfahren und zu erkennen, dass er sie während dieser Zeit nur ausgenutzt und betrogen hatte. Egal, was bisher auch geschehen war: Gegen das, was noch kommen sollte, war das bisher Erlebte nur eine Lappalie.

6. KAPITEL

Liverpool / Manchester 1888

Maybrick blickte durch das verschmutzte Fenster die Cumberland Street hinab. Die schweren Vorhänge waren zur Seite geschoben und hingen an der dunkelrot gestrichenen Wand, mit einer schwarzen Kordel gehalten von einem eisernen Haken.

Er war wütend über die taktlosen Verabredungen seiner Frau: freundschaftliche Treffs, die zu verführerischen Dienstleistungen geführt hatten. Er wusste nur zu gut, was sie taten, wenn sie sich an ihren geheimen Abenden trafen. Etwa fünfzig Meter entfernt lag die elegante Einkaufsstraße Whitechapel. Dort war es gewesen, wo er Anfang des Jahres zum ersten Mal seine Frau mit Alfred Brierley gesehen hatte. Wie Maybrick war Brierley Baumwollmakler. Im Winter des vorangegangenen Jahres hatte sie ihn auf einer ihrer Privatpartys kennengelernt.

Seit jenem Tag war Flories Leben außer Kontrolle geraten. Sie bemühte sich zu tun, was James bereits seit vielen Jahren tat. Florie hatte Bedenken wegen dem, was sie tat, doch neben diesen Sorgen gab es noch andere zu bewältigen. Die Anspannung, der sie ausgesetzt war, wuchs von Tag zu Tag. Hohe Schulden brachten sie dazu, dass sie die Nächte nicht mehr durchschlafen konnte.

Brierley war 36, zehn Jahre älter als Florie, unverheiratet, sympathisch und gutaussehend. Obwohl sie sich Sorgen um die Geschäfte und die Zukunft ihres Mannes machte, lehnte sie die Flirts, die bis zu unmoralischen Begierden führten, nicht ab. Sie war eine lebhafte junge Dame und liebte es, die Grenzen des Anstandes durch besondere Eskapaden zu überschreiten und ihre Sorgen so zu unterdrücken. Florie genehmigte sich einige Ausrutscher in der Hoffnung, James und seine Liebe zurückzugewinnen. Maybricks Herz aber war kalt, und mit jedem ihrer Liebesspiele wurde es kälter, bis die Saat des Todes in seinem Inneren spross.

Maybrick rieb sich den juckenden Handrücken, bevor er die Rinderbouillon, die er zuvor mit Arsenpuder vermischt hatte, genüsslich zu sich nahm.

Kurze Zeit später saß er in einem Zugabteil der ersten Klasse und brauste an den Wäldern vorbei, Richtung Manchester. Sein Bruder Michael hatte ihn in seinem letzten Brief gebeten, ihn in Moss Side, einem Vorort von Manchester, zu besuchen. James war einverstanden, denn er wusste genau, dass Florie an diesem Tag ein Treffen mit Brierley in Whitechapel arrangiert hatte.

Als er im „Poste House" über der Brühe saß, hatte er beschlossen, dass London der geeignete Ort für seine Pläne sein sollte. Wenn sie gewusst hätten, was er für sie ausgeheckt hatte, hätten sie es sicher unterlassen, in den kommenden Monaten ihrem nächtlichen Treiben nachzugehen. Er sehnte sich nach innerem Frieden und wusste genau, dass er ihn nicht finden würde, bis er Rache genommen hatte. Wie er es anstellen sollte, wusste er noch nicht; aber er würde nichts unversucht lassen, bis er den richtigen Weg gefunden hatte. Auf der ganzen Welt würde man von ihm und seinen kleinen Spielchen reden; doch niemand durfte wissen, wer er wirklich war, niemand außer Florie. Aber wie konnte er ihr sagen, dass diese Huren nur wegen ihr und ihrem Hurenbock sterben mussten, ohne dass sie ihn gleich verraten würde? Vielleicht würde er sich ihr erst offenbaren, wenn er des Mordens müde war; dann konnte es ihm egal sein. Sie konnte ihn ausliefern, aber sie würde immer mit dem Gewissen leben müssen, dass diese Huren nur ihretwegen gestorben waren.

Mit zitternder Hand schrieb er diese Notizen in ein Buch mit schwarzem Einband und sieben goldenen Zierstreifen auf dem Lederrücken.

Oh ja, er war sich dessen sicher. London war der ideale Ort. Whitechapel in Liverpool, Whitechapel in London, keiner würde einen Zusammenhang finden! Er besuchte die Hauptstadt nur selten; also gab es für niemanden einen vernünftigen Grund, für niemanden, außer für ihn. Alle, die ihren Körper verkauften, sollten dafür bezahlen. Florie hatte ihn genügend gekränkt, und für ihre Ausrutscher sollte seine Rache an den Schwestern der Nacht grausame Folgen haben. Er hatte die Kraft dazu, aber er zitterte vor Angst, gefasst zu werden. Eine Angst, die er meistern musste, bevor er seinen Rachefeldzug begann. Er musste von seiner Medizin nehmen und sich zwingen, nicht an seine Kinder zu denken. Die Huren und nichts anderes durften seine Gedanken beherrschen. Hatte sein Bruder doch kürzlich erst von ihm behauptet, er sei der ehrenhafteste Gentleman, den er je getroffen habe. James hatte es als durchaus schmeichelhaft empfunden. Er war sicher, er würde noch ehrenhafter werden, wenn er den Huren in den Nächten ein Tal von Schmerzen bereiten würde.

Am späten Nachmittag, nach einer einstündigen Fahrt, hatte der Zug den Hauptbahnhof von Manchester erreicht, und bereits nach einer weiteren halben Stunde läutete er an der Haustür seines Bruders in Moss Side.

Michael Maybrick war Manager der Manchester Packing Company, und obwohl das Geschäft blühte und er eigentlich für nichts anderes Zeit aufbringen konnte, hatte er den dringenden Wunsch, seinen Bruder in einer heiklen Angelegenheit um Rat zu bitten. Die Sache, um die es sich handelte und die Michael als äußerst dringlich beschrieben hatte, war für James nichts weiter als eine Lappalie. Nichtsdestotrotz war er bestrebt, sich zusammen mit seinem Bruder um dessen Angelegenheit zu kümmern.

Die Zeit verging schleppend. Er musste noch Mut sammeln, um seinen Feldzug zu beginnen. Wann er mit seinen Spielchen anfangen wollte, stand noch nicht fest, aber er fühlte, dass er diejenige, die es traf, leiden sehen musste.

Es war ein prachtvoller Abend mit Millionen funkelnder Sterne, einem hellen Mond und einer lauen Nachtbrise, die James angenehm überraschte, als er das Haus seines Bruders verließ. Zufrieden mit den Ergebnissen, die seine Probleme zu lösen schienen, hatte Michael sich in sein Büro zurückgezogen, als James sich auf seinen allabendlichen Spaziergang vorbereitete. Das Haus, das Michael bewohnte, lag nicht weit von der schönsten Parkanlage des kleinen Manchester-Vorortes entfernt. Bis zum eigentlichen Eingang um die Ecke waren es nur ein paar Yards. Über dem Torbogen, an den sich eine Backsteinmauer anschloss, überragten zwei vergoldete Engelsstatuen den Eingang. Sie reichten sich die Hände und mit ihren ausgebreiteten Flügeln schienen sie gen Himmel zu fliegen. Unmittelbar dahinter erstreckte sich die große Promenade, die, von Fichten und Ulmen gesäumt, durch den ganzen Park führte. Hinter dem Eingang lag ein großer, geschotterter Kieskreis, von wo aus fünf weitere Alleen, eine prächtiger als die andere, in die verschiedensten Richtungen verliefen. An jeder Abzweigung stand eine weitere Engelsstatue, mit ausgebreiteten Flügeln, auf etwa sieben Fuß hohen Sockeln. Maybrick blieb unter dem Torbogen stehen und genoss den herrlichen Anblick. Unzählige kleine Gaslichter erhellten den Platz und ließen ihre Schattenspiele über die Promenade schweben. Es war ein erhebender Augenblick für alle Besucher des Parks, den Lichtspielen einige Minuten ihrer Aufmerksamkeit zu schenken, bevor sie sich auf einer der abzweigenden Alleen entfernten. Der mittlere Weg war jener, der Sommer wie Winter am meisten benutzt wurde, und führte zu einem großen See, der an kalten Wintertagen von einer dicken Eisschicht bedeckt war. Es waren herrliche Momente, wenn die Kapelle spielte und die Menschen mit ihren Schlittschuhen über den See glitten. James erinnerte sich gerne an die Stunden, die er hier schon verbracht hatte. Das war lange vor seiner Zeit mit Florie gewesen; damals war er noch glücklich gewesen. Wenn die Nacht hereingebrochen war, waren sie mit brennenden Pechfackeln über den See geglitten und hatten im flackernden Licht ihre Pirouetten gedreht.

Wenn Maybrick seinen Kopf nach links gedreht hätte, wäre ihm die Frau aufgefallen, die ihn im ungelegensten Augenblick ansprach: „Hallo, Süßer, schon was vor heute Nacht?"

Maybrick zuckte zusammen, versuchte aber, sich seine Erschrockenheit nicht anmerken zu lassen. Dann sah er zu ihr hin. Sie war eine junge, mittelgroße Frau von atemberaubender Schönheit. Ein schwarzes Cape hing aufgeknöpft über ihren Schultern, damit sie mit ihren weiblichen Reizen gerade genügend Aufmerksamkeit erregen konnte. Ihr Haar war kräftig, mit einem kupfernen Schimmer, unter einer braunen Samtmütze zu einer beachtlichen Tracht aufgesteckt. Ihre Augen waren groß, und wenn das Licht der flackernden Gaslaternen günstig fiel, glitzerten sie bernsteinfarben. Ein schwaches Lächeln glitt über ihr Gesicht, als sie ihre Hand auf seine Schulter legte. James starrte sie an. Nein, er hatte sich nicht geirrt. Sie war offensichtlich eine jener Schwestern, die für ein paar Pence ihren Rock bei jeder sich bietenden Gelegenheit hochhoben. Es war schon seltsam: Dem Aussehen nach hätte er sie durchaus zur gehobenen Gesellschaft gezählt. Dann ließ sie ihre weißen Zähne kokett über ihre Unterlippe gleiten.

„Komm schon, Süßer. Wie wär's mit uns beiden?"

Er warf ihr einen finsteren Blick zu und schüttelte verneinend den Kopf. Dann blickte er wieder zu den Statuen.

„Sie sehen so aus, als flögen sie geradewegs ins Paradies", bemerkte sie.

„Wer?", entgegnete Maybrick, obwohl er die Antwort längst kannte. Dabei gingen ihm bereits andere Gedanken durch den Kopf.

Unter schwarzen Wimpern glänzten ihre Augen ihn an.

„Die Engel natürlich!"

„Oh, ja. Bei Gott, es sind unvergleichliche Geschöpfe, von Meisterhand geschaffen!", fügte er leise hinzu. „Engel gibt es hier sicherlich genügend", bemerkte er dann und ließ seinen Blick wieder zu ihr schweifen. Der Gedanke, dass er mit ihr sein Vergnügen haben konnte, begann ihn zu erregen.

„Komm, Süßer! Lass mich heute Nacht auf deiner Speisekarte stehen. Du brauchst mir nur ein paar Pence zu geben und ich zeige dir das wahre Paradies."

„Oder die Hölle", murmelte Maybrick.

„Nun hab dich nicht so! Es gibt nichts, wovor du dich fürchten müsstest. Sieh mich an: Bin ich eine Frau oder nicht?" Dabei begann sie sich etwas weiter zu dekolletieren.

„Ich sehe, was Sie meinen", gestand er und seine Stimme klang tiefer. Maybrick hatte deutlich erkannt, dass sie genau wusste, wie sie ihre Waffen am wirkungsvollsten einzusetzen hatte.

Abgesehen von ihrer Schönheit, unterschied sie nichts von den zahllosen anderen Vertreterinnen ihres Gewerbes. Ihre süßen Träume vom behaglichen Familienleben in einem hübschen, idyllischen Dorf schienen ebenso verflossen wie die heimlichen Wünsche der anderen, denen der Schnaps das Leben vollkommen ruiniert hatte.

Von der Südseite des Parks ertönte das Läuten einer Glocke, die verkündete, dass es zehn geschlagen hatte.

Was trieb die junge Frau wohl an? Waren es die paar Pence, die sie benötigte, um ihren unauslöschlichen Durst zu stillen; oder war es das dürftige Maß an Trost, das sie für einige Zeit das Gefühl vergessen ließ, dass sie allein im Leben stand? Aber weder Trunksucht noch der Gedanke an ihr trostloses Leben beherrschte sie, als sie galant am Arm ihrer neuen Errungenschaft über die vom Gaslicht erhellte Promenade in einer der unbeleuchteten Seitenalleen verschwand. Der bloße Gedanke an die Begleitung eines so wohlhabenden Gentlemans verlieh ihren geheimsten Wünschen Flügel. Wenn man sie auch nicht zusammen sehen konnte, stand für sie doch fest, dass ihre Freundinnen sie beneiden würden, wenn sie von ihm berichten und ihnen erzählen würde, wie erregt er gewesen war, als sie ihm gab, was er benötigte.

Langsam verschwammen und verschwanden die flackernden Lichter der Gaslaternen im Dunkel der Nacht. Die laue Brise raschelte im Laubwerk der Bäume und wehte die Gerüche des kleinen Sees heran. Der Himmel war dunkel und übersät mit Tausenden kleiner Sternenfunken. Der Mond, der träge dahinzog, spendete ein milchiges Licht. Einerseits war Maybrick überwältigt von dem Mädchen, das ihn so offenherzig angesprochen hatte. Andererseits begannen sadistische Phantasien in ihm zu keimen. Er versuchte sie abzuschütteln, aber sie wurden immer stärker. Maybrick spürte, wie sie immer mehr von ihm Besitz ergriffen. Es wurde ihm beinahe unmöglich, die Wirklichkeit von seiner Phantasiewelt zu unterscheiden.

Bald schon erreichten sie eine Stelle, an der die Baumkronen das Mondlicht vollkommen abschirmten. Es gab nichts außer hohen Sträuchern und einer zwischen den Bäumen aufgestellten Bank. Zweifellos schien sie keine Fremde in dieser eleganten Umgebung zu sein. Als sie auf der Bank Platz nahmen, war Maybrick erleichtert. Sie rutschte enger an ihn heran, und obwohl sie kaum etwas sehen konnte, reckte sie ihr Kinn und küsste Maybrick auffordernd auf die Lippen. Dabei legte sie verführerisch ihr Bein über sein Knie. Begierig streifte seine Hand über ihre Brust. Ihr Körper war geschmeidig und wohlgeformt, und sein Wunsch, mehr über sie zu erfahren, wuchs mit jeder Sekunde. Ihre Lippen verzogen sich zu einem spitzbübischen Lächeln, und mit einem Mal verspürte er den Drang, ihren Körper näher kennen zu lernen. Sie hatte es tatsächlich geschafft, seine Triebe zu wecken, und sehnte sich danach, dass er so weitermachte. Seine Hand legte sich zärtlich um ihre Taille, bevor er sie allmählich unter ihre Kleidung schob. Mit der anderen streifte er ihr das Cape von den Schultern, und während er sie auf die nackte Schulter küsste, begann sie die Knöpfe seines schwarzen Umhangs zu öffnen. Augenblicklich stoppte Maybrick sein Tun. Wie mochten wohl die abendlichen Treffs von Florie ablaufen? Amüsierte sich ihr Hurenbock genauso mit ihr, wie diese Schlampe sich mit ihm amüsieren wollte? Besorgt fragte er sich, was er hier eigentlich tat. Er hatte gar nicht vorgehabt, sich mit ihr wie ein Liebespärchen zu vergnügen. Seine romantische Seele erlaubte kein Techtelmechtel mit einer ihm völlig fremden Frau. Seine Augen verengten sich zu schmalen Schlitzen und im nächsten Moment hielt er seine Hand fest auf ihren Mund gepresst. Er musste verhindern, dass sie schrie. Für sie verlief alles viel zu schnell. Sie versuchte sich aus seinem Griff zu lösen, aber er hielt sie mit eiserner Hand fest gegen den Rücken der Bank gedrückt. Die Szene schien zu einem Tableau zu erstarren. Über allem lag eine undefinierbare Spannung. Maybrick verharrte angespannt, unschlüssig, was er tun sollte. Wenn er sie nun losließe, dessen war er sich bewusst, würde sie laut schreien. Die prächtige Schönheit des Abends hatte sich in etwas Bedrohliches verwandelt. Blitzschnell hatte er seine Hände um ihren Hals gelegt. Kein Wort war über ihre Lippen gekommen, als er seine Hand für den Bruchteil einer Sekunde von ihren Lippen löste, um ihr die Kehle zuzudrücken. Vergeblich versuchte sie sich aus seinem Griff zu lösen, schlug und kratzte, wie sie nur konnte, als Maybrick sich auf ihren Schoß kniete, um ihr so wenig wie möglich Bewegungsfreiheit zu lassen. Er spürte, er musste noch fester zudrücken, um diese Tochter der Nacht ins Jenseits zu befördern. Mit schwindenden Kräften versuchte sie ihn von sich zu stoßen, und er konnte fühlen, wie ihr Körper unter ihm erschlaffte. Ihre Hände glitten an ihm herab und ihre prachtvollen Augen starrten tot in die seinen. Reglos wie eine Puppe saß sie da, doch Maybrick drückte weiter, bis er sicher war, dass er sein Werk vollendet hatte. Er ertastete ihre Brust. Kein Herzschlag war mehr zu spüren. Dann beugte er sich über ihr Gesicht, um sicherzugehen, dass kein Leben mehr in ihr war. Im gleichen Augenblick brach das Mondlicht durch das Laub der Bäume und er sah, dass die rosige Farbe ihrer Wangen fahl geworden und ihre Lippen blau unterlaufen waren.

Als er sie am Fuße der Bäume hinter die Hecken zerrte, gab es keinen Zweifel mehr: Unter dem hell erleuchteten Sternenhimmel von Moss Side hatte er sein erstes Opfer gefunden.

7. KAPITEL

England, Westküste 1988

Rick Maybrick erwachte am frühen Morgen des nächsten Tages, schweißgebadet und mit unbeschreiblichen Angstgefühlen. Er hatte wieder von dieser Frau geträumt, die ihn während so vielen Vollmondnächten nicht schlafen ließ. Aber auch der Mann mit dem schwarzen Umhang war wieder da gewesen, und er spürte die alte Verwirrtheit erneut aufkommen, die ihn beim Erwachen so beunruhigend überkam.

Er hatte in ihr vor Angst verzerrtes Gesicht gesehen, als er ihr die Luft abdrückte. Aber es waren nicht seine Hände gewesen, die sich um die Kehle der Frau gelegt hatten, die sich ihm in einem früheren Traum als Clara O'Hara vorgestellt hatte. Nein, die Hände, die er gesehen hatte, waren kräftig und von harter Arbeit gezeichnet, nicht die eines Professors der London University. Dennoch sah er in seinen Träumen, wie er Clara erwürgte. Er hatte im Schlaf die Tür zu einer Welt aufgestoßen, die so real schon lange zu existieren aufgehört hatte. Wie oft hatte er in jener Welt, in der die Straßen noch mit Gaslaternen erleuchtet wurden, versucht, in das Gesicht jenes Mannes zu sehen, der ihn diese schrecklichen Träume in Fleisch und Blut erleben ließ. Aus unerklärlichen Gründen war es ihm nie gelungen; aber im tiefsten Innern hatte er das Gefühl, ihren wahren Mörder zu kennen. Am Rande der Wirklichkeit liegt der Scheideweg zum Land der Träume, und Maybrick war sich sicher: Wenn er es schaffen würde, dort in die Augen dieses grausamen Mörders zu sehen, würden ihn die Träume für immer in Ruhe lassen.

Wie die Flügel der Windmühlen, die den Launen des Windes ausgesetzt sind, dreht sich das Rad der Zeit. Zehn Jahre waren bereits vergangen, seit er zum ersten Mal von diesem mörderischen Traum heimgesucht worden war. Seitdem träumte er in Vollmondnächten immer wieder von Clara O'Hara. Wie viele dieser Vollmondnächte mochten es wohl gewesen sein? Bereits vor Jahren hatte er versucht, durch eine Hintertür die Wahrheit über seinen Traum zu erfahren. Von Normen Lees jr., einem Urenkel des weltbekannten Wahrsagers und Hypnotiseurs, hatte er sich hypnotisieren lassen. In Trance versetzt, war er gemeinsam mit ihm bis in seine Kindheit zurückgereist. Alles war prächtig verlaufen, bis zu dem Punkt, wo er in sein früheres Leben zurückkehren sollte, das Leben, das er vor seiner Zeit als Rick Maybrick gelebt hatte. Dort, an der Schwelle zur Vergangenheit, hatte er beinahe sein Leben gelassen; und eine neue Reise in sein früheres Leben hatte er nach diesem Zwischenfall nie wieder gewagt. Er wusste, er hatte schon einmal gelebt, in einer anderen Zeit, als die Straßen noch von Gaslaternen beleuchtet wurden; aber wer er war und was er getan hatte, hatte er nie feststellen können. Rick Maybrick war ein nüchterner, der Realität gegenüber aufgeschlossener Mann, der keineswegs an Hirngespinste glaubte. Er glaubte an seine Religion und an Gott. Er glaubt daran, dass die Menschheit im Grunde ihres Wesens nicht schlecht war. Wenn alle auf dem Weg blieben, den Gott für sie geschaffen hatte, würde Satan auf ewig in den Flammen der Hölle schmoren und vergeblich auf seinesgleichen warten. Die Weltherrschaft lag in Gottes Hand, und er würde sie behalten wollen. Im Grunde seines Herzens war Maybrick nicht der, der sich Gott entgegenstellen wollte.

Dennoch hatte er vor wenigen Jahren den kleinen Manchester-Vorort ‚Moss Side' aufgesucht. Dabei hatte er festgestellt, dass das zweistöckige Haus aus seinen Träumen wirklich existierte. Selbst der Park mit den beiden Engeln über dem Torbogen lag, wie die Statuen am Eingang, nur wenige Yards um die Ecke vom Häuserblock entfernt. Die Gaslaternen waren irgendwann im Lauf der Zeit durch niedrige, elektrische Lichter ersetzt worden. Nie zuvor in seinem Leben hatte er diesen Vorort aufgesucht, von dessen Existenz er wahrhaftig nichts gewusst hatte. Doch alles stimmte genau mit seinem Traum überein. Fast ehrfürchtig begann er seine Ermittlungen. Diese hatten ergeben, dass vor langer Zeit einer seiner Vorfahren das Haus bewohnt hatte.

Als er dann aber vor der Haustür stand und die Klingel neben dem Namensschild mit der Aufschrift ‚Pearson' betätigen wollte, fühlte er leichtes Unbehagen in sich aufkommen. Was sollte er den Hausbewohnern sagen?

„Ich möchte gerne die Zimmer sehen, die einst mein Urgroßvater bewohnt hat!“

Nein, er war sicher, er würde sich nur zum Narren machen, und so ließ er den Gedanken, die Räumlichkeiten des Hauses besichtigen zu wollen, wieder fallen. Sicherlich würde es nach etlichen Umbauten doch nicht mehr so aussehen wie früher. Die Tatsache, dass es dieses Haus überhaupt gab, war seltsam genug. Auf der Treppe kehrte er um, fest entschlossen, den Park aufzusuchen und zu sehen, ob es die Bank noch gab, auf der Clara in seinen Träumen ermordet wurde. Langsam schritt er die Allee entlang, die er in so manchen Vollmondnächten mit ihr gemeinsam gegangen war, und schon nach wenigen Schritten stand er vor den Büschen, in die er Clara hineingezerrt hatte. Bis auf den Punkt genau stimmte alles mit seinen Träumen überein, bis auf zwei Details: Dort, wo einst die Bank gestanden hatte, blühte jetzt eine prächtige Rosenhecke, so, als wäre sie immer da gewesen. Weitere Nachforschungen hatten ergeben, dass es niemals einen Mord gegeben hatte – weder in diesem Park noch während des gesamten Jahres 1888 in Manchester und Umgebung. Die Bank, da gab es keinen Zweifel, hatte man im Laufe der Jahre entfernt, und zu irgendeinem Zeitpunkt hatte man die Rosensträucher an jene Stelle gepflanzt. Viel erstaunlicher aber war, dass es niemals diesen Mord gegeben zu haben schien. Aus den Polizeiakten ging nichts hervor, und die Leichenschauberichte aus jener Zeit waren längst vernichtet.

Als Rick die örtliche Zeitungsagentur aufsuchte, musste er feststellen, dass es seltsamerweise auch keinen Bericht über Clara O'Hara in der Zeitung gegeben hatte. Nur ein kleiner Artikel von drei Zeilen berichtete über die Ermordung einer Frau namens Emma Smith, deren Leiche im April des Jahres 1888, entsetzlich verstümmelt, in London aufgefunden worden war.

Ricks Nachforschungen zufolge musste es zu jener Zeit Tausende von Prostituierten in England gegeben haben, und für ihn stand fest: Wenn schon dieser bestialische Mord an Emma Smith die Bevölkerung nicht mehr in Aufregung versetzt hatte, mochte der Mord an Clara O'Hara letztendlich nur zu einer reinen Routineuntersuchung geführt haben. Aus dem Gemeinderegister des Jahres 1867 ging hervor, dass eine Frau mit Namen Clara O'Hara in Moss Side gelebt hatte. Das Haus, in dem Clara zwei Zimmer zur Untermiete bewohnte, lag eine halbe Meile vom Park entfernt, in dem sie, wenn er seinem Traum glauben konnte, ermordet worden war. Heute sah es schäbig aus, aber es existierte. Wann und wie Clara aber gestorben war, hatte er nicht ausfindig machen können.

Maybrick lag minutenlang in Gedanken verloren auf seinem Bett und starrte die schweren Deckenbalken an. ‚Wo bin ich überhaupt?', hörte er sich verwirrt flüstern. Sein Traum war so lebendig gewesen. Dann setzte er sich auf und die Erinnerung an den vergangenen Abend holte ihn wieder ein. Ach richtig, er war auf dem Weg nach Liverpool gewesen, als ihn Müdigkeit und das schlechte Wetter veranlasst hatten, diese Waldhütte aufzusuchen.

Das Zimmer war wieder kühl geworden und der Ofen spendete mit seinem letzten Rest an Glut weder Licht noch Wärme. Jetzt erinnerte er sich wieder. Er hatte es sich auf dem Bett gemütlich gemacht, den beruhigend flackernden Schein der Flammen zu beobachten. Das knisternde Feuer und die magischen Schatten an der Wand hatten ihre hypnotische Wirkung nicht verfehlt. Dabei musste er wohl in den nassen Kleidern eingeschlafen sein.

Seine Finger schmerzten, und Rick rieb sich den juckenden Handrücken. Verdammt! Seine Finger waren eiskalt. Die Nacht hatte ihm doch nicht die nötige Ruhe und Entspannung gebracht, wie er erst angenommen hatte. Eine merkwürdige Empfindung hatte von ihm Besitz ergriffen und drohte ihn nicht mehr loszulassen. Sein Körper spannte sich vor Furcht. Rick zog die Decke über sein Gesicht und versuchte das unangenehme Gefühl loszuwerden. Doch mit der Dunkelheit kamen die furchtbaren Erinnerungen wieder. Er sah den Mann im schwarzen Umhang, wie er auf eine tote Frau hinunterstarrte, sah die leeren Augen im weißen, ausdruckslosen Gesicht. Nur ein, zwei Armlängen über ihm schwebte das Bild, doch als er die Hand danach auszustrecken versuchte, verschwamm es in einer Art Nebel. Er streifte die Decke von sich, dann stand er auf und eilte mit gemischten Gefühlen über die Treppe ins Bad.

Das Badezimmer war kalt. Im Licht, das durch die Schlitze des vernagelten Fensters fiel, schienen die aufgewehten Staubpartikel im Raum zu tanzen. Obwohl die Morgenstrahlen das Bad in ausreichende Helligkeit tauchten, knipste er die Lampe an; darauf schloss er die Tür hinter sich ab. Der Traum hatte Angstgefühle in ihm entfacht und er wollte unbedingt, dass das Licht brannte. Dann begann er sich zu entkleiden und hängte sein Hemd und seine Hose sorgfältig über die Rückenlehne des Stuhls neben dem alten Duschbecken.

Sein ganzer Körper war in Schweiß gebadet, was ihm ein unangenehmes Gefühl der Unsauberkeit verlieh. Er drehte den Hahn mit dem heißen Wasser auf und trat unter den dampfenden Strahl. Mit einem wohligen Stöhnen ließ er das Wasser seinen Körper hinunterlaufen. In kurzen Abständen wechselte er von warm auf kalt. Nach nur wenigen Minuten begann das Wasser merklich abzukühlen. Mit wenig Hoffnung auf Besserung drehte er den Heißwasserhahn weiter auf, obwohl der kleine Wasserspeicher nicht wieder aufgeheizt sein konnte. Wie erwartet, war das nachströmende Wasser kalt, und als es richtig eisig wurde, drehte er es ab und stieg hinaus. Nebliger Dunst hatte sich im Bad ausgebreitet, hatte das Fenster, die Wände und den kleinen Spiegel beschlagen, der neben der Toilette über einem Waschbecken hing. Mit einem Seufzer beugte er sich über das Waschbecken und begann mit einem Lappen, den Dunst vom Spiegel zu wischen. Die Dusche hatte ihm die erhoffte Erfrischung gebracht, und doch erschrak er, als er bei der schummrigen Beleuchtung sein Spiegelbild betrachtete. Über seine linke Schulter verliefen mehrere tiefe, rötliche Spuren. Rick schüttelte langsam den Kopf. „Unmöglich!", hörte er sich flüstern und betrachtete die Spuren eingehender, die bis zu seinem Rückgrat reichten. Langsam ließ er seine Hand über die Schrammen gleiten; dabei versuchte er sie abzuwischen, als wären sie ein Trugbild. Immer heftiger rieb er an ihnen entlang, bis die Kratzer zu brennen begannen.

„Nein!", fuhr er sein Spiegelbild wütend an. Seine Adern traten hervor, pulsierten an den Schläfen und am Hals. Dunkle Ringe lagen unter seinen Augen, seine Haut schien schlaff und feucht, und auf den Lippen lag die Andeutung eines höhnischen Lächelns. Er war erschrocken, denn das, was er sah, war nicht das, was er zu sehen gewohnt war. Jetzt starrte ihm ein Unbekannter entgegen, der, wie es aussah, einem Albtraum entsprungen sein musste. Ein Schaudern lief ihm über den Rücken. Er spürte, wie ihm der Schweiß das Gesicht herunterlief; dann fühlte er einen stechenden Schmerz an seinen Händen und hörte das Scheppern des Spiegels, als er in Hunderte kleiner Teilchen zersplitterte. Doch das Gesicht stierte ihn aus den zerbrochenen Spiegelscherben weiter an.

Maybrick starrte wie gebannt auf seine Hände. Hatte er sich verletzt oder war es das Blut des Unbekannten, das an ihm klebte wie ein blutiger Handschuh? Der Schweiß auf seinem Gesicht glänzte wie eine glasige Speckschicht. Seine dunklen Augen waren ins Leere gerichtet. Nie zuvor hatte er etwas Ähnliches erlebt. Er lehnte sich vor und stützte sich mit zitternden Händen am Waschbecken ab. Aus einer Schnittwunde am Handgelenk floss Blut, und er hatte das Gefühl, eine große Ader durchtrennt zu haben. Dann sah er, dass die Schnittwunde zwar tief, aber nicht weiter gefährlich war.

Maybrick schlüpfte in seine Hose, wankte, die andere Hand auf seine Wunde gepresst, zum Wagen und kam gleich danach mit dem Verbandkasten ins Haus zurück. Selbst als er die Schnittwunde verband, fühlte er keinen Schmerz, aber er hatte Mühe, sich mit dem Vorgefallenen abzufinden. Er glaubte nicht an übernatürliche Mächte und war keineswegs abergläubisch. Diese eindeutigen Spuren ließen sich aber nicht verleugnen. Stöhnend umklammerte er seine brennende Schulter. Im tiefsten Innern glaubte er, was er fühlte und sah, denn er war sicher: Die fünf rötlichen Spuren auf seiner Schulter waren Kratzspuren der Fingernägel von Clara O'Hara.

8. KAPITEL

Milford Haven 1988

Nach einer heißen Tasse Tee und einem spärlich belegten Sandwich verließ er die kleine Hütte und lenkte seinen Wagen über die Waldlichtung zurück auf den holperigen Weg, der durch den Wald zur Hauptstraße führte.

Der Sturm hatte sich gelegt, der Regen aufgehört und die Dunstwolke, die wie ein silberner Schleier über den Wäldern lag, drang immer tiefer ins Landesinnere vor. Den spröden, von tiefen Furchen durchzogenen Lehmboden hatte der Regen der vergangenen Nacht nicht durchdringen können; aber aus dem plätschernden Bach, der hoch oben aus den Bergen kam, war ein reißender Fluss geworden, der die abgefallenen Baumrinden und das morsche Geäst mit sich reißend ins Meer trieb. Doch der Wind drängte das Meer immer noch in tosenden Wellen gegen die Klippen von Wales und brachte den Schmutz und das Geäst wieder zum Strand zurück.

Unten im Dorf hielt Maybrick kurz an, um in einem Blumenladen einen Strauß zu kaufen, dann fuhr er weiter.

Es gab keine Hinweisschilder, aber Rick wusste genau, dass er seinen Rover über die Nebenstraße unmittelbar außerhalb des Dorfes Haverfordwest lenken musste, wenn er sein Ziel erreichen wollte. Ungefähr eine halbe Meile fuhr er langsam den Fahrweg entlang, bis ein Fußpfad darauf stieß. Der Ort, den er aufsuchte, war von einer hohen Steinmauer umgeben. Am Eingang befand sich ein gusseisernes Tor. Es stand weit offen, und auf einem Holzschild neben einem Blutweiderich mit purpurroten Blüten stand in schwarzer Farbe auf weißem Grund:

Milford Haven Dorffriedhof
Anno Domini 1564
Hier ruhen Blut und Tränen
in ewigem Frieden.

Der Friedhof war klein und die Gräber lagen inmitten eines säuberlich geschnittenen Rasens, von Fichten und Tannen beschattet.

Langsam schritt er der kleinen Kapelle entgegen. Nicht weit davon entfernt lag das Grab seiner Eltern, das er jedes Mal aufsuchte, wenn ihn sein Weg nach Liverpool führte.

Die Gräber lagen in unheimlicher Stille, als wäre der Friedhof von den äußeren Regionen vollkommen abgeschirmt. Es gab keine Geräusche, keinen Windhauch, keinen Vogelgesang. Nicht einmal die tobenden Wellen, die unweit des Friedhofs gegen die Klippen schlugen, waren hier zu hören. Alles lag in ewige Ruhe gebettet, als hätte eine herrschende Hand alles zum Schweigen gebracht.

Der Geruch der Pflanzen schien, ebenso wie das lastende Schweigen, seit Jahrhunderten über diesem Friedhof zu schweben.

Die Hände hinter dem Rücken verschränkt, stand Maybrick reglos vor dem Grab seiner Eltern. In den Grabstein eingemeißelt stand:

An einem unvergesslichen Sonntag
reisten sie in jenes unbekannte Land,
aus dem keiner je zurückkehrt.
Es war der Tag, an dem die Sonne im Meer der Tränen versank
und die Sterne ihren Glanz verloren.
Seitdem ruhen hier in Frieden unsere geliebten Eltern,
Polly und Charles Maybrick,
36 und 39 Jahre.

Dann kniete er nieder und legte behutsam seinen Strauß Blumen auf das Grab. Er blickte über es hinweg, an der alten, steinernen Kapelle vorbei zu den steilen Felsen, die sich hinter dem Friedhof gegen den Himmel erhoben, und fand, dass die Felswand immer noch wie ein Panoramabild der Ruhe wirkte. Die Bergspitze verdeckte eine lange, schmale Nebelbank, die wie von Geisterhand festgehalten wurde.

Hinter den letzten Grabsteinen, an der anderen Seite der Kapelle, schlängelte sich ein Mann wie ein Schatten zwischen den Gräbern hindurch. Gibson Rowlings, der Friedhofswächter, machte seine erste Runde. Solange die Dorfbewohner sich zurückerinnern konnten, war Gibson Totengräber von Milford Haven gewesen. Sein Gesicht prägten tiefe Kerben, und es hatte beinahe den Anschein, als besäße er das gleiche Alter wie der seit Jahrhunderten bestehende Friedhof. Gibson hatte sich seine Mütze, deren Seitenklappen weit über die Ohren hingen, tief ins Gesicht gezogen.

Wie jeden Tag wanderte er mit seinem Schubkarren vom Geräteschuppen hinunter der Kapelle entgegen. Durch das nasse Gras führte ein geschotterter Weg zu den Gräbern. So schob er seinen Karren von Grab zu Grab und sammelte die verwelkten Blumen und das gefallene Laub ein.

Maybrick trat zwei Schritte vom Grab zurück. In Gedanken versunken stand er da, die Hände auf dem Rücken verschränkt. Gibson kannte die Geräusche des Friedhofs, die zu manchen Zeiten das vorherrschende Schweigen ablösten, und das Knirschen von Kies unter Maybricks Füßen war eines dieser seltenen Geräusche.

Gibson kam an drei frisch ausgehobenen Gräbern vorbei, wo er den Schubkarren niederstellte. Dann trat er mit unhörbaren Schritten hinter Maybrick.

„Sind Sie ein Verwandter?"

Maybrick erschrak; er hatte den alten Totengräber nicht kommen hören, der ihn im ungünstigsten Moment angesprochen hatte.

„Oh... ja..., meine Eltern."

„Verzeihung. Dann sind Sie wohl der kleine Bursche, der damals mit seiner Tante hier war?"

Maybrick sah ihn fragend an.

„Sie erinnern sich wohl nicht mehr an mich, aber ich erinnere mich an Sie und Ihre Tante ... an den Tag der Beerdigung", sagte der Alte und nickte mit dem Kopf zu dem Grab seiner Eltern.

„Sie waren immer sehr nett und freundlich gewesen. Was war noch gleich mit ihnen passiert?"

„Ehm... ein Autounfall."

„Ah ja, ich erinnere mich wieder. Es war der schrecklichste Unfall, der sich jemals hier ereignete. Ihr Wagen ist von der Hauptstraße nach Haverfordwest abgekommen und über die Klippen ins Meer gestürzt, nicht wahr?"

„Ja."

„Sie leben nicht hier!", stellte der alte Mann fest.

„Nein, ich lebe in London."

„Ein weiter Weg, um die Seelen seiner Eltern zu besuchen."

„Ich denke nicht. Es ist das Mindeste, was ich jetzt noch für sie tun kann."

„Da haben Sie Recht. Seit der alte Rutherford tot ist, bin ich Totengräber in Milford Haven. Das ist schon so lange her, dass ich mich beinahe nicht mehr erinnere, was ich vorher gemacht habe. Wissen Sie, ich bin jetzt zweiundachtzig und warte nur noch auf den Tag, an dem der Todesengel über mir schwebt. Von meiner Generation sind alle längst tot, und ich fühle mich, als lebte ich in einer Welt, in die ich nicht mehr hineingehöre. Wissen Sie, ich war nie verheiratet ... nicht, dass ich nicht verliebt gewesen wäre. Oh nein, ich hatte eine Freundin", fuhr er fort, hob seine Hand und zeigte mit seinem krummen Finger auf Maybrick. „Sechs Jahre lang waren wir untrennbar. Wir hielten zusammen wie Pech und Schwefel. Sie war das hübscheste Mädchen, das man sich denken kann. Und dann, als der Winter kam, fingen wir an, feste Pläne zu schmieden. Wir waren noch jung, wollten heiraten und uns ein Haus unten am Meer kaufen; aber dann, während der kalten Winterzeit, wurde sie krank. Lungenentzündung. Ich erinnere mich, als wäre es erst gestern gewesen. Ich saß an ihrem Bett, als sie starb. Sie wurde hier beerdigt", sagte er und wies auf das Grab, das nur drei Gräber neben dem der Maybricks lag. „Als ich sie verloren hatte, wollte ich nicht mehr weiterleben. Ich versuchte es mit Selbstmord, aber nicht mal das konnte ich richtig. Ich musste zwei Monate im Krankenhaus liegen. Ich weiß nicht, ob ich in meinem Leben überhaupt je etwas richtig gemacht habe. Seltsam, und nun lebe ich schon weit über vierzig Jahre mit meiner Amy hier zusammen. Als ich noch ein Knabe war, kannte ich alle Kinder, die hier lebten, kannte ihre Eltern, ja, ich kannte selbst ihre Haustiere, wenn sie welche hatten. Hier haben wir zusammen gespielt, gelacht und geweint. Und als wir älter wurden, habe ich die Kinder heranwachsen sehen. Oh ja, auch heute noch kenne ich sie alle, die Menschen, die hier leben. Ich habe jede Phase ihres Lebens miterlebt und manche von den Kleinen hab ich sogar zum Grab begleitet. Die Menschen hier haben mich mein ganzes Leben lang beschäftigt. Sie, dieser Friedhof und mein Traum." Mit Tränen in den Augen blickte er zu dem Grab, das er kurz zuvor Maybrick gezeigt hatte.

„Die Zeit mag manchmal hart gewesen sein, doch von alledem würde ich nichts eintauschen wollen, nicht gegen alles Gold der Welt."

Der Alte nahm ein Taschentuch aus seiner Jacke und schnäuzte laut hinein. „Wie lange wollen Sie hier bleiben?", fragte er anschließend in eindringlichem Ton.

„Wieso?"

„Ich muss Sie warnen", hauchte er und drohte erneut mit dem Finger. „Erst gestern habe ich drei neue Gräber ausgehoben. Dort oben in der Felsenwand sind sie herumgeklettert und haben nach der Höhle gesucht ..."

„Welche Höhle?"

„Die Höhle, in der sich Lady Hamilton und Lord Nelson der Legende nach heimlich trafen. Sie glaubten, diese Höhle finden zu müssen, obwohl es sie überhaupt nicht gibt. Es ist nur eine Legende. Ein Teil der Felsenwand ist eingestürzt und hat sie unter sich begraben, keine Meile von hier."

„Wirklich?"

Erneut schnäuzte er in sein Taschentuch hinein.

„Sie waren noch Kinder! Ich weiß nicht, wer sie geholt hat, der Teufel oder der liebe Gott."

„Es war wohl eher Leichtsinn!", meinte Maybrick.

„Ich kannte sie schon als kleine Jungs und ich weiß sehr wohl, dass sie nie unvorsichtig waren."

„Es ist nicht ungefährlich in den Felswänden herumzuklettern, und außerdem ist es höchst seltsam, dass sie nach dieser Höhle suchten, wo sie doch genau wussten, dass es sie nicht gibt."

„Es ist eine Legende", schnaufte der Alte erneut. „Und der Älteste war gerade erst sechzehn."

Dieser schwatzhafte alte Mann wurde Maybrick allmählich lästig, und doch empfand er im tiefsten Innern etwas wie Mitleid. Rick wollte nicht unhöflich wirken, deshalb ließ er Gibson Rowlings weiterreden.

„Der junge Tom saß oft auf meinem Knie und ich spielte mit ihm", erinnerte er sich schwermütig. „Ich versuche es immer wieder zu begreifen, aber ich werde wohl nie verstehen, warum Gott so junge Menschen abberuft und einen so alten Mann wie mich weiterleben lässt."

Der Totengräber beugte sich nieder und begann die Blumen auf dem Grab von Ricks Eltern aufzusammeln.

„Wenigstens kann ich ihre letzte Ruhestätte sauber halten", murmelte er. Dann erhob er sich wieder, um mit den Blumen in Richtung Schubkarre zu verschwinden.

Der Alte begann ihm wahrlich leidzutun. Anfangs hatte er wenig Hoffnung, dass er ihn wieder loswerden würde, und nun versuchte er mitsamt seinem Strauß zu verschwinden.

„Sie können meine Blumen hier lassen. Ich habe sie eben erst mitgebracht", rief Maybrick und streckte dem Totengräber fordernd seine Hand entgegen.

„Oje, wirklich? Und ich dachte, sie wären verwelkt." Der alte Mann zuckte die Schultern, dann legte er die Blumen behutsam an ihren Platz zurück. „Ich lasse sie einfach liegen, bis sie verwelkt sind, aber dann werde ich sie entfernen."

„Abgemacht", entgegnete Maybrick.

„Sie sind nicht gekommen, um mir zu helfen?", fragte der Alte, nachdem sie sich solchermaßen geeinigt hatten.

„Nein, bin ich nicht", entgegnete Rick bestimmt.

Freundschaftlich und besorgt legte Gibson seine Hand auf Maybricks Schulter. „Dann werde ich wohl allein zurechtkommen müssen. Entschuldigen Sie mich, aber ich muss noch auf dem ganzen Friedhof die verwelkten Blumen einsammeln", sagte er mit leiser Stimme und zuckte erneut mit den Schultern. „Der Friedhof muss sauber sein, wegen der Beerdigungen heute Nachmittag." Dann verschwand er mit schlurfenden Schritten hinter den Grabmälern.

Als Maybrick kurze Zeit später dem Ausgang zustrebte, bemerkte er, dass mit Ausnahme des Grabes seiner Eltern und dem von Amy kein weiteres mehr mit Blumen geschmückt war.

9. KAPITEL

Liverpool 1988/1888

Obwohl Maybrick frühzeitig aufgebrochen war, steuerte er erst gegen Abend seinen Rover durch die Aigburth Street, eine der Hauptstraßen Liverpools, die parallel zum Mersey River und geradewegs zur Riversdale Road führt.

Gegen Mittag hatte die Sonne die blassgraue Wolkendecke zerrissen und bis in den späten Nachmittag auch das graue Himmelstuch gezwungen, sich zu verabschieden. Wie an einem molligen Sommertag hatte sie ein Wärmekissen über das Land gelegt und dabei den Himmel hell und klar, in marineblauer Pracht erstrahlen lassen. Doch jetzt, wo er Liverpool erreicht hatte, begann sie sich am Horizont zu verabschieden, und keiner konnte wissen, ob die Welt sich am nächsten Tag wieder in einen solch prächtigen Mantel hüllen würde. Ihr Licht tauchte die Stadt in einen rötlichen Schein und warf die langen Schatten der Häusergiebel über die Straßen. Noch bevor Maybrick Battlecrease House erreichte, hatte sie sich hinter der Stadt verabschiedet und über den Himmel Millionen kleiner Sternenfunken verstreut.

Die mollige Wärme des Tages aber steckte nicht tief genug im Boden, um für die kommende Nacht genügend Wärme zu spenden, und Maybrick schob den Heizungsregler des Wagens höher.

Noch während er seinen Rover durch die Aigburth Street steuerte, entschloss er sich, zuerst das Poste House in der Cumberland Street nahe den Docks von Liverpool aufzusuchen. Zuerst wollte er im Battlecrease House zu Abend essen, aber schlagartig hatte er sich für die kleine Schenke entschieden. Er verbrachte ja nicht jeden Tag in Liverpool, und schließlich war das Poste House für seinen Eintopf weit und breit berühmt. Als er das spärlich erleuchtete Gasthaus betrat, drängten sich die Gäste am Tresen, die meisten Tische aber waren leer. Trotz des Gedränges am Tresen war es gemütlich und Maybrick fand einen unbesetzten Tisch in einer ruhigen Ecke. Das Poste

House gab es schon, solange er denken konnte. Bereits sein Urgroßvater James Maybrick hatte hier Tee getrunken und dazu sicherlich diesen herrlichen Eintopf gegessen. Eins stand immerhin fest: Seit der Zeit, als sein Urgroßvater hier gelebt hatte, hatte sich die Gaststätte kaum verändert. Die Wände hatten immer noch ihre dunkelrote Farbe, die Decke war grün und seit jeher hingen schwere Vorhänge, von schwarzen Kordeln gehalten, neben den Fenstern.

Es war schon seltsam, wieder einmal hier zu sitzen, genau so, wie er es in all den Jahren seiner Aufenthalte in Liverpool gewohnt gewesen war. Er war kein Stammgast, dazu waren seine Besuche in Liverpool nicht häufig genug; aber dennoch: Nahezu immer, wenn er Battlecrease House einen Besuch abstattete, speiste er im Poste House. Müde, in Gedanken versunken, wartete er auf die Bedienung. So saß er eine Weile schweigend und lauschte den zunehmenden Lärm, der ihn umgab. Er hörte die Stimmen der zahllosen Gäste, die das Lokal füllten, das Geklapper der Bestecke, das Klirren der Gläser und das endlose Schwingen der Tür, die zur Küche führte. Rick Maybrick widmete dem vermeintlich anwachsenden Getöse keine Aufmerksamkeit, sondern saß da, in Gedanken versunken, die Augen geschlossen, das Kinn auf die Brust gesenkt, und genoss die Wärme und die appetitlichen Düfte, die sich im Lokal auszubreiten begannen. Durch den Lärm konnte er nun ein Klavier spielen hören, in das sich zwei Frauenstimmen im Duett einfügten. Sie wurden immer lauter, bis schließlich das gesamte Lokal mitzusingen begann. Was er hier hörte, widersprach allem, was er vom Poste House gewohnt war. Die Tatsache, dass es im Lokal ein Klavier gab, war ihm neu. Selbst beim Eintreten hatte er es nicht bemerkt, und dabei hatte er überall nach einer ruhigen Ecke gesucht. Maybrick öffnete seine Augen auf der Suche nach dem Kellner und dem Anlass zu diesem lautstarken Gesang. Durch den grauen Rauch, der das Lokal wie ein Leichentuch einhüllte, flackerten Öllampen an den Wänden und füllten die große Schankstube mit ihren Dämpfen, dass ihm die Augen tränten. Tabakschwaden hingen wie dichte Wolken in der Luft, und durch den Saal stolperte und tanzte eine so vielfältige Mischung menschlicher Wesen, wie sie ihm noch nie zu Gesicht gekommen war. Mit ihren Kleidern schienen sie eher ins 19. als ins 20. Jahrhundert zu gehören. Der Raum hatte sich verändert. Auf dem einst freien Platz vor der Theke saßen eine Handvoll Feiernder um einen gewaltigen, grob gezimmerten Tisch und versuchten, den Gesang der Mädchen zu übertönen. Ein dickleibiger Kellner mit fettigem, zurückgekämmtem Haar und einer schmutzigen Schürze kam geradewegs auf seinen Tisch zugewatschelt.

„Bitte sehr, Mr Maybrick, Ihre Brühe", unterbrach er Maybricks Gedankengänge und stellte einen Teller mit herrlich duftender Bouillon vor ihn auf den Tisch.

‚Rinderbouillon', fuhr es Maybrick durch den Kopf. Er bekam den Kellner gerade noch rechtzeitig am Ärmel zu fassen, bevor der wieder in der Menschenmenge untertauchen konnte. „Wieso Rinderbouillon? Und woher kennen Sie überhaupt meinen Namen?", forderte er den Kellner zu einer Antwort auf, denn er war sicher, dass er diesem Mann noch nie zuvor begegnet war.

Erstaunt sah der Kellner ihn an. „Ich bringe Ihnen nur, was Sie bestellt haben", stotterte er und versuchte sich von Maybricks festem Griff zu befreien. „Sie bestellen doch immer Rinderbouillon, wenn Sie herkommen!"

„Ich habe aber einen Eintopf bestellt und keine Brühe, also nehmen Sie sie wieder mit. Woher kennen Sie nun meinen Namen?"

„Aber Mr Maybrick! Sie als Stammgast unseres Lokals! Was soll ich jetzt sagen?", entgegnete der Kellner verwirrt.

Ein unerklärliches Schwindelgefühl hatte Maybrick befallen und drohte ihn nicht mehr loszulassen. Hatte er nun die Brühe oder einen Eintopf bestellt? Tatsächlich konnte er sich nicht einmal erinnern, überhaupt etwas bestellt zu haben. Er steckte die Hand in die Tasche und tastete nach seinem Taschentuch; dabei zog er ein Fläschchen hervor, das ein seltsam weißes Puder enthielt.

„Geht es Ihnen nicht gut?", hörte er wie aus weiter Ferne die Stimme des Kellners.

„Alles bestens!", entgegnete er und zog den Teller mit der Rinderbouillon näher an sich heran. So plötzlich, wie das Schwindelgefühl ihn überkommen hatte, verflüchtigte es sich wieder. Der Kellner ging. Maybrick öffnete die kleine Flasche und streute das weiße Pulver über die Brühe. Gebannt starrte er auf seinen Teller, bevor er anschließend mit dem Löffel in leichten Kreisen das Puder umzurühren begann.

„Na, Süßer, wie geht's denn so?"

Maybrick blickte vom Teller auf. Er hasste es, wenn man ihn beim Essen störte, und noch mehr hasste er es, wenn dies durch ein altes, heruntergekommenes Frauenzimmer geschah.

„Zieh Leine, Alte, und ich vergesse, dass du mich angequasselt hast!“, entgegnete er, als er die fette Frau betrachtete, die in einem durchgescheuerten Kleid vor ihm stand. Aber statt seiner Aufforderung nachzukommen, trat sie an ihn heran und legte ihm eine Hand auf die Schulter.

„Für ein paar Pence könnten wir zusammen viel Spaß haben.“

Maybricks Blick wurde finster und seine Stimme klang jetzt drohender. „Ich habe es schon einmal gesagt und möchte mich nur ungern wiederholen. Verschwinde!“

„Schüchtern, mein Liebster? Das brauchst du aber bei der netten Annie nicht zu sein. Spendierst du mir etwas zu trinken?“ Sie hob den alten Rock etwas an und ließ sich auf dem Stuhl gegenüber nieder.

„Alte Schlampe, du willst mich wohl zum Narren halten! Ich spendiere dir gleich ein paar aufs Maul!“

„Zum Teufel mit dir, verdammter Scheißkerl! Spiel doch weiter mit deinem Teller!“, schnaufte sie und zog sich verbittert ins Lokal zurück.

Als Maybrick fertig gegessen hatte, stand er auf, ging zur Garderobe, zog seinen Umhang über und nahm seinen Zylinder von der Hutablage. Ein Blick in den Spiegel bestätigte ihm, dass er einen weitaus eleganteren Eindruck machte, als er zu hoffen gewagt hatte. Trotzdem war er nicht erstaunt, als er mit seiner Hand langsam über sein sandfarbenes Haar streifte und ihm das Spiegelbild von James Maybrick entgegenlächelte.

Gerade eben war er von seiner Reise aus Manchester zurückgekehrt. Er hatte von seiner Medizin genommen und ernsthaft über seine Pläne nachgedacht. James wusste, dass seine Frau sich während seiner Abwesenheit mit Alfred Brierley traf. Wenn sie wüssten, welchen Spaß er sich für sie ausgedacht hatte, würden sie das augenblicklich unterlassen. Er wollte sie leiden sehen, so wie sie ihn leiden ließen. Seinen Feldzug hatte er gestern Nacht in Manchester begonnen, und er würde ihn fortsetzen, dazu war er fest entschlossen. Nur wenige Straßen weiter hatte er Florie und ihren Hurenbock gesehen, als sie nach Whitechapel hinuntergingen und in einem Hauseingang verschwanden. Erst nach Stunden hatten sie das Haus wieder verlassen. Er wusste genau, was sie getrieben hatten, aber sie hielten ihn für blind. Auffallender hätte sie ihren Rock auf der Straße nicht zurechtrücken können. Maybricks Hände waren kalt, aber kälter war sein Herz, wenn er an sie dachte. Er hatte beschlossen, dass es nicht Manchester sein sollte, wo er seinen Rachefeldzug fortsetzen wollte. London wäre passender. Wer würde ihn schon verdächtigen? Sein Blick fing das Lächeln des Spiegelbildes auf, und fast hätte er laut losgelacht. Nein, sie würden ihn nicht kriegen, dafür war er zu schlau.

Der Zwischenfall im Park von Manchester hatte ihm nicht den erhofften Genuss gebracht. Es drängte ihn danach, seine Pläne zu ändern. Er musste in ihre Augen sehen, wenn er sie leiden ließ, und sie richtig leiden sehen konnte er nur, wenn er das geeignete Werkzeug dazu besaß. Morgen schon würde er sich danach umsehen. Er durfte seinen Kreuzzug nicht länger aufschieben. Maybrick setzte seinen Zylinder auf das sandfarbene Haar, streifte mit der linken Hand über den Rand und blickte in die vor Mordlust glitzernden Augen seines Spiegelbildes. Die wenigen Stunden, die noch blieben, bevor er alles zusammen hatte, wurden ihm zur Qual. Hätte er sich nur jetzt schon danach umsehen können! Nein, Manchester hatte sein Verlangen nicht gestillt, aber er war sicher: Bei dem, was er sich für die anderen ausgedacht hatte, würde er Genugtuung finden.

Trotz des plötzlichen Wetterwandels verließ er nach Bezahlung seiner Zeche das Gasthaus und machte sich auf den Heimweg. Mit gefurchter Stirn betrachtete er das heraufziehende Unwetter, und kurz darauf brach dann mit dramatischer Wucht endgültig der Sturm los.

Einem grellen Blitz mit nachfolgendem Donnergetöse folgte ein wüster Wolkenbruch.

Das Gewitter war nun in vollem Gange und der Wind heulte wie eine verlorene Seele. Wie aus heiterem Himmel war die Übelkeit erneut über ihn hereingebrochen. Seine Sinne fingen an zu schwinden und ließen ihn keinen klaren Gedanken mehr fassen. Was für eine geheimnisvolle Kraft spielte hier mit seinen Gedanken ihr hinterlistiges Spiel? Das Gesicht dieses Mannes, den er vor wenigen Minuten erneut im Spiegel gesehen hatte, glich dem seines Urgroßvaters James Maybrick bis aufs Haar! Er kannte es von alten Familienfotos, dessen war er sich ganz sicher. Wenn es sein Urgroßvater war, wie war es dann möglich, dass er ihn statt sich selbst im Spiegel sehen konnte? Die Gedanken, die er führte, wenn dies mit ihm geschah, waren auch nicht mehr die seinen, und er benahm sich außergewöhnlich aggressiv gegenüber seinen Mitmenschen. Jetzt aber, da er die Taverne verlassen hatte, schien er wieder der Alte zu sein, doch das Ein- und Ausatmen fiel ihm immer noch schwer. Die schwefelhaltige Luft, die das Atmen noch mühseliger machte, verstärkte das Gefühl der Übelkeit. Er presste eine Hand gegen die Stirn, seine Augen waren geschlossen, sein Gesicht kreidebleich. Er spürte, wie ihm der Schweiß ausbrach. Nie zuvor war dieser Schwefelgeruch so gegenwärtig gewesen. Genau so musste es gerochen haben, als es noch keine Heizungen gab und alle Menschen ihre Räumlichkeiten mit Kohleöfen aufwärmten. Er zitterte am ganzen Körper, als er sich, den Kopf tief in die Hände versenkt, auf einem niedrigen Mauervorsprung niederließ, der den Bürgersteig zu einem Vorgarten abgrenzte. Rick hatte das Gefühl, sich übergeben zu müssen. Mit starrem Blick fixierte er den Boden, atmete die frostige Nachtluft in tiefen Zügen ein und kämpfte gegen eine Ohnmacht an, während die Bilder der Gegenwart jede seiner Gehirnzellen durchbohrten. So saß er da, erstarrt in der Zeitlosigkeit, während sich vor seinem geistigen Auge ein Jahrhundert wie in einem alten Film abspulte. Dann spürte er die Übelkeit schwinden und der Schweiß auf seinem Gesicht vermischte sich mit dem peitschenden Regen. Nach einigen Minuten des Rastens erhob er sich. Die Übelkeit, das Unwetter und die schwefelhaltige Luft hatten sich verflüchtigt, aber er wusste genau, was mit ihm geschehen war. Es war nicht das erste Mal, dass ihm so etwas widerfuhr, aber nie war es so real gewesen wie heute. Es war kein Trugbild vergangener Jahre; er war wirklich durch das Tor der Zeit einhundert Jahre in die Vergangenheit gereist. Und dort im Poste House, nur wenige Schritte hinter ihm, hatte er, Rick Maybrick, im Jahre 1888 gesessen. Nur war er nicht Rick gewesen, sondern sein Urgroßvater James. Erst letzte Nacht hatte ihn, während er schlief, das Grauen in seine Zeit gelockt. Bisher war es nie in so kurzen Intervallen geschehen. Auch hatte er nie zuvor mit Menschen dort gesprochen. Es war, als verwandelte sich sein Traum nach und nach in feste Materie. Rick wollte sicher sein. Er wusste, er hatte dort gegessen, aber nur der Wirt konnte ihm seine Vermutung bestätigen. Ihm blieb keine Wahl: Wenn er dem Geheimnis auf den Grund gehen wollte, musste er mit dem Wirt reden! Als er das Poste House in dieser Nacht zum zweiten Mal verließ, wusste er, er hatte ein Jahrhundert zuvor sein heutiges Abendessen zu sich genommen. Der Wirt war verstört gewesen, als ihn Rick gefragt hatte, ob er heute Nacht bei ihm gegessen hatte.

„Oh ja, ich habe Sie hereinkommen sehen, Mr Maybrick, aber gegessen haben Sie nichts.“ Er hatte ihn also die Schenke betreten sehen. „Dort oben an dem freien Tisch haben Sie gesessen“, bestätigte er ihm, was er längst wusste. „Als ich zu Ihnen kommen wollte, waren Sie verschwunden. Ich dachte, Sie seien zur Toilette gegangen, und war erstaunt, als ich Sie eben wieder hereinkommen sah. Ich habe Sie nicht weggehen sehen, Mr Maybrick.“

Als Rick aus der Schenke in die Nacht hinaus trat, wusste er: Er hatte ihre Luft gerochen und mit den Menschen dort gesprochen. Zum ersten Mal war er nicht nur ein einfacher Beobachter gewesen. Dort an der Schwelle zur Vergangenheit war das Übelgefühl verschwunden, und für einen kurzen Augenblick konnte er an nichts mehr denken. Nie zuvor hatte er sich in Ereignisse der Vergangenheit eingemischt, niemals, bis heute, oder sollte es besser heißen, damals? Nein, er hatte sie immer im Traum beobachtet, und irgendwann, während er schlief, hatte es dann begonnen. Er hatte die Schranken der Zeit durchbrochen, hatte sich mit ihnen bewegt, mit ihnen Gespräche geführt und dort gemordet. Aber hatte er wirklich die Vergangenheit verändert? Er konnte sich genau an den nächtlichen Spaziergang im Park erinnern, als er sich dazu entschlossen hatte, Clara O'Hara zu töten. Dort auf der Bank im Mondlicht hatte er sie erdrosselt. Aber es waren nur Träume gewesen, Bilder einer irrealen Welt, denn einen Mord hatte es damals nicht gegeben, das hatte er ja nachgeprüft. Also hatte er die Zukunft mit seiner Reise durch die Zeit nicht verändert. Oder konnte er lediglich keinen Beweis dafür finden?

Hatten ihm seine Gedanken einen Streich gespielt? Oder war es die Trauer um seinen toten Freund gewesen, die ihn so sehr mitgenommen hatte, dass er diese Menschen in einem dichten Nebel aus Verwirrungen wahrnahm, wie sie gleich darauf wieder verschwanden, als hätte es sie nie gegeben? Alle seine Nachforschungen hatte er vor Monaten gemacht; was aber, wenn er die Zukunft erst gestern

Nacht oder heute verändert hatte? Er konnte doch nicht jedes Mal, wenn er davon träumte, neue Nachforschungen anstellen ...

Sein Verstand sagte ihm, dass es nicht real gewesen sein konnte, aber seine Erinnerungen an diese verschwommenen Szenen konnte er ebenso wenig leugnen wie die Kratzer, die er davongetragen hatte. Rick zweifelte nicht an dem, was er erlebt hatte, auch nicht an seinem Verstand, aber was konnte er noch glauben? War er letztendlich der, der er zu sein glaubte?

Benommen schlug er den Mantelkragen höher und ging weiter. Dabei schaute er sich immer wieder um, denn er wurde das Gefühl nicht los, beobachtet zu werden. Aber es gab niemanden. Wenige Augenblicke später hatte er den Eingang zu Battlecrease House erreicht. Keine Menschenseele war ihm begegnet, seit er die Schenke verlassen hatte, und doch wurde er dieses eigenartige Gefühl nicht los, dass es jemanden gab, den er nicht sehen konnte. Fortwährend blickte er nach allen Seiten. Wenn er wirklich verfolgt würde, tat jener es ganz leise und höchst professionell. Leichter Nebel zog über den Schotterweg, der geradewegs zum Hauseingang führte, und schlagartig brach das Unwetter wieder über ihn hernieder, das ihn schon im Jahre 1888 so wuchtig überrascht hatte. Durch das Unwetter hörte er nicht die Schritte, die unter anderen Umständen deutlicher vernehmbar gewesen wären. So aber war es, als käme diese dunkel gekleidete Gestalt ganz leise daher. Rick war bereits an der Haustür, als er sich noch einmal umdrehte. Und dann sah er seinen Verfolger aus dem vorigen Jahrhundert. Wie ein Dunstbild kam er über den Bürgersteig, doch während er sich näherte, wurde er immer deutlicher. Er hatte ihn gleich erkannt, obwohl er seinem Urgroßvater nie leibhaftig begegnet war. Er kannte ihn nur von vergilbten Fotos und vom Spiegelbild, das ihm noch vor wenigen Minuten im Poste House entgegengelächelt hatte. Es überraschte Rick nicht, als James den Weg zum Haus einschlug, das er vor hundert Jahren bewohnt hatte. Hatte Rick sein Jahrhundert wieder verlassen oder war es diesmal sein Urgroßvater, der zu ihm gekommen war? Verwirrt sah er sich um, ein Zeichen zu finden, dass er nicht wieder durch die Tore der Zeit in die Vergangenheit gereist war.

„Oh mein Gott, nicht schon wieder!“, flüsterte er, als er die breite Eingangstreppe, die von zwei kleinen Steinlöwen bewacht wurde, vor sich sah. Zu seiner Zeit hatte es diese beiden Löwen nicht mehr gegeben. Irgendwann im Laufe der Jahre waren sie entfernt worden; nur die Abdrücke, an denen sie gestanden hatten, waren immer zu sehen gewesen. Fassungslos starrte er die Bäume an, die den Eingang säumten und viel kleiner waren, als er sie in Erinnerung hatte. Die Asphaltstraße war zu Kopfsteinpflaster geworden und ein überdachter Holzkarren mit hohen Speichenrädern ratterte, gezogen von zwei altersschwachen Pferden, über die nassen Pflastersteine. Und dann sah er wieder seinen Urgroßvater. In einer Sturmbö wirbelten gefallene Blätter um ihn herum, als er in den Schotterweg einbog. Kein Blatt aber bewegte sich ins Kreisesinnere. Es war, als bewegte er sich in einem luftleeren Raum.

Rick stand wie erstarrt in einer Zeit, in die er nicht hineingehörte. Er wusste nicht, was er seinem Urgroßvater erzählen sollte. In Wirklichkeit war er ja noch nicht einmal geboren. Selbst wenn er ihm die Wahrheit erzählte, so konnte er nicht von ihm erwarten, dass er ihm Glauben schenkte. Es war schon seltsam, ihn hier auf sich zukommen zu sehen. Dieser Mann, den er nur von alten Fotos kannte, kam nun in Fleisch und Blut daher. Dann hob James den Kopf und blickte geradewegs in sein Gesicht. Spätestens jetzt musste er ihn gesehen haben, denn er brüllte und fluchte unverständliches Zeug. Dabei fuchtelte er mit seinen Armen, als wollte er ihn vertreiben. Nur noch wenige Schritte und er würde ihn fragen, was er hier zu suchen habe, und Rick würde vor ihm stehen und keine Antwort wissen. Als er näher kam, beruhigte sich der Sturm und die Blätter bewegten sich nur noch in einer sanften Brise.

„Bitte entschuldigen Sie, ich muss mich wohl verlaufen haben“, stotterte Rick, als James in Hörweite war, und sah dabei in die tiefen, geheimnisumwitterten Augen seines Urgroßvaters. Aber dieser würdigte ihn keines Blickes. Es schien, als bemerke er ihn nicht einmal. Wenn er ihm jetzt nicht aus dem Weg ging, würde er ihn anrempeln, dessen war er sich gewiss. Was dann geschah, sollte keiner von beiden wahrnehmen. In dem Augenblick, als er ihn anstieß, schienen die beiden Körper miteinander zu verschmelzen. In einer Wolke aus funkelndem Licht löste sich Ricks Körper auf und beide Seelen vereinten sich. Langsam verschwammen und verschwanden die Konturen Rick Maybricks im Licht und hinterließen nur grauen Nebel, der sich mit dem Nebel der Nacht vermischte. Was war geschehen? War Ricks Seele plötzlich im Körper seines Urgroßvaters gefangen und er hatte nicht genügend Kraft, ihn wieder zu verlassen? Fest stand: Sein Urgroßvater hatte von alledem nichts bemerkt. Er ahnte nicht einmal, dass von diesem Augenblick an ein Teil der Seele seines Urenkels in ihm schlummerte.

Gerade, als er die Haustür aufschließen wollte, hörte er das Scharren eines Schlüssels im Türschloss, und im gleichen Augenblick schwang die massive Eichentür auf. In der Diele stand James' Haushälterin, Mary Cadwallader.

„Oh, Mr James, Sie sind wieder zu Hause! Wir hatten Sie erst morgen zurückerwartet. Kommen Sie schnell herein, bei dem Wetter holen Sie sich noch den Tod! Ich lege Ihnen gleich warme Kleider zurecht!"

„Das Wetter ist immer gleich. Wenn es nicht regnet, ist es bedeckt oder kalt. Ich brauche nichts."

„Aber …"

„Kein Aber, Mary! Ich habe mich in meinem ganzen Leben nicht wohler gefühlt", schnitt er ihr das Wort ab, trat in die große Eingangshalle und reichte ihr seinen Mantel.

„Genau das hat Mr Barnaby auch gesagt. Am nächsten Morgen fand man ihn tot in seinem Bett. Doppelseitige Lungenentzündung, sagte der Arzt."

„Wer zum Teufel ist Mr Barnaby?"

„Oh, Mr Barnaby war mein erster Arbeitgeber, wissen Sie …"

„Vergessen Sie's", unterbrach Maybrick sie erneut.

„Sind die Kinder schon zu Bett?"

„Bereits seit zwei Stunden, aber Ihre Frau ist noch im Salon. Sie wird sicher überrascht sein, Sie zu sehen. Hätten wir es gewusst, der ehrenwerte Herr, der heute zu Besuch war, wäre bestimmt etwas länger geblieben. Ich werde Ihnen gleich etwas Warmes zu essen bereiten. Sie müssen ja ausgehungert sein."

„Bemühen Sie sich nicht, ich habe bereits zu Abend gegessen. Wer war denn heute zu Besuch?"

„Mr Brierley, er war bereits zum Mittagessen hier und ist erst vor einer halben Stunde wieder gegangen", entgegnete Mary höflich.

„Was wollte er denn?"

„Das weiß ich nicht, Mr James. Kurz nach dem Essen ist Ihre Frau mit ihm in den Salon gegangen. Sie bat mich ausdrücklich nicht zu stören, das habe ich dann auch nicht getan. Mr Brierley sah so ernst aus, viel ernster als sonst, wissen Sie! Er hat nach Ihnen gefragt, aber ich sagte ihm, dass Sie nach Manchester seien. Zuerst dachte ich, es sei etwas Schlimmes geschehen. Worüber sie gesprochen haben, weiß ich nicht, aber dann hörte ich sie reichlich lachen, da war ich beruhigt. Ihre Frau wird Ihnen sicher davon erzählen."

James brauchte sie nicht zu fragen; er wusste bereits, was sie wieder getrieben hatten, und sicher hatte es auch Mary mitbekommen; nur wollte sie anstandshalber nicht offen darüber sprechen. Alle wussten, was sie trieben, wenn er nicht zu Hause war, aber Florie hielt sie wohl für blind.

„Es ist schon spät, Mary. Gehen Sie zu Bett, ich werde noch nach meiner Frau sehen."

„Vielen Dank, Mr James, ich bin wirklich sehr müde. Gute Nacht."

„Gute Nacht, Mary."

Florie war nicht im Salon, wie ihm Mary berichtet hatte, sondern in der Bibliothek. James fragte sich, wann Mary es endlich fertigbringen würde, die Zimmer auseinanderzuhalten. Zugegeben, das Haus war sehr groß und es gäbe genügend Platz für drei Familien, aber so schwierig war es nun auch wieder nicht. Immerhin, Keller und Speicher konnte sie bereits ohne Schwierigkeiten unterscheiden. Aber gezögert hatte sie auch nicht, als sie ihm sagte, Florie sitze im Salon. Maybrick betrat die Bibliothek, und dort saß sie nun in einem blauen Samtsessel vor dem offenen Kamin und strickte, während das Feuer die Holzscheite mit glühenden Zungen verschlang. Florie hatte ihn nicht kommen hören und blickte konzentriert auf ihre Handarbeit, als er eintrat.

„Mary sagte mir, dass du noch wach bist", brach Maybrick die Stille.

„Du bist schon zurück! Wir hatten dich erst für morgen erwartet", erwiderte sie, machte aber keine weiteren Anstände ihn zu begrüßen. Zwei große, finstere Augen blickten ihn aus einem bleichen Gesicht an. Insgeheim war sie froh, dass er nicht schon früher zurückgekommen war und er sie mit Brierley erwischt hatte. Maybrick hörte die Bestürzung, die in ihren Worten lag, aber Florie versuchte, ihre Gefühle hinter einem Lächeln zu verbergen.

„Oh ja, ich bin immer für eine Überraschung gut. Mary sagte mir bereits das Gleiche. Stell dir nur vor, beinahe hätte ich es noch eher geschafft."

James wünschte sich, er wäre zwei Stunden früher nach Hause gekommen. Zweifellos hätte er sie bei ihren Liebesspielen erwischt. Was er wohl dann mit der Schlampe und ihrem Bock angestellt hätte?

„Hast du Michael helfen können?", unterbrach Florie seine Gedanken und lächelte zufrieden, während sie tief in seine Augen sah.

„Du weißt ja, wie Michael ist. Er dachte vor einer unlösbaren Aufgabe zu stehen; dabei war es nur eine weitere Lappalie, so wie die meisten seiner Probleme. Sind es nicht immer nur Kleinigkeiten, die unser Leben so schwierig werden lassen?"

Müde lehnte er sich gegen den Kamin, in dem das Feuer knisterte wie der Hass in seinem Herzen, und blickte Florie in dem großen Spiegel über dem Kamin an.

„Gab es nichts Wichtiges während meiner Abwesenheit?", stocherte er und hoffte, dass Florie ihm von Brierley berichten würde, den wahren Grund seines Besuches aber verschwieg.

„Nein, nichts, was der Rede wert wäre", entgegnete sie und hielt dabei die offene Hand vor den Mund, um ein gelangweiltes Gähnen zu unterdrücken.

Sie hatte nicht vor, ihm von Brierley zu berichten. Nun war er sicher: Nicht seinetwegen war er gekommen, er hatte nur anstandshalber nach ihm gefragt. In Wirklichkeit wollte er sichergehen, dass er mit Florie alleine war.

Dass sie ihm nicht alles erzählen würde, dessen war er sich bewusst; zumindest aber hätte sie ihm sagen können, dass er hier gewesen war und sich nach ihm erkundigt hatte. Er hätte gewusst, dass es eine Lüge gewesen wäre. Gleichzeitig aber bestätigte sie ihm, dass er mit seiner Vermutung richtig lag. Mit dem Feuerhaken begann er die Glut im Kamin zu schüren, nahm anschließend einige Holzscheite und legte sie behutsam auf die glühenden Kohlen.

„Ich bin müde", entgegnete sie ausweichend. „Ich habe einen anstrengenden Tag hinter mir. Es macht dir doch nichts aus, wenn ich zu Bett gehe?", gähnte sie erneut hinter vorgehaltener Hand.

Oh ja, er glaubte ihr aufs Wort, dass sie sich wieder mal mit ihrem heimlichen Liebhaber verausgabt hatte. Wie oft sie sich wohl genommen hatte, wonach sie dürstete? Maybrick betrachtete den Feuerhaken in seiner Hand und hängte ihn nach wenigen Augenblicken an seinen Platz zurück.

„Geh nur, ich habe noch einiges zu erledigen", entgegnete er gelassen. James machte es sich mit einigen Drinks am Kamin gemütlich, während er zusah, wie die nachgelegten Holzscheite, von gierigen Feuerzungen umschlossen, zu Asche verglühten. Er würde es Florie schon zeigen, ihr und ihrem lieben Brierley; er hatte ihre Spielchen längst durchschaut und brauchte nur noch etwas Zeit.

Anfangs hatte er angenommen, Brierley würde die Grenzen des Anstandes respektieren. James ahnte nicht, welche Saat er säte, als er sie bekannt machte. Alfred war bereits damals für ihre weiblichen Reize überaus empfänglich gewesen. Kurze Zeit später schon änderte sich ihre Zuneigung zu James. Heimlich traf sie sich mit ihm, bis beide eines Tages unternehmenslustiger wurden. Sie begegneten sich öffentlich auf der Straße, gingen gemeinsam Tee trinken. Des Nachts, wenn Maybrick auf Geschäftsreise war, wurde aus der Bekannten eine liebestolle Liebhaberin. Irgendwann hatte James Maybrick Battlecrease House gemietet und später dann gekauft. Er dachte, das Haus würde sie auf andere Gedanken bringen und sie würde ihren Liebhaber nicht mehr so häufig sehen. Aber Flories Sorgen um James weilten bereits in der Vergangenheit. Seit einem Jahr schliefen sie in getrennten Schlafzimmern und sein Hass auf sie wuchs an. James wusste, dass sie sich bis zur Erschöpfung gaben, was sie benötigten, wenn er auf Geschäftsreise war, und daran konnte er nichts mehr ändern.

Florie hatte sich bereits zur Ruhe gelegt, als Maybrick das Licht löschte und in Gedanken versunken der großen Eichentreppe entgegenging, die zum ersten Stock führte. Dort oben, gleich am Ende der Treppe, lag Flories Schlafzimmer. Kalte Luft wehte ihm entgegen. Mit Augen, denen sein gebrochenes Herz anzusehen war, blickte er die Treppe hoch. Wie ein Tier hatte sie ihn in die Enge getrieben, und wie ein Tier würde er sich benehmen, wenn es soweit war.

Als er im oberen Stock vor ihrem Schlafzimmer anhielt, spürte er den Drang der Vernichtung in sich. Während sein Verstand Kapriolen schlug und sich durch einen Irrgarten wirrer Gedanken einen Weg bahnte, legte sich seine Hand auf den Türknopf. Sein Hass drängte ihn, hineinzugehen und ihr wie Clara O'Hara die Kehle zuzudrücken, bis ihr Röcheln und Gieren nach Luft von tödlicher Stille ersetzt würde. Anschließend würde er seinen „Freund" rufen und ihm sagen, dass er Hilfe benötigte, und nachdem der gesehen hätte, was er vollbracht hatte, würde er ihn mitsamt seiner Geliebten aus dem Fenster werfen und ihre Leichen in dem See hinter dem Haus versenken. Die Fische würden den Rest erledigen. Diesmal würde der Hofarbeiter Florie nicht wieder herausziehen, wie er es schon einmal getan hatte, nachdem sie hineingefallen war. Nein, diesmal würde sie mit ihrem Liebsten dort unten in der Dunkelheit des Teiches verwesen, und die Schwäne und Enten würden wie immer ihre Kreise über den See ziehen, während dieser in seinen Tiefen sein dunkles Geheimnis wahrte. Er könnte behaupten, dass Florie dringend nach Paris abgereist sei, aber wie würde es weitergehen? Dabei löste ein Gedanke den anderen ab. Er könnte es noch aufregender erledigen. Wie köstlich er sich dabei erst amüsieren würde! Sie war grausam zu ihm gewesen. Dabei ahnte sie nicht, wie grausam er zu ihr werden könnte. Es lag in seinen Händen, ihr die Hölle auf Erden zu bereiten: Nur wenige Schritte entfernt, gleich hinter dieser Tür, könnte er ihr wahre Grausamkeit bieten. Wie leicht würde es ihm fallen, ihr die Luft abzudrücken, sie anschließend aufzuschlitzen und ihre Eingeweide durchs Zimmer zu verteilen! Danach würde er sie häuten und tranchieren. Ihr Blut wäre der einzige Balsam für seinen inneren Frieden. Als Spaß gäbe er ein Festessen, bei dem Florie ein letztes Mal im Mittelpunkt stehen würde. Er würde in die Augen seiner Gäste sehen, wenn sie Florie als Hauptgericht vorgesetzt bekämen. Seinen angeblich besten Freund würde er als Ersten zum Festessen einladen. Es wäre lustig zu sehen, wie sie von ihr speisten, ohne etwas von seiner schrecklichen Tat zu ahnen. Aber früher oder später würde der Verdacht auf ihn fallen, wenn sie einfach vom Erdboden verschwunden wäre, dessen war er sich ganz sicher. Und dann, wenn alles ans Tageslicht käme, würden sie sich weigern zu glauben, dass sie an jenem Abend an seinem Tisch gespeist hatten. Sie würden den Geschmack des Fleisches wiedererleben, würden sich erinnern, wie köstlich es geduftet hatte und wie enttäuscht alle gewesen waren, dass Florie unerwartet zu ihrer Mutter nach Paris aufgebrochen war und dieses herrliche Festmahl nicht miterleben konnte. Sie würden sich alle von ihm abwenden, mehr noch, als Florie es bereits tat. Alle würden sie ihn für grausam und böse halten, womöglich würden sie noch viel schlimmere Begriffe benutzen. Aber was wussten sie schon von Grausamkeit oder vom Bösen? Die Hölle der anderen wäre sein Paradies. Letztendlich würde man ihn schuldig sprechen, obwohl nicht er es gewesen war, durch den alles Leid begonnen hatte, sondern dieser hinterhältige Brierley. Sollte er ihn nicht gleich mit seinem Liebchen erledigen? Andrerseits … Durch sie würde Maybrick am Strang enden. Das konnte er nicht zulassen! Hatten sie nicht bereits genügend Leid über ihn gebracht? Die beiden aus dem Weg zu räumen, ohne den kleinsten Verdacht zu erregen, war nahezu unmöglich. Florie trieb es mit seinem besten Freund! Nein, er durfte Florie und Alfred nicht umbringen. Wenn er seine Wut an für ihn unbekannten Huren ausließe, wäre die Gefahr entlarvt zu werden viel geringer. Er brauchte sich nur richtig zu organisieren. Trieben sie nicht alle ihre hinterhältigen Spielchen mit ihren Ehemännern!? Seine innere Stimme riet ihm noch abzuwarten. Er musste seine Wutgefühle unterdrücken, musste sie, solange es nötig war, im Zaum halten. Bald schon würde er mit seiner Bestrafung beginnen können, die Zeit war nicht mehr fern. Maybrick neigte den Kopf und musterte den Türknopf. Dann ging er weiter, seinem Arbeitszimmer entgegen, das im hintersten Teil des Hauses lag. Der kleine Schlüssel, den er ständig in seiner Tasche bewahrte, drehte sich im Schloss. Die Tür knarrte, als er sie aufstieß. Wie eine Katze schlich er sich in die völlige Dunkelheit des Zimmers. Er hatte sich entschieden, dass Florie an seinen Werken teilhaben sollte. Sie sollte erfahren, dass er alles nur ihretwegen tat. Florie hatte ihn dort getroffen, wo es am wehsten tat, und nun musste er tun, was unvermeidlich war. Ein leicht amüsierter Zug huschte flüchtig über seine Lippen. Nachdem er die Tür wieder hinter sich verschlossen hatte, entzündete er die Wandleuchte. Die lodernde Flamme warf einen kleinen, kreisförmigen Fleck, der den Raum nur schwach erhellte. Es hatte wieder zu regnen angefangen und die Tropfen prasselten laut gegen die Fensterscheiben. Lautlos und schnell durchquerte er das Zimmer. Das Licht der Wandleuchte warf groteske Schatten auf die Wände. Am Fenster blieb er stehen und blickte in die finstere Nacht hinaus. Es war kein leichter Regen, wie er gedacht hatte. Ein Gewitter tobte, Blitze durchzuckten die Nacht und verdrängten mit ihrem grellen Licht für einen Sekundenbruchteil die Dunkelheit. Nach einer flüchtigen Überlegung wandte er sich schließlich einem verschlossenen Sekretär zu. Er musste nicht lange suchen, bis er den passenden Schlüssel fand. Der Sekretär war leer bis auf ein albumähnliches Tagebuch, eine Feder und ein bis zur Hälfte gefülltes Tintenfläschchen. Er nahm diese Gegenstände alle heraus und legte sie auf die Schreibplatte des Sekretärs. Dann rückte er einen roten Samtsessel näher an den Schreibtisch und setzte sich hinein. Maybrick bekam Herzklopfen, denn er wusste genau, welche Einträge er zuletzt gemacht hatte, und er wusste auch, was er als Nächstes hineinschreiben würde. Er war sich sicher: Wenn er seine Arbeit vollendet hatte und seine Zeit auf Erden abgelaufen war, würde er vor seinen Schöpfer treten, und der würde ihm die kleinen Missgeschicke verzeihen, die er begangen hatte. Er wäre alle Erinnerungen los, vielleicht sogar für immer. Was würde er schon büßen müssen für die Fehler eines einzigen Lebens? Gott wäre ihm gnädig, daran zweifelte er nicht. Maybrick öffnete das Tagebuch. Ein Lächeln lag auf seinen Lippen, während er den letzten Eintrag las, der davon berichtete, dass er seinen Bruder in Manchester besuchen würde.

Meine Geduld ist am Ende. Die Schlampe hält mich zum Narren. Morgen reise ich nach Manchester. Ich werde von meiner Medizin nehmen und über die Sache nachdenken. Ich glaube, ich könnte es tun, aber ich zittere vor Angst, gefasst zu werden. Eine Angst, die ich meistern muss. Ich glaube, ich habe die Kraft dazu. Ich werde mich zwingen, nicht an die Kinder zu denken. Die Huren sind alles, was mir in den Sinn kommen darf. Vielleicht wird mir Michael sogar behilflich sein, er mag Florie auch nicht sonderlich. Ich denke, ich werde ihn aber nicht fragen. Es soll mein Geheimnis bleiben.

Als er den Eintrag zu Ende gelesen hatte, nahm er die Feder zur Hand, tauchte sie in die Tinte und begann einen neuen Eintrag.

Lieber Gott, mein Geist ist wie benebelt. Die Hure ist nun bei ihrem Schöpfer und sei sie ihm willkommen. Das Miststück wollte was von mir und ich habe ihr gegeben, was sie verdiente. Das hatte sie sich nicht gedacht, dass ein so nobler Herr so unnobel sein könnte, ha. Ließ ihr nicht einmal Zeit zu schreien. Ich wartete, bis die Zunge aus ihrem geöffneten Maul hing, bevor ich sie wieder losließ. Sie hat mich an nichts anderes denken lassen, auch nicht an die Kinder. Doch da war keine Lust, als ich zudrückte, ich fühlte nichts. Nächstes Mal werde ich Spaß daran haben, das sagt mir mein Herz. Ich habe nicht mehr die Kraft, meine ursprüngliche Idee zu verfolgen. Morgen schon werde ich das feinste Messer kaufen, das für Geld zu haben ist. Nichts soll mir zu schade sein für meine Nüttchen.

Florie wollte mir was vormachen, als ich heute Abend nach Hause kam. Ihr Liebhaber ist während meiner Abwesenheit wieder bei ihr gewesen. Ich habe sie gefragt, aber sie hat ihn mit keinem Wort erwähnt. Ich hätte ihr Höllenqualen beibringen sollen, ihr den glühenden Feuerhaken in den Mund rammen und ihn dort stecken lassen sollen, so dass man sieht, was da noch reingeht. Ich musste mich zwingen, ihr nichts anzutun. Sie wird noch mehr leiden, als sie es bisher musste. Wäre mein Freund Brierley nur länger geblieben, es wäre mir eine Freude gewesen, sie während ihrer Liebesspiele mit dem rotglühenden Feuerhaken aneinander zu pfählen, ha ha.

Als er den Eintrag beendet hatte, überlas er ihn noch einmal. Er hatte seine Empfindungen niedergeschrieben, seine Gefühle, die er für Florie und Brierley empfand, und er war bereit, sie in die Tat umzusetzen. Erschöpft ging er zu Bett, doch selbst in seinen Träumen ließen ihn seine Gedanken nicht los und er verbrachte eine unruhige Nacht. Die Einträge der folgenden Tage waren geprägt von Hass, Verachtung und Mordlust. Er musste stark bleiben; wenn er dazu bereit war, konnte er mit voller Härte zuschlagen. Dann brauchte er keine Nachsicht oder Erbarmen zu zeigen. Seine Verbitterung spiegelte sich in der Gewalttätigkeit seiner Worte wider.

Heute habe ich mir meinen Hurendolch besorgt. Den ganzen Tag habe ich danach gesucht. Dabei hätte ich nicht so weit suchen müssen, ich fand ihn in Whitechapel, was hätte näher liegen können? Ich habe ihn in einem Schaufenster liegen sehen und spürte sogleich, das sei exakt das richtige Werkzeug. Die Harmonie muss stimmen und das tat sie, ein Herz und eine Seele, ha ha. Oh, wie ich diese Wortspielchen liebe, ich glaube, ich werde nicht von ihnen lassen können. Ich habe es mir sorgfältig einpacken lassen. Der Verkäufer wollte wissen, wozu ich es benötige. Ich habe ihm gesagt: ‚für die Jagd', und er hat mir viel Glück und Freude damit gewünscht. Ich wünsche mir, ich könnte ihm sagen, wie viel Freude es mir bereitet hat, wenn ich mit meiner Arbeit fertig bin. Ich bin sicher, er wird noch von mir und meinen Spielchen lesen, alle werden sie von mir lesen.

Die folgenden Einträge waren von einer gewissen Listigkeit geprägt. Maybrick spielte mit ihr, wie sie mit ihm spielte, wenn er nicht zu Hause war. Das Einzige, was sie unterschied, war Flories Ahnungslosigkeit!

Ich hatte das Päckchen auf dem Tisch liegen lassen, sichtbar für alle, aber es war Florie nicht aufgefallen. Ich habe ihr daher das Päckchen heute überreicht. Ich spürte die Glut, die von ihm ausging, als sie das Packpapier entfernte. Es hatte ihr Interesse erregt, sie dachte, es sei ein Geschenk, das ich ihr machen wollte. Sie war enttäuscht, als sie es in der Hand hielt. Mir kam das Gefühl, als wüsste sie nichts damit anzufangen. Ich sagte ihr, dass ich mir das Messer zum Jagen zugelegt hätte. Es ist von außerordentlicher Qualität, ein wahres Meisterstück an handwerklicher Kunst. Florie war enttäuscht, ich hätte es am liebsten gleich an ihr ausprobiert. Wie gerne hätte ich sie damit geschlitzt und dann Salz in die offene Wunde gestreut, soll sie nur leiden, die junge Dame! Beim nächsten Mal tue ich es! Wäre es kein Spaß, wenn ich sie ihrem Liebsten anschließend als Hirschgulasch vorsetzen würde? Ich würde ihm sagen, dass sie zu ihrer Mutter gefahren sei, dabei würde er sie genüsslich fressen. Der Gedanke fängt an mich zu erregen.

Es dauerte nicht lange und es folgten weitere Einträge.

Ich habe mir ein kleines Zimmer in der Middlesex Street genommen. Es wird keine Fragen geben, ich habe zu gut dafür bezahlt. Das Zimmer ist an sich ein Witz und meiner nicht würdig; aber der Ort und die Lage in Whitechapel sind wahrhaftig ideal. Ich kenne die Straßen nur zu gut, sie sind mir mehr als vertraut. Ich werde ihnen nur das Beste spendieren, ha ha. Besser hätte ich es mir nicht aussuchen können. Am Ende der Middlesex Street liegt die Liverpool Street. Was ich mir wieder für einen Spaß erlaubt habe! Ein Zimmer in der Liverpool Street wäre mir ein Vergnügen gewesen, aber es war nichts mehr zu bekommen.

Morgen schon werde ich nach London reisen, mein Zimmer in Whitechapel wartet bereits sehnsüchtig auf mich. Whitechapel in Liverpool, Whitechapel in London, was bin ich wieder für ein schlaues Kerlchen, ha ha. Keiner bringt es je zusammen. Ich werde nicht der Spielverderber sein, der ihnen all die Nettigkeiten vorenthält. Ich werde ihnen nur das Beste spendieren, das Allerbeste, wenigstens das bin ich ihnen schuldig. Ich habe mich entschieden, ich darf Michael nicht mit einbeziehen. Er wäre entsetzt, wenn er davon wüsste, und würde meine gesamten Pläne zunichte machen. Sollen sie alle nur denken, ich sei der nobelste Nobelmann, der ihnen je begegnet ist. Wie nobel ich noch sein werde, ich würde liebend gerne ihre Gesichter sehen. Wenn ich es ihnen nur sagen könnte, ich denke, sie würden mir nicht einmal glauben, ha ha.

10. KAPITEL

Donnerstag, 30. August 1888

Am Morgen des 30. August 1888 stieg James Maybrick in der Euston Station im Herzen Londons aus dem Zug. Eine Wolke aus Qualm hüllte ihn in einen schmutziggrauen Nebel, als er sich durch die dichte Menschenmenge dem Ausgang entgegen schlängelte. Die schwarze Arzttasche, die er in seiner linken Hand trug, hatte nur wenig Gewicht, denn sie enthielt nur, was er für seinen nächtlichen Streifzug durch die dunklen Gassen von Whitechapel benötigte.

Am frühen Morgen bereits hatte Maybrick das Abteil des kastanienbraunen Eisenbahnwaggons der London and North Western Railway in der Liverpooler Lime Street Station bestiegen. Es war ein Morgen, an dem der Nebel noch tief zwischen den Häusern hing, und die grauen Konturen der Gebäude verschwammen und verschwanden in den regenfeuchten Dünsten der Umgebung. Ein schwarzer Umhang spannte sich über seine Schultern, und sein Gesicht schimmerte bleich unter dem Rand seines schwarzen Zylinders. Wenige Augenblicke, nachdem er sich gesetzt hatte, schlug die Glocke und der Zug setzte sich langsam und schnaufend in Bewegung. Alsbald zog auch schon der erste Rauch in grauweißen Streifen an seinem Fenster vorbei und hüllte den Bahnsteig in eine dichte Nebelwolke. An diesem Morgen schien der unangenehme Geruch des rußigen Qualms doppelt so intensiv zu sein wie an anderen Tagen. Selbst bei geschlossenem Fenster drang er durch alle Ritzen ins Wageninnere. Wenige Minuten später hatte der Zug Liverpool verlassen und brauste unter Volldampf an grünen Wiesen und Feldern vorbei Richtung London. Die vorbeiziehende Landschaft bot Maybrick nur wenig Ablenkung. Tief in Gedanken sah er sich durch die dunklen Gassen Whitechapels ziehen, auf der Suche nach seinem Opfer. Wer mochte die Unglückliche sein, die die kommende Nacht nicht überleben sollte? Der Wind pfiff heulend an den Fenstern vorbei und riss Maybrick aus seinen Gedanken. Eine Sturmbö rüttelte mit kräftigen Geisterhänden an dem Waggon, dass er glaubte, Gott selber habe es getan, nur um ihn von seinem Vorhaben abzubringen. Doch weder Gott noch der Teufel hätten ihn jetzt noch davon abhalten können. Der innere Drang zu morden war nie so gegenwärtig gewesen wie heute und James verspürte nur noch Hass und Ekel gegenüber diesen unchristlichen Geschöpfen, die sich für einen Schnaps verkauften.

Nun, nach fünfstündiger Fahrt, verließ er die Euston Station und winkte einem Droschkenfahrer in der Melton Street zu. Das Gefährt wurde von einem einzelnen Pferd gezogen, das sich in leichtem Galopp näherte, noch ehe der Fahrer seinen Wink bemerkt hatte. Der Mann auf dem Kutschbock blickte Maybrick mit großen Augen an. „Sie sind Arzt!“, stellte der Kutscher mit kräftiger Stimme fest, und ohne eine Antwort abzuwarten: „Ich sehe es an Ihren Händen und Ihrer schwarzen Tasche!“

Maybrick trat einen Schritt näher an den Kutschbock heran und blickte dem Kutscher ins Gesicht.

„Sie sind scharfsinnig“, entgegnete er und seine Lippen umspielte ein verschmitztes Lächeln. „Mein Name ist Hopper, Doktor Hopper.“

„Ich habe es gleich gesehen. Ich habe ein geschultes Auge für Details, wissen Sie. Mein Name ist Netley, John Netley. Ich fahre oft für Ärzte, müssen Sie wissen, hauptsächlich für die Großen des London Hospital. Steigen Sie ein, ich bringe Sie, wohin Sie wollen.“

„Nur zu den St. Katherine´s Docks, das würde mir genügen!“, entgegnete Maybrick und stieg ein. Die Droschke setzte sich schaukelnd in Bewegung. Der Innenraum war verdunkelt und es roch nach Pferdedecken und Leder, aber Maybrick machte das nichts aus, er fühlte sich wohl. Schon allein der Gedanke daran, dass er in der Nacht seinen Spaß haben würde, munterte ihn auf. Er sah durch das Fenster auf die stark bevölkerte Straße mit ihrem Menschengewühl und ließ seinen Gedanken freien Lauf. Dieses Mal fuhr er nicht in den Regent´s Park zu seinem Bruder Michael, der in den Wellington Mansions wohnte. Nein, Michael durfte nicht einmal wissen, dass er sich in der Stadt aufhielt. Je weniger Menschen davon wussten, umso besser war es für ihn und für sie. Keiner von ihnen wäre mit dem Gedanken fertiggeworden, wenn sie auch nur geahnt hätten, was er heute Nacht vorhatte. Nach einer Fahrt von fünfzehn Minuten brachte John Netley die Droschke nahe den St. Katherine's Docks zum Stehen.

„Es tut mir leid, näher kann ich Sie nicht fahren. Seit sie an der neuen Brücke arbeiten, ist der Weg manchmal tagelang versperrt. Bereits vor vier Jahren haben sie mit dem Bau begonnen, und wenn Sie mich fragen, werden sie noch weitere vier Jahre daran rumackern, bevor sie fertig ist. Wie man sagt, arbeiten über vierhundert Mann an dieser Brücke“, mutmaßte Netley.

Nur wenige Meter vor ihnen standen zwei gewaltige Türme aus Granit und Portlandstein, die wie gigantische Riesen auf Pfeilern aus dem Flussbett ragten. Die Zugbrücken trugen ein riesiges Gerüst, das die Außentürme miteinander verband, und in einer Höhe von 50 Metern hatte man mit den Übergängen begonnen, die in Kürze die Türme der Tower Bridge miteinander verbinden würden.

„Ein Wunderwerk der Architektur“, bemerkte Maybrick kurz, ging aber nicht weiter auf das Gespräch ein. Nachdem er das Fahrgeld bezahlt hatte, verschwand er für immer aus Netleys Augen, aber nicht aus seinem Leben, denn Netley sollte bald wieder von ihm hören.

Als der Tag zur Neige ging, brachen die letzten Sonnenstrahlen durch die grauen Regenwolken, und die Häusergiebel warfen dunkle Schatten auf die Straßen von Whitechapel. Der ganze Tag hatte aus einem ständigen Wetterwechsel bestanden und die Nacht drohte genauso regnerisch zu werden. Die Sonne schien noch einmal mit letztem Glanz ins Zimmer und streichelte Maybricks Gesicht. Seine schwarze Tasche stand geöffnet und leer auf einer Anrichte neben dem Fenster und die rötlichen Strahlen der untergehenden Sonne spiegelten sich auf der glänzenden Klinge seines Messers, das er vor seinen Augen in der Hand drehte, um die Lichtspiele zu betrachten. Seine Augenlider zuckten kurz und ein selbstsicheres Lächeln umspielte seine Lippen. Den ganzen Nachmittag hatte er sich ausgeruht, denn für die Nacht musste er vollkommen ausgeschlafen sein. James trat näher an das Fenster und blickte hinaus auf die regennasse Straße. Obwohl das Wetter schlecht war, drängten sich die Passanten scharenweise an den vorbeiholpernden Pferdekutschen vorbei um wieder in der nächsten dichten Menschenmenge zu verschwinden. Die Straßen waren für sein Vorhaben noch viel zu belebt. Erst die Nacht würde ihm den Schutz bieten können, den er für seinen Streifzug benötigte. Aber selbst dann noch würde er höllisch aufpassen müssen. Er musste warten, wie er in Zukunft immer abwarten musste, wenn er mit den Huren sein Vergnügen haben wollte. Sein ganzes Unternehmen schien ihn zu ständigem Warten zwingen zu wollen. Heute Nacht würde sich vieles ändern; alle würden sich an seine Taten erinnern und er selbst würde sich daran ergötzen. Sorgfältig legte er das Messer in die Tasche zurück und verschloss sie mit einem kleinen Riemen. Dann zog er aus seiner Westentasche eine kleine goldene Uhr und ließ den Deckel aufspringen. Die Zeiger standen auf einundzwanzig Uhr dreißig: es wurde Zeit, dass er sich auf den Weg begab.

11. KAPITEL

Prinz Albert Victor – Herzog von Clarence

Die Nacht hatte ihre dunklen Schatten über die Stadt gelegt, als Maybrick langsam um die Ecke der Commercial Street bog und in den schwachen Lichtkreis einer flackernden Gaslaterne trat. Soeben hatte der Lampenanzünder mit seinem Feuerstab den Brenner entzündet und die Flamme warf einen gleichmäßigen Schein in alle Richtungen. James blickte dem alten Mann nach, als er in der Dunkelheit verschwand, um seine Arbeit fortzusetzen. Dem Lampenanzünder machte es nichts aus, wenn man ihm bei der Arbeit zusah. James jedoch brauchte keine Zuschauer, wenn er für sein nächtliches Unternehmen bereit war. Er durfte nicht in solch beleuchteten Straßen wie dieser zuschlagen. Nur die Dunkelheit der schmalen Gassen konnte ihm den nötigen Schutz bieten. Dort gab es noch keine von diesen Laternen, die ihn nur verraten würden.

Als er die Straße überquerte, war er sich sicher, dass er heute Nacht eine dieser unzähligen Nutten zur Hölle schicken würde. In der rechten Hand hielt er mit festem Griff seine schwarze Tasche. Sie war leichter, als sie aussah, denn sie barg nur, was er für seinen nächtlichen Streifzug benötigte. In Gedanken an sein nächtliches Vorhaben versunken, hörte er nicht das Rumpeln der Räder auf dem Kopfsteinpflaster und das Klappern von Hufen, die sich eilig näherten. Erst als zwei Lichter aus der Dunkelheit auftauchten, bemerkte er das Gefährt; im gleichen Augenblick scheuten zwei Pferde, die vor eine elegante schwarze Kutsche gespannt waren, und bäumten sich vor ihm auf. Der Kutscher fluchte und zügelte die Tiere, die er nur mühsam zum Stehen bringen konnte. Die Pferde schnaubten und scharrten mit den Hufen auf den nassen Pflastersteinen.

Erschrocken war James ein paar Schritte zurückgewichen, als er die Pferde aus dem Nebel auftauchen sah. Wie ein Bild, das sich zu verändern schien, waren sie auf ihn zugeschnellt und nur knapp vor ihm zum Stehen gekommen. Fast wäre ihm durch den Schrecken, den sie ihm eingejagt hatten, die Tasche entglitten und auf das Pflaster gefallen. Sie hätte sich womöglich geöffnet und den Inhalt über die Straße verstreut. Dieses verdammte Pack hatte sein Vorhaben in Gefahr gebracht.

„Fahren Sie weiter, es ist nichts passiert!", rief eine Stimme aus dem Innern, und ohne ein weiteres Wort trieb der Kutscher die Tiere wieder an. Die Kutsche holperte davon; erst beim Vorbeifahren bemerkte James das königliche Wappen an der Tür. Der Thronfolger Prinz Albert Victor war wieder auf einem seiner nächtlichen Streifzüge durch Whitechapel unterwegs. James schmunzelte in sich hinein. Allein der Gedanke, dass er seine Arbeit unter den Augen des Herzogs von Clarence begehen durfte, belustigte ihn. Was er wohl tun würde, wenn er von seinem Vorhaben wüsste? Sollte der Herzog nur seine nächtlichen Spielchen spielen, James würde einen weitaus größeren Spaß haben. Wäre Prinz Eddy nur ausgestiegen und in einer der umliegenden Seitenstraßen verschwunden, Maybrick hätte sich gerne dem Vergnügen hingegeben, seine Hoheit als Erstes mit seinem Hurendolch aufzuschlitzen. Er hätte ihn ausgeweidet und für die Öffentlichkeit liegen lassen. Alle Welt hätte dann erfahren, dass der Herzog von Clarence seine Lust in Whitechapel stillte. Er hätte sein Blut aufgefangen und der Queen einen Brief mit königlicher Tinte geschrieben. Allein der Gedanke daran ließ Maybrick fast wahnsinnig werden. Die übergewichtige Monarchin hätte den Brief bis zum Ende durchlesen müssen, bevor er ihr mitgeteilt hätte, dass die rote Tinte in Wirklichkeit das Blut ihres Sohnes sei und dass er es nur benutzt habe, um das Schreiben an sie persönlicher zu gestalten. Sicher wäre sie in Ohnmacht gefallen, oder besser noch, sie wäre auf der Stelle tot umgefallen; dann hätte er die alte Nuss auch noch umgebracht und keiner hätte je erfahren, dass er es gewesen war.

Die Kutsche aber war längst in der Dunkelheit verschwunden. James ärgerte sich darüber, nicht gleich daran gedacht zu haben. Er hatte Zeit und hätte ihm folgen können. Vielleicht hätte sich eine Gelegenheit geboten, den Königssohn abzuschlachten. Die Huren hätten warten können; die königliche Herrschaft musste doch immer den Vortritt haben, und dieses eine Mal hätte er es ihnen von Herzen gegönnt. Er hatte die Gelegenheit verpasst, aber er war sicher, irgendwann würde sie sich ihm erneut bieten, und dann würde er wissen, was zu tun war. In jenen Tagen, als Florie begann, ihn mit seinem Freund zu betrügen, hatte Satan seine Krallen in sein Herz geschlagen und James blieb keine andere Wahl, als sich ihm zu ergeben.

Er überquerte die Straße und verschwand in einer kleinen Nebengasse. Sein Schatten verschmolz mit denen der umrisslosen Häuser im Dunkel der Nacht. James ging an Bars, Spielhöllen und Bordellen vorbei. Das Laster gedieh vor seinen Augen und er musste es aufhalten.

12. KAPITEL

Martha Tabram, London 1888

„Ich habe sie gefunden", prahlte der Mann, der Mary genau gegenüber saß. „Es war kein schöner Anblick, meine Liebe! Unten auf der Treppe hat sie gelegen, in ihrem eigenen Blut. Es war grässlich", lallte er und hielt das Glas Gin dabei fest umschlungen. „39 Messerstiche", lallte John Reeves weiter. „Es muss schrecklich für sie gewesen sein. Ihr ganzer Körper war übersät mit Wunden. Neunmal hat dieser Mistkerl in ihren Hals gestochen, als ob ein Stich nicht gereicht hätte! Ich hoffe, dass sie das Schwein erwischen, der das getan hat."

„Keiner sorgt sich darum, wer es war. Martha Tabram war eine von uns", entgegnete Mary Ann Nichols besorgt.

„Oh nein, Mary, diesmal müssen sie was unternehmen. Sie liebte zwar den Alkohol, aber ihren Körper hat sie nie verkauft."

„Martha lebte im East End, das genügt."

„Der Mord geschah in den George Yard Buildings, die sind noch neu."

„Sie lebte nicht dort, und außerdem liegen die George Yard Buildings im East End, das solltest du nicht vergessen."

„Verdammt, Mary, du hast Recht. Solange es keine von denen trifft, werden sie nichts unternehmen. Die Toten des East End gehören zur Stadtsäuberung."

Für einen Moment saßen beide schweigend am Tisch und gedachten der ermordeten Martha Tabram.

„Ich war bei der gerichtlichen Anhörung", brach John das Schweigen. „Der Richter meinte, dass es einer der furchtbarsten Morde war, die man sich nur vorstellen kann! Das Werk eines Wahnsinnigen!"

„39 Messerstiche, John! Was hätte dieser Mistkerl sonst wohl sagen sollen? Das war kein normaler Mord, das war eine Verstümmelung. Du wirst sehen, in ein paar Tagen schon wird sie vergessen sein."

John nickte. „Verdammte Schweinerei, was hier geschieht! Ich war gerade auf dem Weg zu den Docks, ging die Treppe hinunter und dort lag sie. Sie trug keinen Funken Leben mehr in sich, das habe ich gleich bemerkt. Überall war Blut. Wie kann ein Mensch nur zu so was fähig sein! Nein, nein, Mary, ich werde Martha nie vergessen. Du sollst wissen, dass ich mir etwas als Andenken an sie aufgehoben habe, sieh nur!"

In der Hand hielt er eine schwarze Haube hoch über den Tisch. Die ganze Zeit hatte das Ding auf dem Nebenstuhl gelegen und Mary hatte sie nicht einmal bemerkt.

„Du sollst sie haben", fuhr John fort. „Martha hatte sie noch nicht lange. Sieh nur, sie ist nahezu neu."

Mary betrachtete die Kopfbedeckung mit Unbehagen.

„Ich versichere dir, sie hat nichts von dem Blut abbekommen. Die Haube lag auf der Treppe nach unten. Nun nimm sie schon! Als verspätetes Geburtstagsgeschenk … von Martha. Sie hätte sicher gerne gehabt, dass du sie jetzt besitzt. Was soll ich noch damit? Ich werde Martha auch so in Erinnerung behalten."

„Ich weiß nicht, John, es bringt vielleicht Unglück, wenn ich sie jetzt nehme."

„Unsinn!", entgegnete er und setzte ihr die Haube auf. „Hübsch siehst du darin aus, Mary, viel hübscher als all die anderen."

Mary wusste nicht, was sie sagen sollte. Noch nie in ihrem Leben hatte sie eine so schöne Haube besessen, und nun, wo Martha tot war, sollte sie ihr gehören.

„Ich danke dir, John. Ich werde sie in Ehren halten."

„Das wirst du, dessen bin ich mir sicher."

„Mit dieser neuen Haube werde ich das Übernachtungsgeld schnell zusammen haben."

John Reeves wühlte in der Tasche und schob anschließend eine Handvoll Münzen über den Tisch. „Hier sind acht Pence, das müsste für eine Übernachtung reichen. Du brauchst heute nicht mehr anzuschaffen."

Kurz vor Mitternacht verließen beide den Pub „The Ten Bells", aber Mary hatte noch nicht vor, ihr Nachtasyl in der Flower and Dean Street aufzusuchen. Der Alkohol hatte ihre Trübsal um Martha nicht gänzlich begraben, sondern führte sie für eine weitere Stunde in den

„Frying Pan", einen Pub in der Brick Lane, den sie dann kurz vor 1 Uhr wieder verließ. Das Geld hatte sie für Gin verbraucht, aber Mary wusste, dass sie die Nacht umsonst im White-House-Nachtasyl verbringen konnte. Sie hatte sich schon öfters mit dem Aufseher des Nachtasyls vergnügt. Für den kurzweiligen Genuss hatte er ihr dann eine Übernachtung als Gegenleistung geboten.

„Verdammt, Mary, du hättest diese Kleider nicht stehlen sollen! Dann würdest du heute noch bei den Cowdrys wohnen und bräuchtest dich nicht in dieser elenden Absteige zu verkriechen. Wenn der Aufseher dich hier findet, wirft er dich raus", flüsterte Rose Mylett, als Mary wenige Minuten später in der Küche des White-House-Nachtasyls eintraf.

„Ich habe selbst nur vier Pence für diese Nacht, ich kann dir nicht helfen!"

„Ich habe keine Hilfe erwartet", entgegnete sie scharf. Mary bemühte sich nicht um eine gedämpfte Tonart. „Ich hatte das Geld bereits dreimal verdient, aber jedes Mal wieder für Gin ausgegeben."

„Das rieche ich sogar", entgegnete der Aufseher, der vom Flur her die beiden in der Küche hatte reden hören. „Tut mir leid, Mary, du wirst nicht dran vorbeikommen, die vier Pence zu bezahlen."

Mary drehte sich lachend zu ihm um, als Rose schweigend die Küche verließ.

„Du kannst dein Bett haben, aber vorher möchte ich das Geld sehen", wiederholte er, als er sie nach wenigen Minuten vor die Tür brachte. Auf der gegenüberliegenden Straßenseite war ein Mann im Schatten der Häusergiebel stehen geblieben, als er die lauten Stimmen vernahm. Schweigend betrachtete er die Szene, die sich ihm bot. Auf der Straße vor dem Nachtasyl stand eine Frau. Ihr Alter war schwer einschätzbar und ihre Stimme klang rau, wie die einer Trinkerin. Der Mann auf den Stufen musste der Aufseher sein.

„Ich werde das Übernachtungsgeld schon bekommen! Sieh nur, was für einen schönen Hut ich habe!" Mit beiden Händen fuhr sie sich an den Kopf, auf dem in kecker Schräge eine neue schwarze Strohhaube thronte.

„Hast die wohl von einem neuen Freier bekommen, was?"

„Komm schon, lass mich heute Nacht hier, ich werde dir morgen das Geld besorgen! Ehrenwort!"

„Geht nicht, Mary. Wenn ich jetzt bei dir eine Ausnahme mache, stehen die anderen morgen Schlange."

„Arschloch, du weißt genau, dass du dein Geld bisher immer bekommen hast! Die gute alte Mary hat noch nie ihr Wort gebrochen."

„Ich werde das Bett bis drei Uhr für dich freihalten. Wenn du bis dahin das Geld nicht aufbringen kannst, vermiete ich es weiter, mehr kann ich nicht tun", versicherte er und schlug ihr die Tür vor der Nase zu.

„Scheißkerl, ich werde bald wieder hier sein, wirst sehen!", rief sie und ging hinaus in die Nacht.

Der Mann im Schatten ließ Mary gehen. Erst als sie in der Brick Lane verschwand, heftete er sich in sicherem Abstand an ihre Fersen.

Es war eine Nacht wie viele andere. Whitechapel erstickte in der trüben Brühe der Nebelschwaden, die nur an wenigen Stellen vom sanften Licht der Gaslaternen gebrochen wurden.

Von irgendwo dort draußen hörte er die schwermütigen Klänge der Nebelhörner von Schiffen, die auf dem Unterlauf der Themse aufs offene Meer hinausfuhren. Die Matrosen würden erst aus den Zeitungen erfahren, was viele vor ihnen bereits heute Nacht wissen würden. Nebel, er brauchte ihn, Nebel, wie man ihn nur in London und nirgendwo sonst erleben konnte. Nebel, der die Alten und Kranken dahinraffte, der das Überqueren von Straßen nahezu unmöglich machte, ohne dass man mit irgendwem oder irgendetwas zusammenprallte, aber auch Nebel, der ihm den notwendigen Schutz bei seiner Arbeit bot.

Der Andrang war groß gewesen, als vor wenigen Stunden Lagerhäuser am Themse-Ufer brannten. Ob jemand das Feuer gelegt hatte oder wodurch es entstanden war, wusste er nicht. Die Stadt hatte ihr gesamtes Aufgebot an Kräften gestellt, dem Feuer Einhalt zu gebieten. Das Feuer hatte die Aufmerksamkeit der Stadt auf sich gezogen, und erst vor Kurzem war es den Männern gelungen es zu bewältigen. Hätte es nur noch weiter gewütet, es wäre noch besser für ihn gewesen. Er brauchte den Schutz der Nacht, die Sicherheit des Nebels, und das Feuer war ihm gerade recht gekommen, um die Menschen abzulenken. Die Männer hatten sich im Hafen eingefunden und würden wohl noch so einige Zeit dort beschäftigt sein. Lange genug, dass er seine Arbeit in Ruhe beenden konnte. James fragte sich, was am nächsten Tag wohl das Gesprächsthema sein würde: sein Werk oder das des Brandes?

Er musste ihr folgen, durfte sie für keinen Moment aus den Augen verlieren. Dabei musste er darauf achten, dass er weiterhin einen sicheren Abstand hielt. Sie durfte keinen Verdacht hegen.

Seit er sie verfolgte, war sie bereits drei Freundinnen begegnet; aber keine hatte ihn bemerkt, obwohl er so nahe gewesen war, dass er ihre Gespräche hören konnte. Als die Glocke der nahen St.-Mary-Matfellon-Kirche halb drei schlug, verabschiedete sich Mary von Nelly Holland und entfernte sich in östlicher Richtung. Dann bog sie nach wenigen Minuten von der Hauptstraße ab. Die enge, mit Kopfstein gepflasterte Gasse, in die sie einbog, hatte keine Gaslaternen. Zu ihrer Linken lagen die Lagerhäuser der Essex Wharf, zur Rechten eine Schule und weiter unten alte Reihenhäuser.

Nur wenige Schritte war sie in die Dunkelheit eingetaucht, gerade weit genug, dass sie an der Schule vorbeigelaufen war, die an der Ecke zu ihrer Rechten lag. Zwischen der Schule und den Häusern gab es eine Einfahrt zu einem Stallhof, die durch ein Tor verschlossen war. Der Nebel hatte sie längst verschlungen, so dass von der Hauptverkehrsstraße niemand sie bemerken konnte. Sie war stehen geblieben und lehnte jetzt mit dem Rücken an der Bretterwand, die die Stallungen von der kleinen Gasse trennte. Schlagartig ahnte er, dass sie ihn bemerkt haben musste. Nun durfte er nicht durch eine unüberlegte Geste auffallen. Seine Tasche brannte förmlich in seiner Hand, aber er musste sich verhalten wie ein normaler Spaziergänger oder einer ihrer Freier. Ohne seinen Schritt zu beschleunigen, kam er an sie heran. Die Gasse schien menschenleer, lediglich diese verkommene Schlampe und er hielten sich hier auf. Nur ein Wink Gottes konnte ihn zu ihr geführt haben, damit er seiner Arbeit als Stadtsäuberer nachkam.

„Hallo, Süßer“, sprach sie ihn an und vergrößerte ihren Ausschnitt so sehr, dass ihre Brüste nahezu gänzlich freilagen.

„Wie wäre es mit uns zweien? Ich könnte dir die Nacht versüßen!“, hauchte sie, vom Alkohol beschwipst.

Maybrick war stehen geblieben, als sie ihn angesprochen hatte; er durfte keinen Fehler begehen. Die Tasche hatte er etwas angehoben und mit der linken Hand so schnell den kleinen Riemen geöffnet, dass sie es nicht bemerkt zu haben schien.

„Komm schon, gib dich nicht so, ich weiß, dass du es brauchst“, lächelte sie und ließ dabei ihre gelblichen Zähne sehen.

Maybrick hatte die Tasche nur leicht geöffnet, aber weit genug, um in sie hineinsehen zu können. Noch immer hatte sie die Tasche nicht bemerkt, und das wollte er auf keinen Fall ändern. Nein, sie durfte nicht hineinschauen, aber wenn er mit ihr fertig wäre, würde jeder in sie hineinsehen können.

„Nun hab dich nicht so! Acht Pence, und du wirst mich dein Leben lang nicht mehr vergessen, das schwöre ich dir, mein Süßer!“

Er durfte nicht mehr lange zögern, die Straße war noch immer menschenleer und hinter ihr lag nur der Hof. Erst weiter unten gab es Wohnungen. Aber der herrschende Nebel nahm fast alle Sicht. Niemand konnte ihn sehen oder hören, weder von den Lagerhäusern der Essex Wharf noch von dieser Seite. Der Zeitpunkt war wie dafür geschaffen, dieser Bordsteinschwalbe die Qualen der Hölle zu bereiten, bevor er sie zum Teufel schickte.

„Du wirst tun, was ich verlange!“, entgegnete Maybrick.

Mary Ann wusste, dass sie sich hier einen wahren Gentleman geangelt hatte. Sie hatte ihn soweit, das spürte sie genau, und sie würde ihn um keinen Preis mehr loslassen.

„Zuerst die acht Pence und ich besorge es dir gleich hier! Dann darfst du mit mir tun, was dir gefällt!“

„Ich gebe dir das Doppelte, aber du musst schweigen, verstehst du?“

„Wie ein Grab!“, entgegnete Mary und bemerkte erst jetzt die Tasche, die Maybrick auf die vom Regen blank gewaschenen Pflastersteine setzte. Sein Plan gedieh, er brauchte nur noch zuzuschlagen. Als er sich wieder erhob, hielt er ihr das Geld entgegen. „Da, für dich!“

„Ich verstehe“, flüsterte sie tonlos, „du bist Arzt, es darf nicht bekannt werden, dass du hier bei uns die Freuden des Lebens suchst. Ich habe es schon öfters mit Leuten deines Schlages getrieben. Es wird niemand davon erfahren, ich schwöre es bei meinem Leben. Bist sicher ein bekannter Arzt, einer von ganz oben, wie?“

„Ich werde einmal der bekannteste Chirurg Englands sein, aber jetzt genug gequatscht. Dreh dich um!"

„Du bist ja ein ganz Schlimmer!", brummte sie, drehte sich der großen Holzpforte zu, die zu den Stallungen führte, und lehnte sich dagegen. Dann ging alles rasend schnell: Maybricks Hand schnellte aus der Tasche hervor. Sie umklammerte eine lange Klinge, und er wusste genau, wenn die Schlampe das Messer sehen würde, wäre es vorbei. Beide Hände erreichten sie gleichzeitig, und bereits als seine rechte ihren Mund zudrückte und den Kopf nach hinten riss, drang das Messer tief in ihre Kehle. Mit einem heftigen Ruck durchtrennte er ihre Luftröhre und ihr Körper stürzte zuckend zu Boden. Es gab nur ein Röcheln, als das Blut in ihre Luftröhre drang, aber keinen Schrei. Er hatte es nahezu geschafft. Die Schlampe würde zur Hölle fahren, das war gewiss, aber er hatte nicht mit so viel Blut gerechnet. Er musste achtgeben, nicht zu sehr bespritzt zu werden. Wie sollte er es ansonsten erklären, wenn jemand ihn nachher sehen sollte? Mary hatte nichts geahnt, hatte das Messer nicht einmal kommen sehen. Der Nebel hatte alles verschlungen und die Klinge war nicht aufgeblitzt. Alles war perfekt verlaufen und nun lag sie da zu seinen Füßen, zuckend in ihrem eigenen Blut. Das Leben war nahezu ganz aus ihr gewichen. Bestialisch lächelte Maybrick vor sich hin, er hatte ihr nicht einmal Zeit gelassen zu quieken wie ein Schwein. Als er sich über sie kniete, bemerkte er, dass ihre Hand noch das Geld hielt, das er ihr gegeben hatte, und er steckte es wieder ein. Er hatte keine Zeit zu verlieren; es würde nicht mehr lange dauern, bis jemand sie hier finden würde, dann musste er sein Werk vollbracht haben.

Neben ihr kniete er nieder, hob ihren Rock weit genug an, dass er ihren Unterleib freigab. In seinen Augen glomm der Hass. Noch schien das Leben sie nicht gänzlich verlassen zu haben. Seine Finger streiften ihren Unterleib und ihr Körper zuckte vor Schmerzen. Dieses Miststück müsste längst bei ihrem Schöpfer sein. Im Blutrausch rammte er ihr das Messer mehrfach in den Unterleib, zog es von außen zur Bauchmitte, als wollte er sie mit dem Messer zerlegen. Nun zuckte sie nicht mehr, aber Maybrick hatte sich so sehr in Wut gesteigert, dass er es nicht bemerkte. Wie ein Tier rammte er das Messer immer wieder in sie hinein und verteilte die Schnitte über ihren ganzen Körper. Als er schließlich seine Wut zügelte, musste er in ihre

Augen sehen. Er musste sich davon überzeugen, dass sie endlich die Grenze zur Ewigkeit überschritten hatte. Mary sah aus, als schliefe sie. Dabei sah er in leere Augen in einem bleichen, ausdruckslosen Gesicht. Noch einmal beugte er sich über sie, obwohl er sicher war, dass kein Lebensfunke mehr in ihr war.

Die zwei Männer, die kurz danach in die Buck´s Row einbogen, sahen nichts mehr von dem Mann, der wie ein Schatten mit seiner schwarzen Tasche im Nebel der Nacht verschwamm und verschwand.

13. KAPITEL

London, Freitag, 31. August 1888

Buck's Row, 3 Uhr 45

Als Charles Cross das graue Bündel auf der gegenüberliegenden Straßenseite vor dem Holztor liegen sah, glaubte er zuerst, dass es sich um eine verlorene Wagenplane handelte. Charles war Fuhrmann bei den Pickfords, und bei Fuhrwerken kannte er sich recht gut aus. Wenn es wirklich das war, wofür er es hielt, konnte die vermeintliche Plane noch was wert sein.

Die Sicht war zu schlecht, um es genau zu erkennen, und das diffuse Licht der entfernten Straßenlaterne reichte nicht aus.

Vorsichtig näherte er sich. Es konnte durchaus eine Falle sein. Aber Cross war kräftig und wusste sich seiner Haut zu wehren, wenn es darauf ankam. Er hatte die Straße noch nicht überquert, als er bemerkte, dass es sich bei dem grauen Bündel nicht, wie er zuerst angenommen hatte, um eine weggeworfene Wagenplane handelte. Zu seinen Füßen lag eine Frau auf dem Rücken. Sie mochte um die vierzig sein. Ihr Rock war bis zum Bauch hochgeschlagen und sie schien bewusstlos. Alles deutete auf eine Vergewaltigung hin. Aus dem Hintergrund hörte er herannahende Schritte, und als Charles sich umdrehte, erkannte er seinen Freund und Arbeitskollegen Robert Paul, der wie er auf dem Weg zur Arbeit war und ihn hier neben der Frau knien sah.

„Komm her und sieh dir das an! Was sie bloß hat?"

Charles stieß sie gegen den Arm, aber sie rührte sich nicht. Dann hob er ihre Hand, und die war kalt und schlaff.

„Ich glaube, sie ist tot", meinte er tonlos.

Paul berührte ihr Gesicht. „Nein, ich denke, sie lebt noch. Sie ist noch warm."

„Aber ihre Hände sind eiskalt, wie die einer Toten!"

„Woher willst du wissen, wie sich die Hände einer Toten anfüllen? Ich glaube, ihr Herz schlägt noch!“

„Hilf mir, sie hochzuheben.“

„Wir sollten lieber versuchen, einen Polizisten zu finden, bevor wir uns da auf etwas einlassen“, entgegnete Paul.

„Wahrscheinlich hast du Recht“, gestand Cross bedrückt, und beide machten sich auf die Suche nach einem Constable. An der Ecke Hanbury Street trafen sie auf Wachtmeister Mizen.

„Officer“, sprach Cross ihn aufgeregt an. „Sie müssen dringend mit zur Buck's Row. Da liegt eine Tote!“

„Nun mal langsam!“, entgegnete Mizen in ruhigem Ton. „Wer ist tot?“

Ausführlich berichteten sie von ihrem Fund. Als sie fertig waren, setzten sie ihren Arbeitsweg fort und Mizen eilte zur Buck's Row. Bereits zehn Minuten später waren drei Polizisten an Ort und Stelle. Police Constable John Neil war noch vor Wachtmeister Thain und Mizen auf seinem vorgeschriebenen Routinegang durch die Buck's Row auf die Leiche gestoßen. Constable Neil hatte die Frau bereits untersucht, und im Schein seiner mitgeführten Laterne erkannte er sofort, was er im diffusen Straßenlicht genau wie Charles Cross und Robert Paul übersehen hatte. Der Frau, die dort zu seinen Füßen lag, war die Kehle durchtrennt worden. Dann traf Thain ein und Neil schickte ihn weg, um Doktor Llewellyn aus der Whitechapel Road zu holen. Nach einer flüchtigen Untersuchung konnte Llewellyn nur noch den Tod feststellen. Auf einem Holzkarren ließ er sie ins nahe gelegene Leichenschauhaus in der Old Montague Street bringen, wo er später am Morgen die offizielle Obduktion vornahm.

Am 1. September eröffnete Coroner Wynne Baxter die gerichtliche Anhörung im Whitechapel Working Lads Institute, wobei mehrere Polizisten, Journalisten, Angehörige, Bekannte und Schaulustige anwesend waren.

„Nun, wie wir wissen, handelt es sich bei der Toten um die Prostituierte Mary Ann Nichols, auch bekannt unter dem Namen Polly, die in der Gemeindeherberge in der Thrawl Street 18 in Spitalfields ihren Schlafplatz hatte. Sie war die Mutter von fünf Kindern und Frau von William Nichols, der heute ebenfalls anwesend ist. Mr Nichols, Sie lebten von ihrer Frau getrennt?“

„Ja, Euer Ehren. Als wir heirateten, wusste ich noch nicht, dass sie Prostituierte war. Das habe ich erst vor drei Jahren erfahren. Ich hatte ursprünglich mit ihr Schluss gemacht, weil sie immer betrunken nach Hause kam. Seitdem haben wir uns nur noch sehr selten gesehen."

„An dem Tag, an dem sie ermordet wurde, hatten Sie keinen Kontakt?"

„Nein, Euer Ehren, ich hatte sie seit über einem Monat nicht mehr gesehen."

„Wir wissen, was sie die letzten Stunden ihres irdischen Daseins getrieben und wo sie sich aufgehalten hat. Am Ort, an dem sie starb, oder besser gesagt, wo sie gefunden wurde, hörte niemand, nicht einmal ein Nachtwächter, etwas Verdächtiges, was Aufmerksamkeit auf die Tragödie gelenkt hätte. Doktor Llewellyn, zu welchem Schluss sind Sie gekommen?"

„Wir wissen heute, dass es sich bei dem Opfer um die tote Mary Ann Nichols handelt. Zur Zeit der Autopsie hatten wir davon noch keine Ahnung. Ich bitte Sie zur Kenntnis zu nehmen, dass mein Bericht sich auf die Fakten bezieht, die wir am Freitagmorgen, dem 31. August, hatten. Inzwischen sind wir, was die Tote angeht, zu weiteren Erkenntnissen gekommen.

Bei dem Opfer handelte es sich zunächst um eine unbekannte weiße Frau. Alter: um die 40; Größe: 5 Fuß drei Inches; Haar- und Augenfarbe: braun, beginnt zu ergrauen. Todesursache: ein etwa 8 Inches langer Schnitt am Hals. Der Tod trat vermutlich sofort ein. Tatwaffe möglicherweise ein mäßig scharfes Messer mit langer Klinge. Am Hals befinden sich zwei Einschnitte. Der erste, etwa 1 Inch unterhalb des Kiefers mit einer Länge von 4 Inches, verläuft gerade vom rechten Ohr bis zur Halsmitte. Ein zweiter, eher bogenförmiger Schnitt, der in der Tiefe bis zur Wirbelsäule durchgeht, verläuft etwa 1 Inch tiefer und wurde vermutlich mit großer Gewalt verursacht. Beide Halsschlagadern, die Speiseröhre und die Luftröhre wurden vollständig durchtrennt. Etwas unterhalb des Kiefers, auf beiden Gesichtshälften, sind Blutergüsse sichtbar, verursacht durch einen möglichen Faustschlag, den Druck eines Daumens oder der Finger. Ich denke, dass der Mörder hinter ihr gestanden hat und ihr die Hand auf den Mund drückte, während er ihr mit der anderen Hand den

Hals durchtrennte. Dem Opfer fehlen drei Zähne, einer im Ober- und zwei weitere im Unterkiefer. Die Zungenunterhälfte weist eine leichte Risswunde auf, wahrscheinlich verursacht durch den Messerschnitt.

Nach der Leichenstarre zu urteilen, muss der Tod zwischen 3 und 4 Uhr eingetreten sein.

Gesamteindruck der Kleidung: vom Blut durchtränkt, ansonsten eher schmutzig und schäbig! Das Einzige, etwas Neuwertigere: eine dunkle, mit schwarzem Samt verzierte Strohhaube, die neben der Leiche gefunden wurde. Gesamtes Guthaben: ein Kamm, ein verschmutztes Taschentuch sowie ein kleines, zerbrochenes Stück von einem Spiegel.

Der Unterleib wurde von der linken Magenseite bis zur rechten Hüftseite mit einem kräftig geführten Schnitt aufgeschlitzt. Die Schnittwunde verläuft im Endbereich gezackt. Das Darmnetz ist an mehreren Stellen durchschnitten und an den Geschlechtsteilen sind zwei weitere Einstiche sichtbar. Die Art und der Verlauf der Schnitte lassen darauf schließen, dass es sich bei dem Mörder um einen Linkshänder handelt."

„Constable Mizen hat vorhin angedeutet, dass die Frau möglicherweise anderswo ermordet und später in die Buck's Row gebracht wurde. Diese Vermutung begründete er damit, dass nur wenig Blut an der Fundstelle gefunden wurde", fuhr Baxter fort.

„Es gab keinerlei Anzeichen dafür, dass die Frau anderswo umgebracht wurde. Wie auch immer man sie dorthin befördert hätte, es hätten sich Schleifspuren aus Blut oder andere Merkmale dafür finden lassen müssen. Dies war aber nicht der Fall. Ich gehe davon aus, dass der Mord an Ort und Stelle passierte."

„Wie erklären Sie dann die Tatsache, dass sich am Fundort nur ein kleiner Blutfleck von etwa 6 Inches Durchmesser befand? Bei den Verstümmelungen, die Sie beschreiben, hätte sie in einer riesigen Blutlache liegen müssen."

„Die für die Tat relativ geringe Blutmenge ist auf die Kleidung der Toten zurückzuführen. Sie trug mehrere Unterröcke aus Wolle und Flanell, die das meiste Blut in sich aufgesogen haben. Constable Thain wird das bestätigen. Als sie den leblosen Körper zum Abtransport auf den Handkarren legten, glitt der Constable mehrfach an der blutdurchtränkten Kleidung ab, bis er einen festen Halt zum Hochheben gefunden hatte. Wir gingen davon aus, dass das Blut aus der Halswunde getreten sein musste, was sich im Nachhinein als falsch erwies. Die Wunden im Bauchbereich haben wir erst bei der Autopsie bemerkt. Das ist alles, was ich zurzeit habe."

„Nun gut, wenn ansonsten keiner mehr etwas hinzuzufügen hat, wird die Sitzung hiermit aufgehoben."

„Ich hätte da noch etwas", meldete sich ein Mann zu Wort, der bis jetzt stillschweigend alles mit angehört hatte.

„Und Sie sind?"

„Mein Name tut nichts zur Sache, ich will es Ihnen aber trotzdem verraten. Ich heiße Mulshaw, Patrick Mulshaw, und ich bin Kanalarbeiter. Ich arbeitete zur Zeit des Mordes nur wenige hundert Meter vom Tatort entfernt und es kann sein, dass ich den Mörder gesehen habe!"

„Wie meinen Sie das?"

„Nun ja, ich kann nicht sagen, wie er ausgesehen oder was er getragen hat, das Licht war dafür zu schlecht, und meine Augen sind auch nicht mehr, was sie früher einmal waren. Ich weiß nur, dass zur genannten Tatzeit ein Mann wenige Schritte von mir entfernt vorbeieilte. Er rief mir etwas zu, aber ich habe nichts darauf gegeben."

„Was rief er?"

„Also, er ist an mir vorbei und rief: ‚He, Nachtwächter, alter Mann, ich denke, dort unten auf der Straße wurde jemand umgebracht.' Ich hielt es für einen schlechten Scherz, deswegen habe ich auch nichts darauf gegeben, bis ich von dem Mord erfuhr. Ich dachte nur, Sie sollten das wissen!"

Am nächsten Tag berichteten die Zeitungen von dem Mord an Mary Ann „Polly" Nichols. Phantastische Geschichten, doch die „Penny Illustrated Paper" hatte eine eigene Meinung:

Der Mord an der Prostituierten Mary Ann Nichols weist in mehreren Punkten Ähnlichkeit mit zwei bereits länger zurückliegenden Morden in der gleichen Gegend auf. Die Polizei schließt nicht aus, dass der Mord in der Buck's Row und der an zwei weiteren Prostituierten während eines Zeitraumes von zwölf Monaten das Werk ein und derselben Person sein könnten. Ein Motiv, das zu den Verbrechen geführt hat, ist nicht ersichtlich. Da die drei Op-

fer der gleichen Gesellschaftsschicht angehörten, kann Raubmord ausgeschlossen werden.

Die Neuigkeiten verbreiteten sich schnell und die Zeitungen brachten tagtäglich neue Artikel über den Mord in der Buck's Row. Den Fall Mary Ann Nichols hatte man Inspektor Frederick George Abberline von Scotland Yard als leitendem Ermittler zugeteilt.

„Fred, Sie werden sich der Whitechapel-Morde annehmen", befahl ihm sein Vorgesetzter. „Die Gerüchte müssen aufhören. Die Polizeidivision H in Whitechapel ist überfordert. Keiner von uns kennt das East End besser als Sie, immerhin waren Sie 15 Jahre bei der H-Division tätig!"

„14", korrigierte Abberline.

„Ein Jahr mehr oder weniger, Sie sind ein East Ender, das kann man wohl mit Recht von Ihnen behaupten!"

Abberline lächelte.

„Detective Inspektor Reid ist bereits informiert und wird als lokaler Leiter der H-Division Sergeant George Godley von der J-Abteilung in Bethnal Green unter Ihre Führung stellen."

14. KAPITEL

London,
Donnerstag, 6. September 1888

„Es ist mir unbegreiflich, dass keiner etwas gehört oder gesehen haben will! Irgendwer muss doch was von dieser Schweinerei mitbekommen haben!", flüsterte George Godley Abberline zu, als sie am Nachmittag des 6. September zusahen, wie die sterblichen Überreste von Mary Ann Nichols zu Grabe getragen wurden. Sie standen dicht nebeneinander und blickten von einer kleinen Hügelkuppe dem Leichenzug entgegen. Hunderte von Schaulustigen, aber auch Freunde und Bekannte hatten daran teilgenommen, um der Toten die letzte Ehre zu erweisen, und von hier oben hatten sie den besten Überblick über die Menschenmenge. Während der Wintertage blies hier ein kalter Wind und es roch nach nassen Piniennadeln. Das war heute anders. Der Wind war angenehm warm und der Geruch der feuchten Erde vom ausgehobenen Grab lag statt dem der Piniennadeln in der Luft. Der Leichenzug führte vom Leichenschauhaus in der Old Montague Street hinaus zum Little-Ilford-Friedhof und Hunderte schritten im Trauerzug hinter dem schlichten Ulmensarg her, in den sie Mary gebettet hatten. Auf der Hügelkuppe unter einer großen Eiche standen die beiden Polizisten, als der Trauerzug langsam der kleinen Kapelle entgegenschritt, neben der sich ein frisch aufgehäufter Grabhügel, von Fichten und Tannen beschattet, erhob. Die Fahndung nach dem Mörder lief auf Hochtouren und Abberline hatte gehofft, der Mörder würde am Leichenzug teilnehmen. Wie aber sollten sie in einer solchen Menschenmenge eine einzelne Person ausfindig machen, die sich womöglich nicht einmal verdächtig benahm, wenn sie überhaupt zugegen war? Die Trauerfeier für Mary war kurz. Nur wenig später wurde das Grab bereits zugeschaufelt. Die kleine Messingplatte mit der Aufschrift *„Mary Ann Nichols, 42 Jahre, gestorben am 31. August 1888"* sollte für immer in den Tiefen der Erde begraben bleiben. Den Würmern war es gleich, was auf der Messingplatte stand und um wen es sich handelte. Sie würden den Rest erledigen. Gleichgültig, wie die Tote aussah oder welcher Schicht sie angehörte, der Geschmack des faulenden Fleisches blieb immer der gleiche!

15. KAPITEL

Liverpool, Donnerstag, 6. September 1888

Am Tag, als der Leichenzug Mary Ann Nichols zu Grabe trug, saß James Maybrick in seinem Arbeitszimmer in Liverpool und studierte aufmerksam, was in den Zeitungen stand. Eifrig suchte er nach Berichten, die sich mit dem Whitechapel-Mord befassten.

So saß er bis tief in die Nacht am Schreibtisch und lächelte in sich hinein. Die Kerze auf der Arbeitsplatte flackerte und spendete nur wenig Licht; aber es genügte ihm, die Eintragungen in seinem Tagebuch fortzusetzen. Mit ruhiger Hand führte er die Feder. Es gab viel zu schreiben, und das, was er zu schreiben hatte, bereitete ihm mehr Spaß als alles andere.

Ich habe allen vorgemacht, es ginge ums Geschäft, war mehr Spaß, als ich dachte. Die Hure war nur zu bereit für ihr Geschäft. Ich erinnere mich an alles und es bereitet mir Lust. Meinem Schnitt folgte kein Schrei. Ich war zunächst verärgert, als der Kopf nicht abgehen wollte. Ich glaube, ich brauche beim nächsten Mal mehr Kraft. Tief stieß ich in sie hinein. Ich bereue, dass ich keinen Prügel hatte; es wäre eine Wonne gewesen, sie damit kräftig zu pfählen. Die Nutte ging auf wie ein reifer Pfirsich. Beim nächsten Mal werde ich alles ausweiden!

Das Warten auf die Lektüre meines Triumphes dauerte nicht so lange, wie ich glaubte. Ich bin nicht enttäuscht, alle haben gut geschrieben. Das nächste Mal werden sie wesentlich mehr zu schreiben haben, daran habe ich nicht den geringsten Zweifel. Ich darf nicht zu viel Zeit verstreichen lassen. Wahrlich, ich brauche dringend neuen Nervenkitzel. Beim nächsten Besuch werde ich mich nicht bei meinem Bruder in London melden; er wäre entsetzt, wenn er alles erführe. Ich werde schlau sein, so schlau, wie ich heute war. Ich konnte nicht widerstehen, meine Tat gegenüber meinem besten Freund zu erwähnen. Wahrscheinlich dachte er, dass ein Mord wie der in Whitechapel in unserer Stadt nicht vorkommen könnte. Die Frauen auf unseren Straßen seien zu sicher im Schutze unserer hervorragenden Liverpooler Polizei. Soll er ruhig denken, dass unsere Straßen sicherer seien; ich werde meine kleinen Spielchen nicht auf der eigenen Türschwelle aufführen.

Dann nahm er das Tagebuch, hielt es ins Kerzenlicht, ließ seinen Blick über die geschriebenen Worte schweifen und lächelte beglückt in sich hinein. Nie hätte er gedacht, dass es ihm einen so großen Spaß bereiten würde, die Töchter der Nacht aus ihrem irdischen Dasein zu reißen und über die Schwelle des Todes ins Jenseits zu geleiten. Eines war ihm klar, er hatte den Schritt getan, von dem es kein Zurück mehr gab, hatte das „große Geheimnis" erlebt, doch was hatte er daraus gelernt? Bisher wusste er nur, dass er mit seinen Morden von einem teuflischen Rausch in eine Stille gefallen war, die er sich nie hätte träumen lassen. Ein Gefühl der Ruhe, als ob irgendetwas ihn berührt und aus dem Großstadtgewimmel durch einen Nebelschleier in ein verzaubertes Land geführt hätte. Der Tod war eine Offenbarung für diese Geschöpfe der Nacht, eine Offenbarung, die er an ihnen vollzogen hatte.

Was würde nun kommen? Was immer es auch war, eines war sicher: Er brauchte sich nicht zu fürchten. Er war nicht einmal besorgt. Er war erfüllt von Vertrauen. Gott musste seine schützende Hand über ihn gehalten haben; bereits zwei Morde hatte er begangen und niemand hatte ihn aufhalten können. James wusste, dass Gott ihn auserkoren hatte, die Straßen von Whitechapel vom Schmutz und Elend zu säubern. Er hatte die Inspiration gefunden. Gottes Kraft hatte ihn durch die dunklen Höfe und Gassen des Londoner East End geführt, in denen Armut und Laster im Übermaß zuhause sind. Dorthin, wo Hilfe am dringendsten benötigt und am wenigsten geleistet wird. James hatte den Auftrag, seine Botschaft zu überbringen, was er bis jetzt getan hatte; und wenn diese Nutten tüchtig zur Stadtsäuberung beitrugen, und das konnten sie nur, wenn sie gehorsam mit ihm gingen, war James sicher, dass ihn dafür die entsprechende Belohnung erwarten würde, wenn er einmal diese Welt verlassen sollte. Er würde nicht abtreten wie diese dem Elend verfallenen Geschöpfe. Natürlich würde für seinen Abgang von dieser Welt ein geschmückter, vierspänniger Leichenwagen bereitstehen. Viele würden um ihn trauern, doch keiner von ihnen sollte wissen, dass er der Mann war, der einst ganz London in Angst und Schrecken versetzt hatte.

16. KAPITEL

Robert James Lees, Spiritist

London, Freitag, 7. September 1888

„Ich werde nicht gehen, bevor ich mit Inspektor Abberline sprechen durfte“, beharrte Robert James Lees, der sich nicht abwimmeln ließ. „Es ist überaus wichtig, dass ich mit ihm spreche, verstehen Sie doch, es geht um Leben und Tod!“

Nur wenig später saß der Mann Abberline in einem kleinen Büro mit Blick zur Themse gegenüber.

„Gütiger Gott, Sie erzählen mir da eine Geschichte, die bereits in allen Zeitungen zu lesen war. Wie kommen Sie darauf, dass ich Ihnen das abkaufe?“

„Sie müssen“, insistierte der Mann und schlug mit der geballten Faust auf die Schreibtischplatte.

„Und das nur, weil Sie es in Ihrer Phantasie gesehen haben wollen!“

„Nein, so ist das nicht, es war keine Phantasie, Inspektor!“ Lees's Stimme schnellte eine Oktave in die Höhe und er lehnte sich aufgeregt über den Schreibtisch. Dabei schüttelte er kaum merklich den Kopf. „Wirklich gesehen habe ich überhaupt nichts, Inspektor. Nur gefühlt … und diese zusammenhanglosen Schattenbilder. Wie oft muss ich es Ihnen denn noch erzählen: Ich bin Hellseher, verdammt noch mal! Ein Messer … ein Messer, das mir in den Leib stach und mich auseinanderriss … ich habe ihre Schmerzen spüren können!“

„Und das alles wollen Sie gefühlt haben und sind sicher, dass es sich um diesen Irren handelt, der in Whitechapel diese Hure niedergestochen hat?“

„Ja, Inspektor, so glauben Sie mir doch! Ich fühle ihre Schmerzen, als wären es die meinen. Morgen wird er erneut losziehen, um eines dieser wehrlosen Frauenzimmer zu ihrem Schöpfer zu schicken. Sie müssen ihn aufhalten! Sie sind dazu verpflichtet, Inspektor!“

„Erklären Sie mir das mal genauer", sagte Abberline. „Sie wollen gesehen haben, wie er sie erstach?"

„Wie ich Ihnen schon sagte: trübe Schattenbilder. Sie legte ihre Hand auf den Bauch. Es war keine Wunde zu sehen. Kein Blut, nicht einmal eine Abschürfung. Aber ich weiß genau, dass er sie ermorden wird!"

Lees stand auf und winkte ab. „Es ist alles völlig nutzlos, Sie wollen mir einfach nicht glauben", stellte er bedrückt fest, ging hinüber ans Fenster und blickte hinunter zum Fluss. Unter normalen Umständen erfreute und beruhigte ihn der Anblick des Wassers, aber heute verfehlte die herrliche Aussicht auf das friedlich dahinziehende Gewässer ihre Wirkung.

„Ich sah diese andere Frau, nicht die, von der Sie wissen, dass sie bereits ermordet wurde, und ich fühlte ihren Schmerz wie meinen eigenen, sage ich Ihnen." Dabei streifte er nervös mit seiner rechten Hand über den Mund.

„Ich verstehe es nicht", gestand Abberline und verzog das Gesicht. „Diese Frau, die ermordet werden soll, war das eine von denen aus Ihrem Albtraum?"

„Kein Albtraum, Inspektor! Es sind keine Träume, eher ein Gedankenaustausch mit höheren Geisteswesen. Sie gewähren mir einen zweifelsfreien Einblick in das Leben ihrer geistigen Welten. Die Bilder, die ich sehe, sind real, es ist nur noch nicht passiert, wenn ich sie sehe. Sie verfolgen mich, lassen mich sehen, was Menschen wie Ihnen verborgen bleibt. Nein, ich sah einen neuen Mord. Morgen, in den Tiefen der Nacht, wird er zuschlagen."

„Und Sie haben ihr Gesicht gesehen?"

„Ja, aber nur ganz kurz. Ein Gesicht unter vielen. Sie ist mittellos und in schlechter gesundheitlicher Verfassung. Er wird sie an einem Ort ermorden, an dem es viele Menschen gibt, aber dennoch wird es keiner mitbekommen." Wild fuchtelte er mit beiden Händen in der Luft. Abberline kam es vor, als wären Lees's Hände leichter als Luft, so, als würden sie sich darin auflösen.

„Wie sah die Frau aus?", fragte er, obwohl er nicht wusste, ob er diesem Wahrsager Glauben schenken sollte. Er war für jede Hilfe dankbar und hatte schon öfter davon berichten gehört. Allerdings hatte er so was noch nicht miterlebt.

„Wie sah die Frau aus?“, fragte Abberline erneut und schritt vor Lees auf und ab. „Ihre Haarfarbe? Irgendetwas müssen Sie ja noch wissen!“

„Brünett.“

„Augen?“

„Grün oder blau.“

„Jung?“

„Ich weiß nicht, Inspektor. Etwa in meinem Alter, mag aber auch älter sein. Es ging alles so furchtbar schnell.“

„Wie alt sind Sie, Mr Lees?“

„Letzten Monat wurde ich 40. Warum fragen Sie?“

Abberline atmete tief ein. Die Luft im Zimmer war verbraucht und stickig. Er stand am Fenster, öffnete es und ließ frischen Sauerstoff in seine Lungen strömen.

„Wenn Sie keine Vorstellung von seiner Erscheinung haben, woher wissen Sie dann, dass es derselbe Killer ist?“

„Ich weiß es ganz einfach.“

Lees ließ sich wieder in dem Lehnstuhl nieder, das Gesicht zum Fenster gewandt. Er kam sich vor wie ausgehöhlt. So leicht, als könnte ihn der leiseste Luftzug davonwehen. Die Visionen hatten an ihm gezehrt und einen guten Teil seiner Energie verbraucht, aber der Unglaube, den ihm der Inspektor entgegenbrachte, verbrauchte noch mehr von seiner Kraft als alles andere. Lange würde er diese Gabe nicht mehr ertragen können. Keinesfalls ein Leben lang.

„Ich habe noch nicht oft von solchen Geschichten gehört“, gestand der Inspektor. „Wenn ich Ihrer Aussage Glauben schenken kann, was soll ich tun, ihn am Weitermorden zu hindern?“

Lees's Gesicht verfinsterte sich. „Ich weiß es nicht, Inspektor. Ich kann Ihnen nur mitteilen, was ich sehe.“ Lees hielt die Hände im Schoß, die Finger ineinander verkrampft. „Ich fühle, dass etwas Entsetzliches passieren wird, aber ich bekomme nicht genug Einzelheiten, um es zu verhindern. Wenn ich schon diese Gabe besitze, warum nicht uneingeschränkt? Ich sehe einen Schatten auf sie zukommen. Spüre ihre Schmerzen, wenn das Messer ihnen den Atem nimmt, aber warum verschwimmt die Erscheinung immer dann, wenn ich sie am nötigsten brauche? Warum werde ich auf die Folter gespannt? Ist das alles ein grausamer Scherz? Menschen müssen sterben, weil ich nicht klar genug sehen kann. Ich fühle mich verantwortlich für die Visionen, die ich habe." Lees legte seinen Kopf in die Hände.

„Es ist, als würde ich in einen Spiegel blicken, aus dem mir ein Gesicht entgegenstarrt, das nicht mein eigenes ist. Es ist das Gesicht einer Fremden, einer blassen, brünetten Frau mit blauen oder grünen Augen, und es ist voller Todesangst und vor Entsetzen verzerrt. Wie ein Spiegel, der nichts anderes reflektiert. Dieser Spiegel wird dann zu einem Fenster, durch das ich in eine andere Dimension blicken, aber nichts dagegen unternehmen kann. Und wenn diese Bestie mit ihr fertig ist, wenn sein Messer durch ihr Fleisch gedrungen und ihren Leib nahezu zerfetzt hat, besitzt die Arme keinen Körper mehr. Ihre Innereien liegen auf der Straße und ihr Kopf schwebt in einem schattenhaften Dunst davon. Wenn ich Ihnen doch nur mehr sagen könnte, wie gerne würde ich es tun!"

„Nun gut", entgegnete Abberline. „Ich will Sie nicht mehr länger aufhalten. Sie haben sicher noch zu tun."

„Denken Sie daran, was ich Ihnen gesagt habe. Versuchen Sie Ihr Möglichstes, Inspektor. Heute Nacht wird er wieder zuschlagen, irgendwo in Whitechapel wird er sein nächstes Opfer finden. Suchen Sie nach einer Frau … sie ist klein", hauchte er. „Halten Sie nach einer kleinen, um die fünf Fuß großen, brünetten Frau Ausschau. Sie ist älter als ich, Ende vierzig, mittellos und in schlechter gesundheitlicher Verfassung. Sie wird ausgehen, sich das Geld für ihre Unterkunft zu besorgen. Ich sehe ein Gebäude mit einem schmalen Durchgang. Ich sehe Sie, Inspektor, wie Sie sich über Ihre Leiche beugen." Dann war es, als hätte sich die Illusion wieder verflüchtigt, und Lees wirkte wieder ganz normal, soweit Abberline ihn als „normal" bezeichnen konnte. „Heute Nacht, Inspektor", wiederholte er, als er fast mit dem Mann zusammenstieß, der gerade das Zimmer betrat.

„Ich melde mich wieder bei Ihnen, Inspektor, wenn ich Ihnen noch weiterhelfen kann. Ich fühle es, Sie werden ihn nicht aufhalten können, aber versuchen Sie es wenigstens! Sie glauben mir nicht, aber morgen schon werden Sie anderer Meinung sein. Ich habe Ihnen alles gesagt, was ich weiß", verabschiedete er sich.

„Was war denn das für ein komischer Kauz?", wollte Sergeant Godley wissen, als Lees sich ohne ein Wort der Entschuldigung an ihm vorbeigedrängt hatte und Richtung Ausgang davoneilte.

„Ein Medium, Seher, Wahrsager oder wie man solche Typen nennt! Er wollte mich davon überzeugen, dass heute Nacht wieder eine dieser Huren in Whitechapel abgeschlachtet wird."

„Also ein Scharlatan!", entgegnete Godley lakonisch.

„Ich weiß nicht, ob man ihn so bezeichnen kann", antwortete Abberline, in Gedanken versunken. „Irgendwie gelingt es ihm, eine geistige Brücke zwischen unserer irdischen Welt und den jenseitigen, rein geistigen Bereichen zu schaffen."

„Glaubst du ihm?"

„Ich weiß nicht, was ich noch glauben soll", entgegnete Abberline bedrückt. „Er hat Scotland Yard bereits einmal mit seinen Visionen gute Dienste geleistet."

„Wie soll das denn gehen? Humbug, sage ich, er will sich nur wichtig machen. Vergiss ihn und seine oberklugen Sprüche! So was gibt es nicht, er lebt in einer Phantasiewelt!"

„Damals hatte er Recht. Ich weiß auch nicht, wie er es macht, George, aber er hatte Recht! Er sieht Dinge, sieht, was Menschen sehen, bevor sie sterben. Es sind nur Fragmente, aber während dieser Zeit lebt er ihr Leben, fühlt, was sie fühlen, und stirbt, wenn sie sterben."

„Alles törichte und unsinnige Äußerungen! Er erzählt das doch nur, um wichtig genommen zu werden, tatsächlich aber ist alles nur Schwindel."

„Ich kann es mir auch nicht erklären, ich weiß nur, dass er bereits einmal Recht hatte. Okkultismus mag ein Tummelplatz fragwürdiger Persönlichkeiten sein, die die Leichtgläubigkeit anderer zu kommerziellen Zwecken ausnutzen, aber mit Lees ist es anders. Ich würde ihn eher in den Kreis wissenschaftlich gebildeter Menschen einordnen. Er weiß nicht, dass ich von ihm und seinen Fähigkeiten unterrichtet bin; daher glaube ich nicht, dass er uns etwas vormachen möchte."

„Kennst du ihn denn?"

„Seinen Namen? Ja, Robert James Lees, Wahrsager am königlichen Hof, und wenn ich ehrlich bin: Was er mir sagte, macht mir Angst. Ich habe schwach in Erinnerung, dass er damals Scotland

Yard unwiderlegbare Beweise für die Echtheit der von ihm erlebten Phänomene vorgelegt hat. Mit Hilfe seiner medialen Fähigkeiten konnten wir damals einen Fall lösen. Mag sein, dass er seine Fähigkeiten seitdem nicht weiterentwickelt hat, aber keinesfalls scheint er sie verloren zu haben! Was, wenn Lees Recht hat und dieser irre Mörder heute Nacht erneut in Whitechapel zuschlagen wird?"

„Ein Wichtigtuer, mehr nicht!", entgegnete Godley.

„Möglicherweise, George, möglicherweise, und doch werden wir uns heute Nacht ein bisschen unter die East Ender mischen!"

17. KAPITEL

Whitechapel, Freitag, 7. September 1888

Annie Chapman

James Maybrick stand am Fenster seines gemieteten Zimmers in der Wentworth Street und sah dem Treiben der Menschen auf der Straße zu. Die Sonne tauchte den Himmel über der Stadt in orangefarbenes Licht. Bald schon würde die Nacht das schwarze Gewand des Todes über die Gassen von Whitechapel breiten, und in den kleinen Gassen, in die das Licht der Gaslaternen dann nicht mehr drang, würden das Leid und die Not auch nicht mehr zu sehen sein.

Obwohl er den Menschen unter seinem Fenster mit strengen Blicken zusah, lag ein sardonisches Lächeln auf seinem Gesicht. Er wusste, er blickte in eine Welt, in der sich noch viel Böses abspielen sollte, dafür würde er sorgen.

James wartete, bis sich die Nacht über die Stadt gelegt hatte, dann zog er los, ganz in Schwarz, mit einem Zylinder und einer Tasche, in der seine wichtigsten Utensilien für seine bevorstehende Arbeit nur darauf warteten, zum Einsatz zu kommen. Zur gleichen Zeit durchstreiften zwei weitere Schatten die Straßen von Whitechapel.

Vergeblich drückten die Gaslaternen ihre Lichtkreise in die nächtliche Dunstglocke. Kutschen tauchten jäh aus der Dunkelheit auf und das gedämpfte Getrampel und Wiehern der Pferde vermengte sich immer wieder mit den Warnrufen der Kutscher. Fußgänger mit tief ins Gesicht gezogenen Hüten und hochgeschlagenen Kragen huschten aufeinander zu, um ebenso rasch wieder im Nichts zu verschwinden.

„Ich frage mich, wie du einem Wahrsager glauben kannst! Was wir hier tun, ist schwachsinnig. Wir werden uns die ganze Nacht um die Ohren schlagen und es wird nichts dabei rauskommen!“, nörgelte Sergeant Godley. „Es ist schon fast drei und wir sind immer noch nicht weiter. Es wird kein Mord geschehen, was wollen wir noch hier?"

„Ich sage ja nicht, dass ich ihm glaube; nur, was wäre, wenn er Recht behielte? Es wäre nicht das erste Mal; ich kann seine Worte nicht so einfach in den Wind schlagen. Außerdem ist die Nacht sowieso bald vorbei, brauchst also nicht weiterzunörgeln. Ich glaube, ich habe den richtigen Riecher, wirst schon sehen", entgegnete Abberline, als sie die Commercial Street überquerten und ihr Weg sie zu einem Pub führte, der gleich an der Ecke zur Fournier Street lag.

Die ‚*Ten Bells Tavern*' mitten im Armenviertel von London war nichts weiter als eine heruntergekommene Spelunke, in der sich Nutten und andere zwielichtige Gestalten trafen. Viele standen an der Theke oder saßen an den Tischen. Hier gab es nur billigen Fusel, aber das Zeug schien zu schmecken. Der Raum war erfüllt von lauten Stimmen und die Leute schienen sich zu amüsieren. Matrosen, die am nächsten Morgen wieder mit ihren Schiffen ausliefen, riefen den Nutten zu, noch eine letzte Nacht mit ihnen zu verbringen, bevor es sie am nächsten Morgen wieder für Wochen oder gar Monate zur See verschlug. Das Licht der Taverne war schummerig und leuchtete nicht jeden Winkel aus. Wer nicht gesehen werden wollte, hielt sich dort auf, wo das spärliche Licht am wenigsten hinkam. James Maybrick saß in einer dieser dunklen Ecken und teilte den Schnaps mit einer Frau, die ihr Alter nicht verleugnen konnte. Sie trug ein weißes Halstuch mit breitem, rotem Rand, das auf der Vorderseite dreimal zusammengeknotet war. Für Maybrick war das Tuch das Zeichen, dass er diesen Hals mit seiner Klinge durchtrennen musste. Sollte er sie bitten das Halstuch abzulegen, wenn es soweit war? Unter Umständen wäre es besser. Wenn der Zeitpunkt gekommen war, würde er schon wissen, was zu tun war. Sicher hatte sie schon alle Lebensphasen durchgemacht und wartete hier nur auf ihren Tod. James spürte, dass er ihr helfen konnte, wären sie nur irgendwo da draußen an einem ruhigeren Ort; es wäre ihm eine Wonne gewesen, ihr beim Abgang ins Reich der Toten zur Seite zu stehen.

Für Inspektor Abberline und Sergeant Godley schien der Abend erfolglos zu bleiben. Obwohl sie sich inmitten der Fäulnis dieser Stadt in einer der übelsten Tavernen befanden, sah es wirklich so aus, als brächte sie ihre Suche nach dem Whitechapel-Mörder nicht weiter.

Nutten kamen, tranken ihren Schnaps, bis sie kein Geld mehr hatten, andere ließen sich ihre Getränke von großzügigen Freiern spendieren, aber keine von ihnen konnte brauchbare Informationen über Mary Ann Nichols liefern. Vergeblich versuchte Abberline herauszufinden, mit wem sich Mary Ann zuletzt getroffen hatte oder mit wem sie gegangen war, als es sie wieder auf die Straße zog.

Unaufhaltsam schritt die Zeit voran. Wenn der Mörder heute Nacht erneut zuschlagen sollte, blieb ihm nicht mehr viel Zeit. Abberline hatte alle Nutten erfolglos befragt, die gekommen und wieder in die Nacht verschwunden waren. Dabei war er zu sehr mit den Prostituierten beschäftigt. Er ahnte nicht einmal, dass der Mann, nach dem er suchte, nur wenige Tische von ihnen entfernt im Schutze des schummerigen Lichtes saß und plante, in Kürze erneut zuzuschlagen.

„Ich kann tun und lassen, was ich will", entgegnete Annie Chapman. „Ich bin seit drei Jahren geschieden, keiner hat Annie zu sagen, was sie tun oder lassen soll. Dieser Scheißkerl, John, ist seit zwei Jahren tot, verstehst du!?", lallte sie. „Zehn Schilling hat er mir gegeben – wöchentlich! Nun steh ich vor dem Nichts. Und Sievey, dieser Dreckskerl, hat mich die ganze Zeit nur wegen der Einkünfte benutzt. Mein Sohn wurde mit Behinderungen geboren. Lebt jetzt in so einer scheiß karitativen Schule. Ich glaube, aus dem wird nichts, ist genauso behindert wie sein verfluchter Vater. Aber Annie ... Annie Georgina ist mit einem Zirkus durch Frankreich unterwegs. Ist eine Artistin oder so was in der Art. Oh ja, Annie wird es zu was bringen! Ich glaube, sie ist eine akrobatistische Zauberin, oder wie man das nennt!"

Erst als sie von ihrer Tochter zu sprechen begann, traten Tränen in ihre Augen. „Ich verfluche sie alle, alle haben mich sitzen lassen, keiner wollte noch etwas mit der alten Annie zu tun haben." Dabei legte sie den Kopf in ihre Hände und rümpfte die Nase. Ihr Mann hatte sich von ihr getrennt und Sievey, der Siebmacher, hatte sie nur wegen der wöchentlichen zehn Schilling nicht verlassen. Als John Chapman gestorben war und das Geld ausblieb, hatte Sievey sich ebenfalls von Annie abgewendet. Seitdem versuchte sie ihre Depressionen im Alkohol zu ertränken.

„Ich bin keine Hure, ich verdiene mein Geld auf ehrliche Weise! Mach Häkelarbeiten oder verkaufe Blumen. Ich bin die kultivierteste Frau in der ganzen Gegend."

„Das habe ich doch gleich bemerkt, Annie!“, entgegnete Maybrick und seine Stimme klang beruhigend. „Wir sollten aber bald aufbrechen, es ist schon spät geworden!“

„Keine Angst ...“, sagte Annie und erhob sich langsam von ihrem Stuhl, „keine Angst ...“

Sie kannte diesen Mann kaum, und doch war ihr, als würde sie ihn seit Ewigkeiten kennen.

„Warte einen Augenblick“, hielt James sie zurück, als sie Anstalten machte zu gehen. „Ich muss nur kurz ... meine Tasche ...“ Dabei griff er nach seiner schwarzen Tasche, die die ganze Zeit außerhalb der neugierigen Blicke unter ihrem Tisch gestanden hatte.

„Ich wohne gleich hier um die Ecke in so einem Logierhaus, kommst du mit?“, wollte sie wissen, als er ihr auf die Commercial Street folgte. Sein Plan musste funktionieren, er war doch nur deswegen aus Liverpool hierhergekommen. Die Zeit raste davon, und mit jeder Minute, die verging, drohte sein Vorhaben immer mehr zu scheitern. Das durfte er keinesfalls zulassen.

„Ich glaube nicht, dass wir schon dorthin gehen sollten. Lass uns noch etwas durch den Mondschein spazieren; wirst sehen, es wird noch richtig gemütlich werden!“

Die Hanbury Street lag gleich an der nächsten Ecke. Er musste versuchen, sie aus dieser belebten Straße in eine einsamere Seitenstraße zu führen, dann konnte er seinen Plan durchführen. Keiner durfte etwas bemerken; keiner, der sie kannte, durfte sie jetzt noch zusammen sehen. An der nächsten Ecke musste er von der Hauptstraße runter. Die Hanbury Street lag ruhiger und das Licht der einzelnen Gaslaternen aus der Commercial Street wurde bald schon von der Dunkelheit verschluckt.

Die nächste kleine Straße war Brick Lane, aber immer noch zu belebt, als dass er seinen Plan hätte verwirklichen können. Er konnte nicht mehr länger warten; die Zeit war weit vorangeschritten und es würde nicht mehr lange dauern, bis der Tag anbrach. Die Uhr der Black-Eagle-Brauerei in der Brick Lane schlug gerade 5 Uhr 30. Verdammt, er musste einen günstigen Ort finden.

„Hast mir eigentlich noch nichts von dir erzählt“, hauchte sie ihm zu. „Bist du einer dieser bekannten Ärzte, mit deiner schmucken Tasche? Siehst jedenfalls wie einer aus!“

„So etwas Ähnliches“, entgegnete er und drückte sie mit dem Rücken gegen die Fensterläden eines Hauses. Sie blickte ihm ins Gesicht und sah, wie seine Augen sie anfunkelten. Er schien alles im Griff zu haben. Gleich neben ihnen führte eine kleine, offen stehende Holztür in einen dunklen Flur. Er musste sie da hineinbekommen, dann würde alles wie von selbst gehen. Niemand würde sie sehen, dafür war es zu düster.

„Dein Körper fühlt sich gut an, meine Liebe“, hauchte James und schmiegte sich fester an sie. Er versuchte ihre ganze Aufmerksamkeit zu gewinnen. Annie war angeheitert, aber sie registrierte durchaus noch, dass er sie umschmeichelte. Sein Plan schien zu funktionieren. Mit einem begeisterten Gesichtsausdruck sah sie ihn an. Bisher hatte ihr noch keiner gesagt, dass sie sich gut anfühlte. Ihr Atem ging schneller.

„Dann soll er nur dir gehören“, sprach sie leise und streckte ihm ihre schrumpeligen, alten Finger entgegen.

„Willst du?“, fragte er und zog instinktiv seinen Zylinder tiefer ins Gesicht, als eine Frau an ihnen vorbei in Richtung Commercial Street ging.

„Ja“, hauchte Annie zurück.

Die Frau hatte nur kurz zu ihnen herübergeschaut. Er hatte mit dem Rücken zur Straße gestanden, sie konnte unmöglich sein Gesicht gesehen haben, als sie hinter ihm vorbeiging.

Annie entsprach nicht annähernd seiner Vorstellung von einer richtigen Frau; aber er musste sein Spiel weiterspielen, wenn er seinen Plan ausführen wollte. Ein tiefes Grollen der Leidenschaft kam aus ihrer Kehle.

„Nicht hier auf der Straße, lass uns hineingehen“, brummte er und zerrte sie in den Flur.

„Du hast es aber eilig! Die gute Annie wird dir noch viel Freude bereiten, wirst schon sehen!“

„Davon bin ich überzeugt, du wirst mich bestimmt nicht enttäuschen.“

Der Flur lag in vollkommener Dunkelheit. Aber bald schon hatten sich ihre Augen daran gewöhnt. Der Gang war schmal, und weiter hinten führte eine kläglich aussehende Treppe ins Obergeschoss. Niemand war zu sehen. Alle, die in dieser schäbigen Absteige wohnten, mussten noch schlafen.

„Sei still!“, forderte Maybrick Annie zum Schweigen auf. „Es soll uns doch keiner überraschen!“

Gleich neben der Holztreppe schien der Gang weiter nach hinten zu führen.

„Geh weiter, dort hinten ist es ruhiger.“

„Sieh mal“, murmelte Annie leise, „ein Hof!“

Maybrick ging leise voran und blickte hinaus in den Hinterhof. Er war leer und ein mannshoher Zaun grenzte ihn vom Nachbarhaus ab.

„Komm, hier sind wir ungestört“, hauchte er. Annie hinkte hinter ihm her. Zwei Stufen führten sie hinunter in den Hof. Er war klein, aber für seinen Zweck ausreichend. Es herrschte Totenstille. Wenn sie schrie, würde sie die ganze Nachbarschaft aufwecken, das durfte nicht geschehen. Der Hof war für sein Vorhaben wie gemacht, er lag völlig isoliert vom übrigen Stadtviertel. Genau in dem Moment, als er zuschlagen wollte, glaubte James Schritte im Nebenhof zu hören.

„Hörst du das auch?“, flüsterte er, sodass ihn nur Annie verstehen konnte.

„Nein“, entgegnete sie lauter.

James reagierte schlagartig und presste ihr die Hand fest auf den Mund. Annie torkelte gegen den Lattenzaun. Mit der anderen Hand wies er sie an zu schweigen. Sie hielt es für ein Spiel und musste beinahe lachen, doch es gelang ihr, das Lachen zu unterdrücken. Der Druck von Maybricks Hand nahm zu. Hätte sie geahnt, dass es sich um keinen Ulk handelte und weswegen er ihr den Mund so fest zuhielt, wäre ihr das Lachen im Halse stecken geblieben.

Der Mann im Nebenhof hörte nun genauer hin. Wollte sich einer einen Scherz mit ihm erlauben? Er hatte deutlich ein „Nein“ gehört, gefolgt von einem Laut, als wäre etwas gegen den Zaun gefallen. Dann war es still. Albert Cardosh war von Beruf Zimmermann und er musste bald zur Arbeit. Wenn sich jemand einen Scherz erlaubt hatte, schien er jetzt fort zu sein. Er hörte noch kurz hin und ging dann weiter zur Toilette. James nahm seine Hand von Annies Mund. Sie hielt alles für ein Spiel, was er für sein Vorhaben ausnutzen konnte. Sie blickte durch ein kleines Loch in den Nachbarhof, dabei konnte sie sehen, wie Cardosh sich entfernte.

„Komm schon, lass es uns tun!“, flüsterte Annie, als von Cardosh nichts mehr zu sehen war.

Maybrick aber ließ ihr keine Zeit mehr. In der kurzen Phase, in der sich Annie köstlich über den angeblichen Schabernack amüsiert hatte, hatte Maybrick seine schwarze Tasche geöffnet und sein Messer für ihr gemeinsames Spielchen geräuschlos entnommen. Im nächsten Moment taumelte sie, von Schmerz geblendet, dann fiel sie rückwärts auf den Boden, gleich vor die Stufen am Lattenzaun. Die Augen traten ihr aus den Höhlen, ihre Arme und Beine zuckten. Es war ein Leichtes gewesen, aber der Mann hätte ihm alles zunichtemachen können. Annie hatte wahrlich gut mitgespielt. Seinem Schnitt folgte kein Schrei, und es dauerte nur Sekunden, bis sie tot war. Wie durch Zufall hatte er seinen Schnitt nur wenig über dem Halstuch angesetzt. Perfekt, hatte er doch noch vor Kurzem gedacht, dass sie es besser ablegen sollte. Zum Glück hatte er vergessen sie darum zu bitten. Womöglich hätte er damit nur ihren Verdacht erregt.

Das Blut war aus ihrer Kehle gespritzt, aber sie hatte sich nicht weit genug umgedreht, als dass sie ihn damit hätte beschmutzen können. Maybrick kniete sich neben die Leiche. Der Schnitt hatte ihr die Kehle geöffnet, was ein Schreien unmöglich machte. Annie erstickte an ihrem eigenen Blut. Als die letzten Zuckungen vorbei waren, setzte er das Messer noch einmal am Nacken an und zog es kraftvoll und unter großem Druck von links nach rechts. Der Schnitt reichte jetzt bis zur anderen Nackenseite. Als die Klinge wieder austrat, gab es lediglich ein paar kleine Blutspritzer unten am Holzzaun, gleich neben ihrem Hals. Der Schnitt verlief gezackt, etwa einen Zentimeter parallel zum ersten. Aber beide waren saubere Einschnitte. Am liebsten hätte er die Knochen des Nackens mit durchtrennt; aber so fest er auch gedrückt hatte, es gelang nicht. Völlig verärgert, dass der Kopf nicht abfallen wollte, raffte James die Röcke und legte den Unterleib frei. Das Messer setzte er am Schambein an und drückte es tief genug in sie hinein, dass sich die Bauchhöhle mit einem sauberen Schnitt öffnen ließ. Das Geräusch, das den Schnitt begleitete, glich dem eines Stückes Leinentuch, wenn es zerrissen wird. Der Unterleib war jetzt freigelegt. James, im Blutrausch gefangen, trennte einen Teil der Bauchdecke um den Bauchnabel ab. Ein Meisterstück, auf das er stolz war: Er hatte diese Schlampe nicht nur aufgeschlitzt, er hatte einen Teil aus ihr herausgeschnitten. Nie hätte er gedacht, dass es ihn so reizen würde. Er würde es mitnehmen, braten und sich bei einem Schluck Rotwein köstlich schmecken lassen. Dann ließ er es in seine Tasche fallen. James war sicher, es würde reichen um seinen Hunger zu stillen. Wenn nicht, würde er beim nächsten Mal ein größeres Stück mitnehmen. Er griff in die offene Bauchhöhle, hielt die Gedärme fest, zog sie aus der Öffnung und warf sie über ihre linke Schulter. Dann griff er noch einmal hinein und zog weitere Organe aus dem Unterleib hervor. Ein paar Organteile würde er dieses Mal mitnehmen; er wusste, er würde sich an diese Nacht besser erinnern, wenn er etwas von ihr am offenen Feuer betrachten konnte. So hatte er noch nie mit Eingeweiden spielen können. Er drückte sie fest in seinen Händen, dass die rote Flüssigkeit zwischen seinen Fingern hervorquoll, dann ließ er sie wieder fallen. Als er seine Hände sah, konnte er diese klebrige Substanz nicht nur fühlen, er blickte auf eine purpurrote Schmiere, eine Mischung aus Blut, Fleischfetzen und Haaren. Mit einem gekonnten Schnitt trennte er den Uterus, den oberen Teil der Vagina und einen Teil der Blase aus dem Becken und ließ auch dies alles in seine Tasche fallen. Vielleicht würde er auch davon etwas verspeisen – versuchen würde er es auf jeden Fall. Aber war überhaupt etwas davon essbar? Er würde es herausfinden, wenn es soweit war.

James säuberte sich, so gut es ging, mit seinem Taschentuch die Hände. Diese Ringe, diese verdammten Ringe, die sie an ihren Händen trug. Er musste sie abstreifen, sie erinnerten ihn zu sehr an den Ehering, den er seiner Schlampe an den Finger gesteckt hatte. Diese hier waren nicht aus Gold, das merkte er sofort. Es waren nur schäbige Messingringe, aber die Form war gleich. James musste viel Kraft aufwenden, die Ringe waren wie angegossen; wenn sie nicht gleich abgehen würden, würde er ihre Finger abhacken. Es kostete ihn eine Weile, aber dann hatte er Erfolg. Er würde sie mitnehmen; wenn er seine Trophäen im Feuerschein betrachten konnte, würde er bestimmt Genugtuung empfinden.

Anschließend durchwühlte er ihre Habseligkeiten. Einen Fetzen Musselin, einen Kamm und eine Zahnbürste entnahm er und legte diese neben ihr zu Boden. Dann nahm er zwei aufpolierte Farthings, um sie zu den anderen Objekten zu legen. Was für ein Glück er doch hatte! Keinesfalls durften es Half Sovereigns sein: Mit zwei Farthings hatte sie nicht genug, um der Mythologie zufolge Charon, den Fährmann, zu bezahlen, damit er sie über den Totenfluss in das Reich des Hades brachte. Sie sollte in der Hölle schmoren!

Dann bemerkte er zwei Pillen, die aus einem zerrissenen Umschlag gefallen waren. Hatte er nicht einen Umschlag mit seinem Namen in seiner Tasche? Nach kurzem Suchen fand er ihn, riss ihn so auseinander, dass nur das *M* übrig blieb, nahm zwei seiner Pillen, wickelte sie hinein und legte sie zu den anderen Gegenständen. Ihre Pillen würde er mitnehmen, seine eigenen würde er zurücklassen, sichtbar mit seinen Initialen. Was für ein Spaß! Er hinterließ ihnen sogar seine Anfangsbuchstaben!

Dann hielt er inne. Hatte er da nicht wieder ein Geräusch gehört? Es war schon fast hell und er hatte nicht einmal bemerkt, wie die Dunkelheit der Dämmerung gewichen war. Dabei hätte er es bemerken müssen, als er seine Hände betrachtete!

Maybrick zog ein weiteres Tuch aus seiner Tasche und säuberte sich die Hände vom restlichen Blut. Sie fühlten sich noch immer klebrig an, aber immerhin konnte man kein Blut mehr erkennen.

Angestrengt lauschte er. War da noch ein anderes Geräusch? Nein, nichts. Eine Täuschung. Seine Nerven spielten ihm einen kleinen Streich. Er musste wieder Mut finden, sonst würde sein Streifzug hier enden. Wie ein Leichentuch trieb Bodennebel zu seinen Füßen und kaschierte seine Tat in einer schaurigen Hülle. War der Nebel schon da gewesen oder war er erst gekommen, nachdem sie den Hof aufgesucht hatten? Er war ihm vorher nicht aufgefallen. Maybrick verschloss seine Tasche und hielt sie fest in der Hand.

Durch die Nebelschwaden hindurch ging er die Stufen hinauf, bis er die Holztür erreichte, die den Hinterhof vom Gang trennte. Während seiner Arbeit musste die Tür zugefallen sein, er konnte sich nicht erinnern, sie geschlossen zu haben, nein, das hatte er nicht. Da war es wieder, dieses Geräusch, das er bereits vor Kurzem gehört hatte. Es hatte ihn erschreckt, doch James bemühte sich ruhig Blut zu bewahren. Ignorieren durfte er es aber nicht; er legte vorsichtig die Hand an den Türgriff. Es würde ihn gewaltige Überwindung kosten, alleine wieder hineinzugehen; wo sie doch zu zweit den Hof aufgesucht hatten. Im Augenblick schien ihn alle Willenskraft verlassen zu haben. In seinem Kopf formten sich Bilder dessen, was ihn auf der anderen Seite dieser Tür erwarten würde, und er zwang seinen Körper innezuhalten. Er zog am Türgriff. Der Spalt zwischen der Tür und dem verzogenen Rahmen wurde breiter. Die Tür bewegte sich mit einem leisen Quietschen. Wie von einer unsichtbaren Kraft geführt, gelang es ihm, sie vollständig zu öffnen. Er schloss seine Augen und zwang seinen Körper, sich nach vorne zu bewegen. Er kämpfte mit aller Macht gegen sein Unterbewusstsein. Stimmen schrien in seinem Kopf, befahlen ihm, stehen zu bleiben. Man würde ihn überführen, wenn er nicht stark genug war, sich dagegen zu wehren.

Doch der Flur, der vom Hinterhof in die belebte Hanbury Street führte, war leer. Niemand hatte den Gang während seiner Arbeit betreten, niemand etwas von seinem Spielchen mitbekommen.

Er wusste, dass Schlafmangel und die kalte, würgende Angst seine ohnehin lebhafte Phantasie noch mehr aufpeitschten, aber jetzt konnte er nicht mehr zurück. Noch einmal wandte er sich Annie zu, um sie eines letzten Blickes zu würdigen. Seltsam, als er sie schlitzte, hatte er nicht bemerkt, dass sie gestreifte Wollstrümpfe trug. Auf eine groteske Art ragten sie dort unter dem zerwühlten Rock hervor. Aber sie würden ihr nichts mehr nützen, ihr Körper wurde kalt und kälter, und bald schon würden die ersten Würmer von ihrem zarten Fleisch zehren. Zielstrebig steuerte er dem Eingang entgegen. Inzwischen trieb der Bodennebel durch sämtliche Straßen. Er schien von der Themse herzukommen und wand sich um die Häuser, breitete sich überall aus, und noch bevor er sich im trüben Gassengewirr der Stadt verlor, verschwammen und verschwanden die Umrisse des Whitechapel-Mörders in den Straßen des East End.

18. KAPITEL

Liverpool 1988

Es war mitten in der Nacht, als Rick Maybrick von seinen Träumen aus dem Schlaf gerissen wurde. Er hatte geträumt, dass in den Straßen Whitechapels eine Hure bestialisch ermordet worden war. Genau genommen war es nicht auf offener Straße, sondern in einem Hinterhof passiert, nur wenige Schritte vom Trubel der Bevölkerung entfernt. Wenn es nur ein einfacher Traum gewesen wäre, hätte er sich wahrscheinlich nicht so erschrocken, aber seine Träume wurden immer realer. Es konnte nur einen Grund für das geben, was ihn nicht mehr schlafen ließ. Seine Arbeit ließ ihn nicht mehr ruhen und nun war noch der Tod seines Freundes hinzugekommen. Er wollte fliehen, raus aus dem Alltag, irgendwohin, wo er auf andere Gedanken kommen konnte. Seit er London verlassen hatte, war es ihm jedoch unmöglich gewesen abzuschalten. In Gedanken war er stets beim Begräbnis seines Freundes Jonathan Peltzer. Für Rick war Jonathans Tod ein Missverständnis gewesen. Gott konnte ihn nicht wirklich gemeint haben, als er ihn zu sich rief, aber diese Ungerechtigkeit hatte er leibhaftig miterlebt. Die Morde in Whitechapel hingegen waren nur Berichte, Romane, Zeitungsausschnitte! Seine Arbeit! Aber es durfte nicht zu seinem Leben werden. Rick hatte Leben gesehen, wo Tod war, Bewegungen, wo die Stille der Ewigkeit längst Einzug gehalten hatte. Was er in seinen Träumen erlebte, was er dort unter solch merkwürdigen Umständen gesehen hatte, war nichts als ein Schatten einer längst vergangenen Wirklichkeit gewesen.

Nicht viele kannten die richtige Geschichte um Jack the Ripper, der hundert Jahre zuvor ganz London in Angst und Schrecken versetzt hatte. Rick Maybrick hingegen hatte sich sein Leben lang damit beschäftigt. Er besaß alle Informationen über den Schlitzer, die man nur besitzen konnte. Mit der Zeit war er in England zum größten Ripper-Experten geworden. Aber bis vor Kurzem hatte er nie solche mysteriösen Albträume gehabt, die ihn diese Geschichte auf so unheimliche Art und Weise miterleben ließen. Sein Schlafanzug war vom Schweiß durchnässt und sein Kopf brummte, als drohte er jeden Moment zu platzen. Diese Träume, würden sie nie aufhören? Oft ließen sie ihn nicht mehr erkennen, ob sie Phantasie oder Wirklichkeit waren. Er wartete, bis sich sein Atem beruhigte, dann rollte er sich langsam aus dem Bett. Rick spürte Fieber in sich und er legte seinen Kopf in die Hände. Er glühte regelrecht. Verdammt, er musste etwas gegen diese höllischen Schmerzen unternehmen! Es war gleich fünf Uhr früh. Sinnlos, noch einmal einschlafen zu wollen. Im Bad spritzte er sich Wasser ins Gesicht. Es war nicht immer derselbe Traum; irgendwie schien es, als wäre er an einer bestimmten Reihenfolge beteiligt. Die Frau aus seinem ersten Traum hatte er nicht gekannt; doch dann hatte er von Mary Ann Nichols geträumt, und jetzt war es dieser Mord an Annie Chapman gewesen. Es war ihm alles so real erschienen: Träume als reales Erlebnis. So, als wäre er mit ihr durch den Flur zum Hinterhof gegangen. Keine Fotos aus alten Zeitungen oder Büchern, die er so oft betrachtete. Es war, als hätte er im Körper des Rippers gesteckt, aus seinen Augen gesehen, als das Blut aus ihrer Wunde spritzte und ihr Leben unter seinen Händen aus ihrem Körper wich. Er machte sich viel zu viele Gedanken. Und jetzt diese teuflischen Kopfschmerzen! Das Wasser, das er sich ins Gesicht spritzte, schien auf der Haut zu kochen. Aus dem Spiegel schauten ihn seine blutunterlaufenen Augen an. Irgendwo mussten noch Kopfschmerztabletten liegen. Langsam, mit brummendem Kopf, suchte er in einem Wandschrank nach Tabletten. Sie mussten wieder mal ganz hinten stehen. So war es immer, wenn er nach etwas Bestimmtem suchte. Dann stieß er irgendwo im Schrank gegen etwas Festes. Eine Verriegelung, die so angebracht war, dass er sie noch nie bemerkt hatte, hatte eine Öffnung freigegeben. Sie sah so aus wie ein Versteck, in das man Geld oder andere Besitztümer legen konnte, die niemand zu Gesicht bekommen durfte. Das machte ihn neugierig. Hinter dieser kleinen Öffnung lagen ein Buch, das wie ein Album aussah, sowie eine Feder, wie sie vor langer Zeit zum Schreiben benutzt worden war. Rick zog beides heraus und fand gleichzeitig die Flasche mit den Tabletten, die genau neben der Öffnung im hintersten Teil des Schrankes stand. Nachdem er sich zwei Pillen in den Mund geschoben und sie mit etwas Wasser hinuntergespült hatte, griff er nach dem Buch und nahm es mit ins Schlafzimmer. Rick runzelte die Stirn. Es schien sehr alt zu sein, alt und verstaubt. Einschlafen konnte er jetzt nicht mehr; wenn die Kopfschmerzen nachließen, würde er einen Blick in dieses seltsame Buch wagen, von dessen Existenz er nicht einmal gewusst hatte. Aber zuerst musste er das Brummen in seinem Schädel loswerden, das alles andere übertönte. Draußen regnete es und das Prasseln der Tropfen gegen die Fensterscheiben glich beinahe dem Rauschen eines Flusses, der bedrohlich laut dahinfloss. Rick konnte sich nicht erklären, wer dieses Versteck so diskret angefertigt hatte; aber es blieben nicht viele, die dafür in Frage kamen. Der Einzige, der ihm auf Anhieb in den Sinn kam, war sein Urgroßvater, der einst dieses Haus bewohnt hatte. Aber warum hätte er das tun sollen? Er war immer sehr vornehm gewesen und hatte sicher nichts zu verstecken gehabt.

Rick legte sich aufs Bett und begann in dem Buch zu blättern; aber was er las, machte ihn nur noch nachdenklicher. Nein, jemand aus seiner Familie hätte so etwas Irres nie geschrieben. Es musste ein anderer gewesen sein, jemand, der vor den Maybricks dort gelebt hatte, lange bevor sein Urgroßvater dieses Haus gekauft hatte. Etwas aber sprach dagegen: die Zeit, auf die das Tagebuch datiert war! Nach diesen Eintragungen befand sich Battlecrease House bereits im Besitz seiner Familie.

19. KAPITEL

Whitechapel, London 1888

29 Hanbury Street, 6 Uhr morgens

Als John Davis gegen 6 Uhr morgens vom Hausflur auf die Straße gerannt kam, wäre er beinahe mit James Kent und dessen Arbeitskollegen Henry J. Holland zusammengestoßen. Verwirrt konnte Kent noch zur Seite springen, als der ältere Mann genau vor ihm zum Stehen kam.

„Sie müssen mir helfen! Ich glaube, man hat sie umgebracht!", schrie John Davis mit ängstlicher Stimme. Sein blasses Gesicht und die Angst, die ihn trieb, ließen für James Kent keinen Zweifel offen. Der Mann, der so erschrocken vor ihnen stand und sie aufforderte mit ihm zu kommen, musste etwas Schreckliches gesehen haben. Ohne weitere Worte folgten sie ihm durch den schmalen Gang bis zur Holztür, die zum Hinterhof des Hauses 29 Hanbury Street führte. Die Tür stand weit offen und bot freie Sicht auf ein lebloses Bündel, das unten am Fuß der Treppe lag. James Kent stand ganz vorne, doch keiner machte Anstalten, die Treppe zum Hof hinunterzugehen. Von hier oben konnten sie das Gesicht der Frau sehen; es gab keinen Zweifel, dass sie tot war. Bestialisch ermordet lag sie in ihrem Blut am Lattenzaun, mit zerzauster Kleidung. Auf ihrem Gesicht und an ihren Händen klebte ihr verschmiertes Blut. Ein Halstuch war sauber um ihren Hals geknotet und ihre Hände waren gespreizt, als hätte sie versucht das Messer abzuwehren, das ihr Leben genommen hatte. Überall an ihr sah man Blut, selbst die Beine waren damit verschmiert, doch gab es keine sichtbaren Verletzungen. Kent brachte den Mut nicht auf, Annie näher zu untersuchen. Hätte er jetzt eine Flasche Brandy zur Hand gehabt, hätte er sie sicher in einem Zug geleert. So aber schluckte er nur einen dicken Kloß hinunter, den er beim Anblick der Leiche plötzlich im Hals spürte.

„Wir müssen die Polizei holen", murmelte Kent.

Inspektor Joseph Chandler war auf seinem Rundgang in der Commercial Street gewesen und ließ sich ohne viele Worte zu verlieren zum Tatort führen. Kurz danach trafen Inspektor Abberline und Sergeant Godley in Begleitung von Dr. George Bagster Phillips ein.

„Glaubst du immer noch, dass Robert James Lees ein Scharlatan, ein Wichtigtuer oder ein Schwindler ist?", meinte Abberline, als sie vor der Leiche standen.

Sergeant Godley blieb stumm.

„Wer immer das getan hat, George, er hat sie geschlachtet wie ein Schwein!"

„Was hat Inspektor Chandler gesagt? Gibt es irgendwelche Hinweise? Irgendeinen Verdacht?"

„Nein", entgegnete Abberline. „Inspektor Chandler befand sich auf seinem Rundgang durch die Commercial Street, als ihm die Männer entgegengerannt kamen. Als er erfuhr, dass eine Leiche entdeckt worden war, eilten sie hierher. Er war die erste Person, die die Leiche untersuchte. Jetzt steht er draußen auf der Straße mit bleichem Gesicht und entleert seinen Magen!"

„Wenn Sie nichts dagegen haben, werde ich die Tote zum örtlichen Leichenschauhaus hier in der Old Montague Street abtransportieren lassen. Ich habe meine Untersuchungen vor Ort abgeschlossen, mehr kann ich hier nicht tun", unterbrach der Arzt die Unterhaltung.

„Tun Sie das, Doktor", entgegnete Abberline. „Ich werde nachher bei Ihnen vorbeischauen und mich erkundigen."

Die Leichenträger hatten sich inzwischen mit der Toten beschäftigt.

„Bitte vorsichtig, meine Herren! Der Frau wurde der ganze Abdomen aufgetrennt!", fuhr Dr. Bagster Phillips die Träger an, die ohne viel Federlesens mit der Toten die Stufen zum Flur hinaufeilten. Der erste Träger stieß dabei mit dem Fuß gegen die oberste Stufe, geriet ins Stolpern, hatte sich aber gleich wieder gefangen. Einem weniger kräftigen Mann wäre die Leiche sicherlich aus den Fingern geglitten; aber er hielt die Tote fest im Griff. Die Erschütterung hatte ausgereicht, die Gedärme teilweise wieder aus dem Bauch hervorquellen zu lassen; sie drohten jetzt zu Boden zu fallen.

„Passen Sie doch auf!", fuhr der Doktor sie erneut an und brachte die Gedärme wieder in die Bauchhöhle zurück.

Der Leichenkarren, der aus nichts weiter als zusammengenagelten Holzbrettern mit zwei Rädern und fünf Eisenklammern bestand, wartete im Flur auf seine tote Fracht. Die Träger hatten die Bahre vorher in eine waagerechte Stellung gebracht, was ihnen ermöglichte die Leiche für die Fahrt in eine günstige Position zu bringen. Wie Stahlhände legten sie die Klammern um ihre Hand- und Fußgelenke. Dann schlossen sie die fünfte Klammer und gaben so dem leblosen Körper den letzten Halt. Ein alter Leinensack, der als Decke diente, wurde über sie ausgebreitet. Er sollte die Tote beim Transport vor schaulustigen Blicken bewahren. Annie Chapman trat ihre vorletzte Fahrt an, bevor sie in einem Armengrab auf dem Manor-Lane-Friedhof beigesetzt werden sollte.

„Eine Bestie in Menschengestalt! Was die Frau auch getan haben mag, es gibt keinen Grund für eine solch grausame Verstümmelung!“, fuhr der Doktor fort.

„Es gibt nie einen gerechtfertigten Grund für Mord, mein lieber Doktor“, entgegnete Abberline kopfschüttelnd.

„Wir sehen uns dann später, Inspektor!“

Abberline nickte nur kurz zur Bestätigung.

„Ich habe mir gleich gedacht, dass was nicht stimmt“, fuhr der Mann den Inspektor an, der wie ein Geist im Nachbarhof aufgetaucht war und jetzt ein Auge über den Lattenzaun riskierte.

„Und Sie sind?“, wollte Abberline wissen.

„Mein Name ist Cardosh, Inspektor, Albert Cardosh. Ich war gerade auf dem Weg zur Toilette, als ich dieses Geräusch hörte. Es war, als ob jemand gegen den Zaun stoßen würde.“

„Und dann? Haben Sie nachgesehen?“, wollte Abberline wissen.

„Nein, Inspektor, ich musste doch zur Toilette. Ich habe mir nichts dabei gedacht. Im ersten Moment war ich erschrocken, aber dann, als ich nichts mehr hörte, glaubte ich, es sei nur eine streunende Katze. Sie müssen wissen, wir haben doch hier im Haus diese Katzenfleischfrau, Mrs Hardyman. Sie züchtet diese Viecher. Bringt angeblich genug, um einigermaßen davon leben zu können.“

„Die Katzen machen mich eigentlich nicht so neugierig. Sie haben also nicht nachgesehen, was dieses Geräusch verursachte, Herr Cardoch?“

„Cardosh, Herr Inspektor, Albert Cardosh. Nein, ich habe mir doch nichts dabei gedacht“, wiederholte er. „Oft hört man in der Früh

Geräusche, das ist nichts Außergewöhnliches!"

„Ein Mord schon. Um welche Uhrzeit war das?"

„Das muss kurz nach halb sechs gewesen sein, Herr Inspektor. Ich gehe immer um diese Zeit zur Toilette."

„Und das wissen Sie genau?"

„Ja, sicher, ich weiß das, weil ich doch die Uhr der Black-Eagle-Brauerei dort drüben aus der Brick Lane schlagen hörte. Dann stehe ich auf und mache mich fertig, um zur Arbeit zu gehen."

„Und sonst haben Sie nichts gehört?"

„Ich weiß nicht. Kann sein, dass ich ein ‚Nein' hörte, und dann, wie ich schon sagte, dieses Geräusch am Zaun, sonst nichts!"

„Hätten Sie einen Blick über den Zaun gewagt, wäre die Frau eventuell noch am Leben."

Abberlines Blick folgte denen von Cardosh, der hinauf zu den Fenstern sah. An jedem Fenster gafften Schaulustige zum Hinterhof herunter. Sowohl auf den Fensterbänken des Hauses 29 Hanbury Street als auch auf denen der Nachbarhäuser lagen sie und gafften. Manche verschwanden, wurden von neuen Augenpaaren abgelöst, um dann kurze Zeit später wieder zu erscheinen.

„Sorgen Sie dafür, dass keiner von denen den Hof betritt!", gebot Abberline einem Beamten, der zur Wache abgestellt war. Dann sah er erneut hinauf.

„Hat jemand von Ihnen etwas gesehen oder gehört?", wollte er wissen, aber bis auf vereinzeltes, verneinendes Kopfschütteln machte keiner Anstalten zu antworten.

„Nun gut. Dann gehen Sie bitte zurück in Ihre Wohnungen. Hier gibt es nichts mehr zu sehen."

Abberline begann seine Untersuchungen im Hof und kümmerte sich nicht mehr darum, ob seinen Anweisungen auch Folge geleistet wurde. Für ihn gab es jetzt Wichtigeres zu tun. Seine Schritte hallten an den Hauswänden wider; es war kaum denkbar, dass keiner etwas gehört oder gesehen haben sollte. Jeder von ihnen konnte von dort oben mühelos den Teil des Hofes einsehen, in dem Annie ermordet worden war, und der einzige Weg zur Flucht führte durch diesen kleinen Flur zur Hanbury Street. Auf den ersten Blick schien der Mörder weiter nichts zurückgelassen zu haben. Allerdings musste sich Abberline gestehen, dass das, was er zurückgelassen hatte, bereits genug für ihn war. In einer Ecke des Hofes fand er ein Stück Leder. Es hätte von allem stammen können, von einer Schürze, aber ebenso gut von einem Schuh. Ein Teil einer Schürze, wie sie die Metzger aus den umliegenden Schlachthäusern trugen!? Nein, das konnte er nicht in die Öffentlichkeit geben, die Metzger wären sich ihres Lebens nicht mehr sicher, wenn er diesen Verdacht laut werden ließe. Dieses Risiko und seine Konsequenzen durfte er nicht eingehen. Abberlines Gedanken drehten sich im Kreis, versuchten irgendeinen Anhaltspunkt zu finden. Im nächsten Augenblick stutzte er.

„Ich hoffe, dass mein Verdacht sich nicht bestätigt", überlegte er laut.

„Welcher Verdacht?", entgegnete Sergeant Godley.

Abberline war wie in Trance. Dann drehte er sich zu Godley um. „Erinnerst du dich, was am Freitag, dem 31. August, war?"

„Freitag!", entgegnete Godley scherzhaft.

„Ernsthaft, George, mir ist nicht nach Scherzen zumute!"

„Ich weiß nicht einmal, was ich gestern zu Mittag gegessen habe. Wie soll ich mich da an etwas erinnern, das über eine Woche her ist!"

„Der Mord in Buck´s Row, George. Die Frau war eine Prostituierte und die Verstümmelungen sind diesen sehr ähnlich gewesen. Diese hier ist eher unattraktiv, klein und korpulent. Normalerweise nicht die Art von Frau, die man sich aussuchen würde, um ein paar aufregende Stunden zu verbringen. Es ist ihm egal, wie sie aussehen!"

„Ein Serientäter?"

„Möglicherweise, George, möglicherweise. Und wenn mich nicht alles täuscht, wird er immer waghalsiger. Bedenk nur, welches Risiko er hier eingegangen ist. Es war fast hell, als er diesen Mord verübte. Wie viele Menschen, schätzt du, leben wohl in diesem Haus?"

„10, 12, ich kann es nachprüfen", entgegnete Godley.

„Wenigstens 17, alleine in diesem Haus. Erinnere dich nur, wie viele Schaulustige hier in den Fenstern lagen."

„Es gibt sie immer noch!", stellte Godley fest.

„Und das, mein Lieber, sind nur die aus diesem Haus. Sieh dir die Nachbarhäuser an. Alle haben sie freien Blick zu diesem Hof. Die Frau wurde um eine Zeit abgeschlachtet, wo sich die meisten zur Arbeit begeben. Ich sage dir, wenn es sich um den gleichen Täter handelt, dann wird er immer mutiger, und mein Gespür sagt mir, dass es derselbe ist."

„Dann treibt er ein gewagtes Spiel."

„Das bringt ihn an den Galgen, George! Er hat Blut geleckt, und wenn ich sehe, was er diesmal hinterlassen hat … Seine perversen Gedanken verleiten ihn zu immer grausameren Morden. Er kann nicht mehr aufhören."

„Wenn er soweit ist, ist er im Blutrausch gefangen. Er lebt nur noch für diese schrecklichen Minuten. Während dieser Zeit vergisst er die Welt um sich herum. Vergleichbar mit einer Opiumtinktur wie Laudanum."

„Laudanum betäubt. Eine Droge, die bei starker Überdosierung tödlich wirkt", bemerkte Godley.

„Genau, George. Er wird weiter morden und wird immer grausamer vorgehen. Er lebt seine Phantasien aus, bis wir ihn haben, und genauso wie Laudanum wird es ihn umbringen. Er wird hängen, das verspreche ich dir!"

„Glaubst du, er sucht sich seine Opfer aus?"

„Nicht wie du denkst, George. Es ist ihm gleich, wie sie aussehen oder wie alt sie sind. Wenn er durch die Straßen Whitechapels zieht, hat er nur einen Gedanken: den zu morden! Nein, für seine Opfer setzt er keine Prioritäten, was ihr Alter oder Aussehen betrifft. Er nutzt das bisschen Zeit nur dazu ihr Vertrauen zu gewinnen. Er ist clever, George, er benötigt nicht lange, bis sie seinem Willen nachkommen, dessen bin ich mir ganz sicher. Es gibt keine Spuren für einen Kampf. Sieh dich nur um!"

Godley sah sich den Hof genauer an. Abberline hatte Recht. Es gab keine Spuren, die darauf schließen ließen, dass sie sich zur Wehr gesetzt hatte. Er hatte ihr volles Vertrauen gewonnen, und dann, im günstigsten Augenblick, muss er sie überwältigt haben.

„Keiner hat etwas gehört, außer Albert Cardosh, der es aber für unwichtig fand nachzusehen. Dabei war er nicht einmal sicher, was er überhaupt gehört hatte. Er glaubte, es sei eine streunende Katze gewesen."

„Ein Mord im Affekt."

„Ein Überraschungsangriff, George. Die Frau fühlte sich in seiner Gegenwart so sicher, dass sie nicht einmal geschrien hat. Oder es ging alles so schnell, dass er ihr keine Zeit zum Schreien ließ."

„Mag sein, aber ..."

„Sieh hin", unterbrach ihn Abberline. „Siehst du die Tatsachen nicht? Sie liegen buchstäblich zu deinen Füßen."

Sergeant Godley blickte zur Treppe, wo vor wenigen Minuten noch Annie Chapmans Leiche gelegen hatte.

„Du siehst, was ich meine!", stellte Abberline fest, als er Godleys Reaktion beobachtete. „Du siehst es!"

„Du meinst ihre Habseligkeiten, die er dort zurückgelassen hat."

„*Wie*, George, *wie* ...! Es geht nicht darum, *dass* er sie zurückließ. Ich spreche davon, *wie* er sie zurückgelassen hat. Hier lag die Leiche, mit dem Kopf zu den Steinstufen", betonte Abberline und zeigte mit dem Finger in die Richtung. „Die wenigen Dinge, die ihr geblieben waren, hat er ordentlich, man könnte fast sagen: pedantisch, zu ihren Füßen niedergelegt."

Wieder musste George gestehen, dass Abberline Recht hatte. Alles war in geordneter Reihenfolge.

„Ein Stofffetzen, ein Kamm, eine Zahnbürste, zwei Münzen ..."

„Genau, George, der Mörder hatte es nicht eilig gehabt … und es fehlt etwas!", bemerkte er dann.

„Etwas fehlt?", stutzte Godley.

„Ja, George. Dort lag vorhin noch ein Papierfetzen."

„Sie meinen sicher diesen", sagte Inspektor Joseph Chandler und hielt Abberline seine Hand entgegen, die einen kleinen Papierfetzen umklammerte. „Ich habe nichts damit gemacht, habe ihn mir bloß angesehen."

Abberline nahm ihn entgegen. „Genau den habe ich gesucht", dankte er dem Inspektor.

Abberline betrachtete ihn genauer. Er schien etwas zu enthalten. „Zwei kleine weiße Pillen", bemerkte er.

„Nichts Außergewöhnliches."

„Nein, sicherlich nicht. Auf der Vorderseite des Papierfetzens ist nur noch der Buchstabe *M* erkennbar, und auf der Rückseite ..." Frederick betrachtete ihn genauer. „Ein Siegel des Sussex-Regiments. Abgestempelt am 28. August dieses Jahres hier in London", fuhr er fort.

„Das habe ich auch bemerkt", fiel Inspektor Chandler ein. „Ob das was zu sagen hat?"

„Kann sein. Alles oder nichts. Omnia tempus revelat!"

„Sie sagen es", entgegnete Chandler.

„Was soll das heißen?"

„Omnia tempus revelat! Die Zeit bringt alles an den Tag! Ein lateinischer Spruch, George. Ich dachte, das sei dir bekannt."

Als Frederick Abberline und Sergeant Godley am späten Nachmittag das Leichenschauhaus aufsuchten, erhielten sie nicht nur genaue Details zur Verstümmelung der Verstorbenen. Sie sollten auch zu neuen Erkenntnissen gelangen. Annie Chapman lag auf einem Holztisch und gleich daneben stand Dr. Bagster Phillips. Er war mit seinen Untersuchungen gut vorangekommen.

Annie hatte an einer fortgeschrittenen Lungenkrankheit gelitten und die Hirnhäute waren stark in Mitleidenschaft gezogen. Möglicherweise verursacht durch Tuberkulose, hatte der Arzt vermutet.

„Ihre Lebensuhr wäre auf jeden Fall bald abgelaufen, hätte sie diese gewaltsame Hinrichtung nicht zuvor zu ihrem Schöpfer befördert", erklärte Dr. Bagster Phillips.

„Es ist schwer zu sagen, doch ich gehe davon aus, dass sie eine, höchstens aber zwei Stunden tot war, als ich sie im Hof untersuchte", fuhr er fort.

„Wenn Cardosh den Mord mit angehört hat - und ich glaube, dass er das tat, ohne sich dessen bewusst zu sein -, dann muss sie kurz nach 5 Uhr 30 getötet worden sein", bemerkte Abberline.

„Mag sein. Die Leichenstarre war noch nicht voll eingetreten, als wir sie fanden, aber sie hatte bereits begonnen. Es war sehr kühl und sie hatte eine große Menge Blut verloren. Bei den Temperaturen würde ein Körper viel schneller abkühlen. Es wäre durchaus vorstellbar! Alle Verstümmelungen wurden ihr mit ein und demselben Gegenstand zugefügt. Sowohl die Wunden am Hals als auch am Unterleib wurden von einer sehr schmalen und äußerst scharfen Klinge verursacht, schätzungsweise nicht kürzer als sechs Inches."

„Wir fanden den Teil eines Briefumschlags mit dem Siegel des Sussex-Regiments. Möglicherweise ein Bajonett, wie es Grenadiere benutzen!"

„Ein Bajonett, hm ...", überlegte der Doktor. „Die Verletzungen deuten auf eine schmalere Klinge hin. Eine solche Waffe würde man eher als Stichwaffe verwenden. Man könnte natürlich auch damit schneiden, aber so präzise Schnitte wie in unserem Fall wären eher unmöglich. Den Umständen entsprechend, tendiere ich zur Meinung, dass es sich bei unserem Instrument um eine Klinge handelt, wie sie von Medizinern zur Autopsie oder von Schlächtern in den umliegenden Schlachthäusern benutzt wird."

„Also ein Chirurg oder ein Metzger."

„Oder jemand, der über genügend Geld verfügt, um sich ein solches Werkzeug zuzulegen, und damit umgehen kann! Es gibt schon Anzeichen nach sehr präzisem, anatomischem Wissen, aber Ärzte retten Leben und vernichten es nicht! Jeder mit einem solchen Messer und ausreichenden Kenntnissen in Anatomie könnte so etwas tun! Ein Chirurg wäre es anders angegangen. Er hätte überlegt gehandelt und sich mehr Zeit beim Zerlegen gelassen. Was wir hier sehen, ist die Tat eines Tieres, nicht die eines Menschen!"

„Viel Zeit kann er aber nicht gehabt haben, Doktor. Was halten Sie von Schizophrenie? Kann es sein, dass er unter Zwang mordet?"

„Schizophrenie löst eine Veränderung der Gedanken, der Wahrnehmung und des Verhaltens aus. Die betreffende Person befindet sich dann in einem Zustand, in dem sie die Außenwelt nicht mehr bewusst erlebt. Diese Reaktion kann so weit führen, dass sie sich zu einer multiplen Persönlichkeit entwickelt, wobei die eine Person oft nichts von der anderen weiß. Im normalen Zustand glauben multiple gestörte Persönlichkeiten nicht daran, eine andere, manchmal sogar mehrere unterschiedliche Personen zu sein. Ja, Inspektor, möglich wäre es schon."

„Schließen wir einmal Ärzte aus; glauben Sie, er könnte Metzger sein?"

„Nach allem, was ich gesehen habe, ist es offensichtlich die Arbeit eines Experten, Inspektor Abberline. Egal, welchen Kreisen er angehört, er muss, wie ich schon sagte, über anatomisches Wissen verfügen!"

„Er könnte sein Wissen aus Büchern haben", meldete sich Godley zu Wort.

„Ob Wissen aus Büchern für eine solche Tat ausreichend ist, wage ich zu bezweifeln. Er müsste ein Genie sein, wenn dem so wäre", entgegnete Bagster Phillips.

„Ein Nachbar sagte uns, dass in dem Haus eine gewisse Mrs Hardyman wohnt. Sie soll mit Katzenfleisch ihren Lebensunterhalt verdienen."

„Die Anatomie eines Menschen ist völlig anders beschaffen als die von Katzen, Inspektor. Ich glaube nicht, dass diese Mrs Hardyman Ihr gesuchter Mörder ist."

„Sie haben recht, war bloß ein Gedanke. Ich habe ein Stück Leder in einer Ecke des Hofes gefunden. Wäre es denkbar, dass ein Messer aus dem Lederhandwerk in Frage kommt?"

„Von der Beschaffenheit her kann ich das ausschließen. Die Art und Weise, wie das Messer benutzt wurde. Allein die Länge der Klinge." Bagster Phillips überlegte flüchtig, dann schüttelte er den Kopf. „Nein, sie wäre zu kurz. Der Mörder ist eine Koryphäe, er hat die Frau zerlegt, wie ich es in meinen besten Jahren und in so kurzer Zeit nur sehr schwer geschafft hätte. Wenn ich ehrlich bin und mir die Situation betrachte, unter der er seine Arbeit erledigte, neige ich sogar dazu, mich geschlagen zu geben. Er ist wirklich gut."

„Richtige Anzeichen für einen Kampf gibt es auch keine. Mehrere kleine Quetschungen, die von Fingern und einem Daumen stammen könnten, sind vorhanden. Ich gehe davon aus, dass er ihr den Mund zugehalten hat, bevor er ihr die Kehle öffnete. Wenn er ihr die Luftröhre gleich beim ersten Schnitt durchtrennt hat, war sie ihm lautlos ausgeliefert. Ich bin davon überzeugt, sie ist an ihrem eigenen Blut erstickt! Anfangs glaubte ich, sie sei gewürgt worden, möglicherweise mit ihrem eigenen Schal. Das angeschwollene Gesicht und die hervorgetretene Zunge wären Anzeichen dafür gewesen. Aber jetzt denke ich, dass er es nicht brauchte. Die Wölbung ihrer Zunge ist normal für eine solche Tat, da sie an ihrem Blut erstickt ist, als das Messer ihre Luftröhre öffnete."

„Allerdings weist der Hals zwei saubere, parallel zueinander verlaufende Schnittstellen auf. Sieht so aus, als wäre er mit seinem ersten Schnitt nicht zufrieden gewesen. Ich würde sagen, der erste war dieser hier", dachte Bagster Phillips laut und zeigte dabei auf einen der beiden Schnitte, die für Abberline gleich aussahen.

„Einer hätte völlig ausgereicht, um sie zu töten, das steht außer Frage! Die Verletzung weist darauf hin, dass das Messer an der linken Seite des Nackens beginnend und unter mächtigem Druck geführt wurde. Dieser hier wird wohl der zweite Versuch gewesen sein!"

„Welcher zweite Versuch?", konterte Abberline, der den Ausdruck des Doktors nicht verstanden hatte.

„Ich habe mich falsch ausgedrückt, Inspektor. Was ich sagen wollte: Der zweite Schnitt war ein Versuch, der erste erfolgte nur, um sie ruhigzustellen. Mit dem hier“, fuhr Bagster Phillips fort und zeigte dabei auf den unteren Schnitt, „hat er die Halsmuskulatur völlig durchtrennt; das deutet darauf hin, dass er versucht hat, ihr den Kopf abzutrennen.“

Es verstrich eine kurze Zeit, ohne dass jemand sich dazu näher äußerte. Folglich mussten sie es mit einem Teufel in Menschengestalt zu tun haben.

„Sämtliche anderen Verstümmelungen sind ihr postmortal zugefügt worden“, fuhr der Doktor fort.

„Die Bauchhöhle und den Unterleib hat er nahezu völlig entleert. Ein Teil der Bauchdecke fehlt, genauso wie einige innere Organe.“ Doktor Bagster Phillips erwähnte die Organe, die Maybrick entnommen und in seiner Tasche verstaut hatte.

„Er muss sie mitgenommen haben, denn sie sind nirgends zu finden. Selbst die Gedärme hat er fachmännisch von ihren Befestigungen getrennt, sonst wäre es unmöglich gewesen, sie der Bauchhöhle zu entnehmen und so über ihre Schulter zu legen. Auch den Mageninhalt habe ich nachgeprüft, obwohl es wahrscheinlich nicht viel weiterhelfen wird. Ein paar Stunden vor ihrem Tod hat sie eine Kartoffel gegessen. Es gibt auch kaum Anzeichen dafür, dass sie kurz zuvor Alkohol zu sich genommen hat. Ich würde sogar sagen, dass sie zu ihrem Todeszeitpunkt nüchtern war.“

„Eher unglaublich“, zweifelte Abberline.

„Mag sein, aber wenn sie was getrunken hatte, war es nur sehr wenig! Ach, bevor ich es vergesse, sie scheint einen oder mehrere Ringe getragen zu haben, die ihr gewaltsam abgezogen wurden. Es gibt Merkmale, kleine Abschürfungen an ihrem Ringfinger“, fügte er hinzu.

„Ringe waren nicht bei der Leiche. Wenn sie noch Ringe trug und der Mörder sie abgezogen hat, muss er auch diese eingesteckt haben. Ich kann mir aber nicht vorstellen, dass sie von großem Wert gewesen sind.“

„Vielleicht hat er sich geirrt, dachte, sie seien aus Gold, und hat sie deswegen mitgenommen.“

„Möglich, dass es ihm nicht um den materiellen Wert ging.“

„Vorausgesetzt, sie hat sie zum Zeitpunkt ihres Todes noch getragen. Die Hautabschürfungen könnten ihr auch einige Stunden vor ihrem Tod zugefügt worden sein. Ich fürchte, das ist alles, was ich dazu sagen kann, meine Herren“, endete Bagster Phillips.

Der Besuch im Leichenschauhaus hatte einiges an Erkenntnissen gebracht; doch ob sich darunter ein Anhaltspunkt befand, blieb abzuwarten.

20. KAPITEL

Liverpool, 8. September 1988

Nachdem Rick Maybrick dieses seltsame Buch in die Hände gefallen war und er darin zu lesen begonnen hatte, war die Zeit so schnell verflogen wie seine Kopfschmerzen. Der Regen hatte aufgehört und dichter Nebel zog durch die Straßen Liverpools. War sein Urgroßvater während der Zeit der Rippermorde auf den Fersen des Whitechapel-Mörders gewesen und hatte alle seine Nachforschungen hier in diesem Buch niedergeschrieben? Wenn dem so war, hatte er seine Forschungen auf sehr, sehr seltsame Weise betrieben und niedergelegt. Die Einträge trugen jedoch alle Anzeichen dafür, dass sie vom Ripper selbst stammten. Angenommen, der Schreiber - egal, ob nun sein Urgroßvater oder ein anderer - hatte sie so geschrieben, wie der Ripper es möglicherweise getan hätte, was hätte er damit bezwecken wollen? Hatte er vorgehabt, die Einträge so zu formulieren, um die Notizen persönlicher zu gestalten? Wenn dem so gewesen ist, für wen hatte er es getan? Vielleicht hatte er ja versucht, sich in die Person des Rippers hineinzuversetzen, um besser verstehen zu können, was er getan und wie er seine Untaten begangen hatte? Sein Urgroßvater konnte nichts mit den Morden zu tun gehabt haben. Fakt war: Jack the Ripper hatte nicht in Liverpool gemordet, und anzunehmen, dass James Maybrick aus dieser Stadt nach London gereist sei, um dort diese fürchterlichen Morde zu begehen, war lächerlich. Ricks Urgroßvater war kein Mörder, und schon gar nicht Jack the Ripper persönlich. Er war nobel gewesen und wurde von jedem respektiert. Nichts auf der Welt hätte ihn zu so etwas verleiten können. Dennoch musste Rick sich eingestehen, dass - unter welchen Umständen auch immer dieses Buch damals geschrieben wurde - alles äußerst seltsam war. Hinzu kam noch, dass es in einem gut gehüteten Versteck gelegen hatte, bis es ihm heute in die Hände fiel. Was hatte das zu bedeuten?

Es hätte genauso gut nie entdeckt werden können. Die ersten Einträge waren ihm unheimlich vorgekommen, und jeder weitere war noch unheimlicher. Inzwischen war er mit dem Lesen dort angelangt, wo sich der Schreiber mit dem Mord an Annie Chapman befasste. Genau das, wovon er geträumt hatte, war hier zu lesen. Der Eintrag konnte frühestens am 11. September verfasst worden sein, denn der Schreiber berichtete, dass er drei Tage gebraucht hatte, um sich zu erholen. Infolgedessen musste sich der Mord, auf den er sich hier bezog, auf den Tag genau vor hundert Jahren ereignet haben. Fakt war: An jenem Tag war Annie Chapman im Hinterhof des Hauses 29 Hanbury Street in London brutal abgeschlachtet worden.

Rick hatte keine Erklärung für das, was er hier las.

In seinem Traum hatte der Ripper einen Teil der Bauchdecke herausgeschnitten und dieses Stück mit anderen Organteilen mitgenommen. In Ricks Traum war das Gleiche passiert! Das Kapitel, das er hier las, behandelte einen Teil seines Traums. Das war unbestreitbar, aber unmöglich! Eine Gänsehaut überzog seinen Körper. Es war ihm, als zöge eine eisige Kälte durch das Zimmer. Jedes Haar an seinem Körper schien elektrisiert.

Wie konnte es sein, dass seine Albträume hier in diesem Buch standen? Es gab keine rationale Erklärung dafür.

Im Buch stand, er habe alles aufgegessen.

Was hatte er aufgegessen? Doch wohl nicht die Bauchdecke und die Organe, die er von der Toten mitgenommen hatte?! Aber es stand so im Tagebuch:

Ich habe alles aufgegessen. Es schmeckte anders, als ich gehofft hatte, aber ich habe es durchaus schmackhaft gefunden. Ich habe den Tölpeln ein Rätsel hinterlassen, das sie sicherlich nicht lösen werden. Einmal mehr war ich schlau, so schlau.

Dann folgte erneut ein kurzer Eintrag, an den sich Rick bis ins kleinste Detail erinnern konnte. Die nächsten vier Zeilen waren durchgestrichen.

~~*Ein, zwei Ringe machen klar*~~
~~*Eine Pille, das ist wahr*~~
~~*M fängt Jim ohne Pillen*~~
~~*zwei bleiben da.*~~

Gefolgt wurde dieser Eintrag von:

zwei Münzen
zwei Pillen
der Schlampe M
Ringe

Denke.

Alles stimmte überein. Bei ihm hatte es diese Pillen, dieses *M*, die Münzen und die Ringe auch gegeben. Rick hing fest in einem wahren Irrgarten aus Gedanken. Nach einem weiteren unheimlichen Abschnitt konnte er das „Tagebuch der grausamen Träume", wie er es nannte, nicht mehr aus den Händen legen.

Die Pillen sind die Antwort.
Ende bei den Pillen. Wie immer bei mir, oh, was für ein Witz.
Fang an mit den Ringen,
Ein, zwei Ringe
Schlampe, es kostete mich eine Weile, bis ich die abgerissen hatte. Hätte sie der Nutte ins Maul stopfen sollen. Ich wünschte bei Gott, ich hätte den Kopf herunter bekommen.

Es folgte wieder ein Eintrag über die Ringe und das *M*, das er zurückgelassen hatte:

Ein Ring, zwei Ringe
'ne Münze, eine, zwei
~~Sir Jim, nicht gelogen~~
~~Das M nicht betrogen~~
zusammen mit M ha ha
fangen Schlitzohr Jim,
Soviel ist wahr
~~zwei bleiben da~~
Keine Pille, oder zwei

Einige Zeilen waren wieder durchgestrichen. Rick Maybricks Gedanken irrten im Kreis. Immer wieder las er diese Einträge. Dann warf er das Tagebuch zur Seite.

Der Schreiber amüsierte sich. Aber da gab es wieder dieses *M*. Dieses *M* wie Maybrick!

21. KAPITEL

Liverpool, September 1888

Der flackernde Kerzenschein warf die dunklen Schattenrisse einer konturlosen Gestalt an die hintere Wand des Zimmers. Minuten verstrichen und das Flackern ließ die schemenhaften Umrisse nur undeutlich erkennen. Der Mann bewegte sich nicht. James Maybrick brütete am Schreibtisch in seinem Arbeitszimmer vor sich hin und starrte wie gebannt auf das Briefpapier, das vor ihm lag. Es war leer. Seine Gedanken kreisten um die Worte, die er niederschreiben würde; aber das Material, das er zum Schreiben verwenden wollte, war untauglich geworden. Als er von seinem nächtlichen Streifzug wieder zu Hause in Liverpool angekommen war, hatte er von den Organen, die er Annie Chapman entnommen hatte, so viel Blut in eine Gingerbierflasche abgefüllt, wie er zum Schreiben benötigt hätte. Aber als er es für seinen Brief verwenden wollte, musste er feststellen, dass es unbrauchbar geworden war. Lediglich eine hauchdünne, krustige Schicht bedeckte noch den Flaschenboden. Das hatte ihn wütend gemacht, hatte er sich doch so sehr darauf gefreut, diesen Brief mit ihrer Flüssigkeit niederschreiben zu können. James hatte erfolglos versucht, es mit Wasser zu verdünnen. Er schimpfte über seine Torheit; er hätte unbedingt darauf achten müssen, wusste er doch aus Erfahrung von den Gefahren, die es barg, wenn er Blut zu lange aufhob.

Gleich nach seinem Streifzug war er noch einmal in die Stadt der Huren gefahren und hatte seinen letzten Ort des Schreckens ein weiteres Mal aufgesucht. Dabei hatte er sich von einem Bewohner des Hauses den Ort zeigen lassen, wo er gewütet hatte. Sie verlangten eine Kleinigkeit, aber das war es ihm wert gewesen. Das Haus hatte Hochkonjunktur, die Menschen warteten in kleinen Gruppen auf ihre Führung durch die Hölle. Er hatte das Angebot des Bewohners im zweiten Stock vorgezogen, als Mrs Hardyman, die im Erdgeschoss wohnte, ihm anbot, ihn zum Hinterhof zu führen.

„Sie können auf der Stelle stehen, wo die Leiche gelegen hat", warb sie. Gekonnt, musste sich Maybrick eingestehen, kannte er diesen Platz doch bestens. Von dort oben hatte er einen anderen Überblick. Er würde seinen Tatort aus der Vogelperspektive sehen!

„Einfach schrecklich!", sagte der Mann, der ihn zum Fenster geleitete.

„Ich habe den Mord nicht gesehen, aber die Überreste der Frau … Grausam verstümmelt, kann ich Ihnen sagen! Sah so aus, als wäre sie von einem Tier zerfleischt worden! Überall Blut und rausgerissene Gedärme!"

Oh ja, es bereitete ihm viel Freude zu hören, was die Leute da redeten.

„Er muss gerade fort gewesen sein, als wir sie entdeckten", prahlte er, erwähnte aber nicht, dass er erst bemerkt hatte, dass etwas nicht stimmte, nachdem der Leichenwagen angekommen war.

„Die Polizei glaubt, ihn gefasst zu haben. ‚Lederschürze' haben sie ihn genannt, weil sie bei der Toten ein Stück von einer ledernen Schürze gefunden haben."

Maybrick schmunzelte in sich hinein. Geschnappt hatten sie ihn also. Wenn dieser Angeber gewusst hätte, dass er momentan an der Seite „Seiner Mordschaft" stand, er wäre aus Angst im Boden versunken.

„Ach so", entgegnete Maybrick scheinheilig. „Ich dachte, er sei entkommen und in den Gassen des East End verschwunden. In den Zeitungen konnte ich nichts über eine Festnahme lesen", bemerkte er ganz nebenbei.

„Ich glaube auch, die haben den Falschen erwischt. Ein gewisser Pizer, ein Verrückter, ein Mann mit bleichem Gesicht und starren, hinterhältigen Augen, aber der Falsche. Ich kenne John Pizer. Nicht per du, aber er ist kein Mörder! Er ist Jude, ein Schuhmacher, wohnt nicht weit von hier. Wird wohl bei irgendjemandem damit geprahlt haben, sonst stünde er nicht unter Verdacht! Pizer prahlt immer gerne mit Geschichten, die er sich aus den Fingern saugt.

Ein Abgeordneter oder so hat bereits eine Belohnung von 100 Pfund auf die Ergreifung des Mörders ausgesetzt! Stellen Sie sich das einmal vor, 100 Pfund! Sie können mir glauben, es dauert nicht mehr lange und die Leute bilden Gruppen von Freiwilligen, die des Nachts durch die Straßen ziehen, ihm das Handwerk zu legen. Soll er doch seine Frauen umbringen und unsere zufrieden lassen!", ärgerte er sich und starrte hinaus in den Hof. Das Blut war weggewischt worden und es erinnerte nichts mehr an den Ort des Grauens. Aber seine Erinnerungen an die Nacht der Nächte konnte ihm keiner nehmen. Und darauf war er stolz!

Maybrick hatte sich alles angehört, wollte wissen, was man so über ihn redete. Sicher, er hätte Florence auch erledigen können, aber es war nicht so gefährlich, diese hässlichen Weiber zu metzeln wie die eigene Frau. Wenn der Tag gekommen war, würde er sich vielleicht auch seiner Schlampe widmen. Die Geschichte mit John Pizer hatte ihn aber auf eine neue Idee gebracht. Wenn ihm das Glück treu blieb, würde er seinen Einfall beim nächsten Mal in die Tat umsetzen. Ein neues Rätsel, das er diesen unfähigen Tölpeln, die sich Polizisten nannten, aufgeben würde. Wie erfreulich, dass ihm dieser Trottel einen neuen Geistesblitz geliefert hatte! Nun saß er hier über einem leeren Blatt Papier und musste ihnen seinen Namen mitteilen, den er sich ausgedacht hatte. ‚Lederschürze' war unpassend und unprofessionell. James hatte einen besseren bereit, einen, der unter die Haut ging und den man nie vergessen sollte. Das Blut war hart geworden, und so entnahm er seinem Schreibtisch eine kleine Flasche mit roter Tinte, tauchte die Feder hinein und brachte seine Gedanken zu Papier. Den Brief datierte er auf den 25. September 1888.

Lieber Boss,
mir kommt ständig zu Ohren, die Polizei habe mich geschnappt, aber sie wird mich jetzt noch nicht erwischen. Ich habe gelacht, wenn Sie so schlau dreinschauen und sagen, Sie seien auf der richtigen Spur. Dieser Witz über ‚Lederschürze' hat mich erst richtig zum Lachen gebracht. Ich bin hinter den Huren her und ich werde nicht aufhören sie aufzuschlitzen, bis ich wirklich gefasst werde. Der letzte Job war großartige Arbeit. Ich habe der Dame keine Zeit zum Kreischen gelassen. Wie wollen Sie mich da fangen? Ich liebe meine Arbeit und werde bald weitermachen. Sie werden in Kürze wieder von mir und meinen lustigen Spielchen hören. Ich habe etwas von dem roten Zeug vom letzten Job in einer Gingerbierflasche aufbewahrt, um damit zu schreiben, aber es wurde dick

wie Kleister und ich kann es nicht mehr benutzen. Rote Tinte tut´s auch, hoffe ich, ha ha. Beim nächsten Mal schneide ich der Lady die Ohren ab und schicke sie der Polizei, nur so zum Spaß, meinen Sie nicht auch? Halten Sie diesen Brief zurück, bis ich noch ein bisschen mehr gearbeitet habe, dann geben Sie ihn sofort heraus. Mein Messer ist so schön und scharf, ich möchte gleich wieder an die Arbeit gehen, wenn sich mir die Gelegenheit dazu bietet.
Viel Glück.
Ihr ergebener
Jack the Ripper
Es macht Ihnen doch nichts aus, dass ich mir diesen Namen gebe?

James steigerte sich in eine euphorische Stimmung hinein. Sein Rausch ließ ihn nicht bemerken, dass er sich mit der roten Tinte die Hände beschmutzt hatte. ‚Verräterisch', dachte er, als es ihm dann auffiel. Mit einem Lappen und etwas Wasser versuchte er vergeblich, die Tinte abzuwaschen. So konnte er den Brief nicht zum nächsten Postamt bringen, das war sicher. Jeder würde meinen, er habe Blut an den Händen, und womöglich würde sein gehütetes Geheimnis noch vor seinem nächsten Feldzug wie eine Seifenblase platzen. Es dauerte zwei Tage, bis er das rote Zeug gründlich genug abgewaschen hatte, dass er es riskieren konnte. Inzwischen waren neue Berichte in den Zeitungen zu lesen gewesen, und so erweiterte er seinen Brief um einen weiteren Abschnitt.

PS: Hab's leider nicht geschafft, den Brief zu verschicken, bevor ich die rote Tinte von meinen Händen hatte. Verdammt. Kein Glück bisher. Nun sagen Sie, ich sei ein Arzt. ha ha.

Köstlich, wie er sich beim Schreiben amüsierte! Die besudelten Hände waren eine Warnung gewesen. Wenn er vor zwei Tagen den Brief eingeworfen hätte, wäre ihm ein nicht wiedergutzumachender Fehler unterlaufen. Er hätte ihn aus Liverpool abgesendet, ein Anhaltspunkt, den er der Polizei geliefert hätte, ohne darauf zu achten. Inzwischen war ihm bewusst geworden, dass er ihn nicht von seiner Haustür absenden durfte. Er musste erneut nach London fahren! Wie gerne wäre er dabei, wenn sie ihn öffnen würden! Diese Narren, würden sie seine Dichtkunst verstehen?

Oh, wie er diese Wortspielchen liebte! Beim nächsten Mal würde er Kreide mitnehmen und seine Verse bei der Toten hinterlassen!

Alle würden sich an seine Taten und seinen Namen erinnern, denn er war Jack the Ripper!

22. KAPITEL

London, Donnerstag, 29. September 1888

Acht Tage lagen zwischen dem Mord an Mary Ann Nichols und Annie Chapman, die er am 8. September in einem Hinterhof der Hanbury Street erledigt hatte. Seitdem waren nahezu drei weitere Wochen vergangen. Die Zeitspanne zwischen den Morden erschien ihm zu lang. James hatte zwar Schlagzeilen gemacht, aber der Drang nach neuen Abenteuern war zu mächtig, als dass er noch hätte warten können. Er hatte es schon zu lange hinausgeschoben. Wenn er nicht in kürzeren Zeitabständen zuschlagen würde, war sein System gefährdet. Beim ersten Mord in Whitechapel hatte er noch an die Kinder gedacht, das hatte ihn zu sehr belastet. Der zweite war reibungsloser verlaufen. Nicht ein Gedanke an sie war ihm gekommen. Er hatte sich seiner Arbeit frei widmen können und vermochte alles ohne Zwang zu erledigen. Beim nächsten Mal würde er auch versuchen, keinen Gedanken an sie zu verschwenden, dann war er ruhiger und konnte sich frei entfalten. Er würde ein berühmter Künstler werden und die Ausstellung seiner Werke würde einen noch höheren Wert erlangen. Es hatte ihm Freude bereitet zu sehen, wie sehr sich jeder für seine Arbeit interessierte, aber er war noch nicht zur Hauptattraktion geworden. Das musste sich ändern. Allein sein Name, den er sich gegeben hatte, musste eine panische Angst auslösen. Die Zeitungen hatten interessante Schlagzeilen gebracht. Seinen ‚*Lieber Boss*'-Brief hatten sie aber wie befohlen zurückgehalten.

Er lächelte verschmitzt in sich hinein, als die Dame ihn fragte, ob der Platz ihm gegenüber noch frei sei, kurz nachdem der Zug den Bahnhof nach London verlassen hatte. Er hatte sie gebeten, doch Platz zu nehmen, und gleich danach hatte sie ein Gespräch mit ihm angefangen. Maybrick wollte wissen, ob sie keine Angst habe, ganz alleine in diese gefährliche Stadt zu reisen, wo man doch zurzeit überall von diesen schrecklichen Morden höre.

„Ich habe keine Angst; ich arbeite in Paddington im St. Mary's Hospital, das liegt nördlich vom Hyde Park. Diese abscheulichen Morde sind alle in Whitechapel geschehen, dorthin verlaufe ich mich nicht. Ich habe im St. Mary's Hospital eine Ausbildung als Krankenschwester gemacht."

James hörte nicht mehr hin, was sie über sich und ihre Vergangenheit redete. Es interessierte ihn nicht, was sie getan und was sie noch machen wollte; aber sie redete weiter über dieses und jenes, und die Zeit verging. Letztendlich brachte sie ihr Gespräch wieder zu den Whitechapel-Morden zurück. Sie war nett und liebenswürdig, verriet ihm sogar ihren Namen und er fühlte sich in ihrer Gesellschaft wohl, auch wenn er ihr nicht die ganze Zeit über zuhörte. Er fand sie nett und begehrenswert. Ihr Selbstbewusstsein und wie sie ihn ansah, lösten bei ihm eine sonderbare Reaktion aus. Er hätte auf der Stelle mit ihr seine Ehe gebrochen, aber dieses Gefühl hatte er schon einmal erlebt, damals, als er Florence kennenlernte. Waren sie doch alle gleich, diese dummen, eingebildeten Weiber! Dunkle, dämonische Hirngespinste drangen in seine Gedanken, versuchten seine feine Art zu verdrängen. Er konnte nicht mehr abschalten. Seine Stimmen im Kopf ließen ihn nicht zur Ruhe kommen und seine Phantasie schweifte aus. Sollte er seinen Bezirk verlassen und seine Tätigkeiten in den noblen Stadtteil Paddington verlegen? Er malte sich aus, wie er es ihr besorgen könnte, das Geräusch seines Messers, wenn es in sie eindrang und sie öffnete. In Gedanken sah er die Gedärme hervorquellen und er würde wie beim letzten Mal alles aus ihrem Leib reißen. Er vermochte die kleine Stute gleich hier zu erledigen. Wenn er fertig mit ihr wäre, würde sich keiner mehr in den Waggon wagen. Für ihn war es kein Problem ein Abteil voller Blut zu hinterlassen. Es sollte am Boden, an den Wänden und an der Decke kleben, aber von der Frucht, die er geteilt hatte, würde er nichts hinterlassen. In kleine Teile zerlegt, hätte er sie, noch bevor der Zug London erreichte, aus dem Fenster geworfen. Die wilden Tiere könnten den Rest erledigen, wenn sie sich über ihre Innereien hermachten. Das Phantom der Nacht würde weiterziehen und seine Tätigkeiten in Whitechapel fortführen.

Ohrenbetäubendes Bremsengekreische brachte Maybrick in die Gegenwart zurück, als der Zug in den Bahnhof einfuhr. Nancy

Durham hatte sich nicht stören lassen und die ganze Zeit über geredet. James konnte die Realität von seinen Phantasien nicht mehr unterscheiden. Hatte er doch wirklich geglaubt, sie in kleine Stücke zerlegt zu haben. Es war ein Wink Gottes, dass er diese Aufgabe zugeteilt bekommen hatte, dessen war er sicher.

Inzwischen war es später Nachmittag geworden; sein Weg führte ihn gleich in „sein" Viertel. Das Zimmer in der Middlesex Street, das er beim letzten Mal gemietet hatte, war nicht mehr zu bekommen gewesen. Dafür hatte er aber in der Wentworth Street ein noch besseres für weniger Geld erlangt. Lag es doch nur um die Ecke, wo er beim letzten Mal sein Quartier bezogen hatte – ein zentraler Ausgangspunkt für das, was er zu tun gedachte. Dieses Zimmer, im zweiten Stock gelegen, war angenehmer und wärmer als das, das er beim letzten Mal bewohnt hatte, obwohl dieses Haus nur zur rechten Seite hin einen Anbau hatte. Links davon befand sich ein kleiner, freier Platz, der von Hecken und Unkraut bewuchert war, und nur zwei Häuser weiter, an der Ecke zur Middlesex Street, lag eine kleine Kaschemme. Bevor er diese Nacht seinen Streifzug beginnen wollte, würde er sich einen guten Schluck in dieser Gaststätte genehmigen. Er hatte die ganze Nacht Zeit. Draußen wimmelte es nur so von Nutten, die er abschlachten konnte, und eine ruhige Ecke würde sich sicherlich auch bald finden lassen. Von seinem Fenster aus bot sich ihm ein wundervoller Blick über den Petticoat Lane Market, der, seitdem er vor über 200 Jahren gegründet wurde, zu den Hauptanziehungspunkten des East End zählte. Ebenso wie dieser wollte auch James einmal zur Legendenbildung in dieser Stadt beitragen. Dort unten drängten sich die Menschen dicht an dicht. Hätte dieses Gesindel unter seinem Fenster zu ihm heraufgeschaut, hätten sie den Mann gesehen, der einmal in die Annalen der britischen Kriminologie eingehen würde; doch das taten sie nicht.

Zur gleichen Zeit, als er auf den Einbruch der Dunkelheit wartete, wurde sein ‚*Lieber Boss*'-Brief von der Nachrichtenagentur an Scotland Yard weitergeleitet.

„Fred, wir haben einen Bekennerbrief erhalten", rief Godley, als er in Abberlines Büro stürzte, und wedelte triumphierend mit einem Umschlag.

„Was heißt hier ‚Bekennerbrief', George?"

„Ein Brief, der am 25. September bei der ‚Central News' einging. Wir haben ihn eben erhalten. Der Schreiber bekennt sich zum letzten Mord an Annie Chapman."

George Godley war sichtlich erregt und konnte es kaum glauben, dass er einen Brief des Mörders in seinen Händen hielt.

„Ich habe Hunderte solcher Briefe, George", entgegnete Abberline gleichmütig. „‚Ich bin der Mörder; Sie können noch lange nach mir suchen; ich bringe die Frauen der ganzen Stadt um', bla, bla, bla. Wir könnten eine Sammlung damit eröffnen oder sämtliche Wände in Scotland Yard damit tapezieren. Alle wurden sie vom Mörder selbst geschrieben. Wenn ich auf solche Briefe eingehen würde, müsste ich halb London hinter Gitter bringen! Werden die Briefe nicht an uns geschickt, gehen sie eben an die Zeitungen. Das heißt aber noch lange nicht, dass sie echt sind."

„Trotzdem solltest du ihn dir ansehen. Er ist anders als die anderen Briefe, die wir bis jetzt erhalten haben."

„Wir sollten uns an die Fakten halten, George."

„Fakten? An welche Fakten? Wir haben nichts! Unser Fall besteht aus einem Vakuum an Fakten. Null, nichts, was uns wirklich weiterhilft!", entgegnete Godley gekränkt und hielt Abberline den Brief entgegen. „Und jetzt sieh ihn dir an", forderte George aufgebracht.

„Und schon haben wir einen weiteren untergejubelt bekommen", entgegnete Abberline und nahm ihn griesgrämig entgegen.

„Der Brief soll am 25. September beim Central News Office angekommen sein", entgegnete Godley.

„Ich weiß, George, das sagtest du bereits!"

Abberline musterte den Umschlag, der den Stempel vom 27. September trug und an *'The Boss Central News Office - City London'* gerichtet war.

‚Seltsam', dachte er, als er den Brief entnahm und sah, dass er auf den 25. September datiert war. ‚Obwohl der Brief auf den 25. September datiert ist, hält er ihn bis zum 27. zurück.'

Die Briefmarke war entwertet mit dem Stempel *London E.C.3 -SP 27 88 -P.* Dann las er ihn laut vor. Am Ende des Briefes wurde ihm klar, wieso diese beiden Tage dazwischen lagen, denn der Schreiber hatte genauestens darauf hingewiesen.

„Na, was denkst du? Ist der echt?"

„Ob es sich um einen Scherz handelt oder nicht, werden wir sicher bald erfahren. Jedenfalls originell, wie er sich zu nennen pflegt. Jack the Ripper! Allenfalls hat er eine beeindruckende Erfindungsgabe!"

„Das hat er uns ja schon bei seinem letzten Mord bewiesen."

Abberline wusste nicht, ob er lachen oder ernst bleiben sollte. Sicher waren bereits Tausende von Briefen angekommen. Manche Schreiber gaben sogar Ratschläge, wie sich die Polizei verhalten und den Mörder schnappen konnte. Letztendlich aber waren alle wertlos geblieben.

„Die Nächte werden ihm gehören; er wird mit uns spielen, bis wir ihn haben, George. Keiner wird ihn daran hindern, wenn wir nicht bald einen Plan haben. Er stellt uns als Trottel zur Schau, unfähig, seiner habhaft zu werden. Falls dieser Brief echt ist, werden wir unser nächstes Opfer mit abgeschnittenen Ohren vorfinden."

„Wenn nicht, klebe ich ihn an die Wand zu den anderen", entgegnete Godley scherzhaft.

23. KAPITEL

London, East End, 29. September 1888

James hatte es nicht lange in der Kaschemme ausgehalten. Der Rauch war so undurchdringlich wie der dichteste Nebel, der die dunklen Gassen während der kalten Wintermonate füllte, und der Geruch vom Alkohol alleine hätte beinahe gereicht, um einen Schwips zu bekommen. Wollte jener kleine, versoffene Liliputaner doch wirklich in seine schwarze Tasche schauen, um seine Instrumente zu sehen, die er für seine „Operationen" benötigte.

Letztendlich hatte er aber davon abgelassen, als Maybrick ihm in etwas härterem Ton davon abriet. Das hatte ihn einige herbe Worte und etwas Redegewandtheit gekostet, aber es hatte geklappt.

„Ich weiß nicht, wo ihr Zwerge den ganzen Alkohol hingießt. Wenn ich dich so ansehe, hast du kaum Platz für zwei Gläser!", fuhr Maybrick ihn an.

„Wir sind keine Zwerge, du Riesenbaby!", hatte er ihn angeschrien. „Wir sind kleinwüchsig!" Der Mann war beleidigt, watschelte zurück zum Tresen und widmete sich erneut seinen Getränken.

Bevor die Uhr der Christuskirche Mitternacht schlug, hatte James die Schenke wieder verlassen. Der Mond stand tief über der Stadt und leuchtete die Straßen ausreichend aus; zu sehr für seinen Geschmack, aber das Licht des Mondes sollte ihn nicht daran hindern, durch die Gassen von Whitechapel zu ziehen. Er musste aufmerksamer sein, das war alles. Maybrick benötigte kein Licht. Nicht das der Gaslaternen und erst recht nicht das des Mondes. Fast wäre es schon verräterisch hell gewesen, hätten die Umrisse der Häuser nicht ihren schützenden Schatten über die Gassen gelegt. ‚Mord ist wie Magie', dachte er. Die Geschicklichkeit seiner Hände hatte die Augen der andern bisher immer zu täuschen gewusst, und dabei sollte es auch bleiben. Nie war er bereiter gewesen, die Erfüllung des himmlischen

Geheimnisses zu übernehmen, als heute. Diese Nacht war anders als die vorherigen. Es hatte den ganzen Tag über geregnet, und hier draußen war es höchst ungemütlich und nasskalt. Ein Vorteil, denn die Straßen waren auch weniger belebt. Viele hatten vor dem Regen Schutz in Häusern oder den umliegenden Gaststätten gesucht. Inzwischen hatte der Regen sich verzogen, doch die Feuchtigkeit zog durch die Gassen und machte den Aufenthalt nicht angenehmer. Hier und da hatten sich kleine Nebelbänke gebildet. Für Maybricks Vorhaben konnte dies nicht besser kommen. Er benutzte, soweit es ging, die Seitenstraßen, denn er wollte nicht auffallen. Irgendwie hatte ihn sein Weg durch die Frying Pan Alley in die Commercial Street geführt, aber er war so tief in Gedanken gewesen, dass er es nicht einmal bemerkt hatte. Dieser Ort sollte der Ausgangspunkt für seine guten Vorsätze sein. Aus der Kneipe „Ten Bells" an der Ecke zur Furnier Street drangen gedämpfte Stimmen, lautes Gelächter und das Klirren von Gläsern. Die Sperrstunde hatte noch längst nicht begonnen; es hätte ohnehin niemanden gekümmert. Dieses Mal durfte er nicht hineingehen. Es war zu gefährlich, wenn er vom Wirt zu oft gesehen wurde. Kurz sah er dem bunten Treiben durch die verschmutzten Fensterscheiben zu, zog dann aber weiter an der Christuskirche vorbei in Richtung des Flusses. Sein Blick schweifte hinauf zu dem Glockenturm, der sich mit seinen weißen Steinbrocken deutlich vom Hintergrund des Himmels abhob. Die Uhr schlug soeben Mitternacht. Ein Zeichen des Himmels, das Maybrick gleich zu deuten verstand. Sie schlug zu seiner Begrüßung und würdigte das, wozu er auserkoren war, mit Glockenschlag. Lächelnd zog er weiter, und in Gedanken verneigte er sich vor den Engeln des Himmels, die ihn so sehr umjubelten.

Die Gastschenke „Frying Pan" an der nördlichen Ecke der Brick Lane war genauso überfüllt wie die vorherige. Um nicht weiter aufzufallen, bog Maybrick links in die Thrawl Street ein, eine kleine Nebenstraße, die ihn wie zufällig immer weiter vom Trubel entfernte und tiefer in das Armenviertel führte. Er kannte diesen Stadtteil wie seine Westentasche; das war günstig, wenn er einen guten Fang machen wollte. Nach einiger Zeit unterbrachen laute Stimmen seine tiefschürfenden Gedanken. Sie machten ihn hellhörig und kamen vom unteren Ende der Straße, kurz bevor die Berner Street die Fairclough

Street kreuzte. Eine Frau lag am Boden und ein Mann stand über sie gebeugt. Irgendetwas tat sich dort unten, doch James durfte nicht vorschnell handeln.

„Was willst du, Lipski!?", schrie der Mann, der die Frau zu Boden geworfen hatte, einem Passanten auf der gegenüberliegenden Straßenseite zu. „Soll ich dich etwa auch umbringen?"

Israel Schwartz, der Mann, den er angeschrien hatte, war jünger, und doch schien er Angst zu haben. Sicher hätte er der Frau geholfen, aber dieser Kerl schien keine leeren Drohungen auszustoßen. Mit bösartigem Blick schaute er zu ihm hinüber. Gleichzeitig hielt er ein Messer in der rechten Hand so hoch empor, dass sich der Schein des Mondes darin widerspiegelte. Beim Anblick der Klinge wurde es Israel Schwartz noch mulmiger. Sein ganzes Leben lang hatte er es vermieden, in ungemütliche Situationen zu geraten, das wollte er jetzt nicht ändern. Ohne ein Zeichen des Widerstandes eilte er davon und überließ die Frau ihrem Schicksal. James zog sich stattdessen in den Schutz der Häuserwände zurück. Nicht dass er Angst gehabt hätte! James war kein Angsthase wie dieser Schwächling, der sich so schnell aus dem Staub gemacht hatte; er wollte nur unbemerkt bleiben. Hatte dieser Scheißkerl wirklich vor, seine Arbeit zu verrichten? Keiner konnte das besser als Jack the Ripper. Gleich über dem Kopf des Angreifers hing ein hölzernes Wagenrad. James wünschte sich, es möge herunterfallen und diesem Mistkerl auf der Stelle den Kopf in zwei Hälften spalten. Wenn nicht, würde er es tun.

‚Warte!', schrie eine Stimme in seinem Kopf. Er war nicht nach London gekommen, um die Huren vor ihren Peinigern zu schützen, er wollte diese Kreaturen der Nacht selbst erledigen. In ihm brodelte der Hass gegen diese gewalttätige Person, und eine unbändige Wut ergriff von ihm Besitz. Maybrick hatte keine Wahl; wenn er sich nicht bald abwenden würde, musste er intervenieren. Aber nach wenigen Minuten und einem heftigen Wortwechsel schien der Mann, der ihr als Aaron Kosminski bekannt war, sich zu beruhigen. Er hatte ihr das wenige Geld abgenommen, das sie bei sich trug, und sie hatte sich dagegen gewehrt. Dabei hatte er sie mehrmals getreten und sie hatte aufgeschrien. „Halt deine Fresse, du dämliche Nutte, sonst bring ich dich noch wirklich um!", schrie Kosminski und spuckte sie an, bevor er um die Ecke in die Fairclough Street verschwand und sie ihrem

Schicksal überließ. Maybrick fragte sich, ob dieser Angeber am Ende nur ein flüchtiger Liebhaber gewesen sei, den sie zum Narren gehalten hatte? Wahrscheinlich hatte er es ihr nur heimzahlen wollen. James aber verstand das besser, er war der Meister der Ängste.

‚Lipski' hatte Kosminski den Passanten von der gegenüberliegenden Straßenseite genannt. Wie ironisch! Hatte Maybrick doch selbst einen kleinen Vers für die Juden bereit. Er mochte sie auch nicht sonderlich. Wenn sich die Gelegenheit bot, würde er der Polizei ein weiteres kleines Rätsel aufgeben. Sollten alle denken, der Ripper sei Jude. Dieses Lipski-Schimpfwort wurde immer häufiger benutzt, seit im letzten Jahr Israel Lipski, ein Jude, des Mordes überführt und im Newgate-Gefängnis gehängt worden war. Maybrick aber war es bereits zu gebräuchlich geworden. Er würde diesen Ausdruck nicht verwenden. Kosminski wollte diesem Jüngling Angst machen und ihn verscheuchen. Jedenfalls hatte das Wort seine Wirkung nicht verfehlt.

Bis auf ihn und diese Lady am Boden war keiner mehr zu sehen. Diese Gelegenheit nutzte er.

„Haben Sie sich wehgetan?", sprach Maybrick die Frau an, als er sich ihr wie ein Schatten genähert hatte.

„Nein, aber nein, nicht doch! Hervorragend! Mir geht's großartig!", machte sie sich voller Zorn über seine Frage lustig und hätte sich dabei beinahe bekreuzigt.

Hilfsbereit streckte Maybrick ihr die Hand entgegen.

„Kommen Sie, ich helfe Ihnen trotzdem auf die Beine."

Das Gesicht abwendend, rappelte sie sich mit Maybricks Hilfe mühsam wieder auf.

„Ich bin bloß umgeknickt und hingefallen, es ist mir weiter nichts passiert. Tut nur ein bisschen weh", log sie, doch James wusste es besser.

Sein Plan stand längst fest. Da gab es doch noch diese Bonbons in seiner Tasche! Beim letzten Mal hatte er auch Hinweise für die Polizei hinterlassen; diesmal würden es seine Pastillen sein.

„Mögen Sie Bonbons?" Sie sah ihn ungläubig an. „Atemerfrischer", fuhr er fort. „Sie öffnen die Atemwege, dadurch erhält man besser Luft."

Dankend nahm sie das in Papier eingewickelte Päckchen entgegen. Das hatte er doch sicher nicht ernst gemeint. Was dachte er sich dabei, ihr diese Dinger anzubieten, wenn sie Geld brauchte, um die Nacht in einem Bett zu verbringen?! Kleine, schwarze Klümpchen, um ihren Atem aufzufrischen ... Was für ein Trottel! Dennoch entnahm sie der Packung eine Pastille, steckte sie in den Mund und behielt die restlichen fest in der Hand. Sie hatte nicht vor, alle diese Dinger gleich zu verzehren, aber zurückbekommen würde er sie auch nicht mehr! Die würde sie für später aufheben.

Nur wenige Schritte hinter ihnen gab es ein Tor, das einen Spaltbreit offenstand. Dahinter war nichts als Dunkelheit. ‚Ein weiteres Zeichen des Himmels', dachte Maybrick. Den Namen irgendeines Wagenbauers las er auf einem der beiden Torflügel, den Rest beachtete er nicht mehr. Das hölzerne Doppeltor führte in den Dutfield's Yard. Für ihn war das unwichtig. Was zählte, waren die Ruhe und die Dunkelheit. Gleich daneben befand sich eine Passage, die ebenfalls in den Hof führte. Dieser Durchgang hatte keine Tür. Er musste versuchen, sie dort hineinzubekommen, der Rest wäre Routine. Hätte der Mann sie vorhin erledigt, wäre ihm diese Chance entgangen. Wie das Leben so spielt!

„Charmant, wie sehr Sie sich um mich sorgen. Kaum jemand hat das bisher für mich getan! Jeder hier nennt mich Long-Liz. Sie dürfen mich aber Liz nennen. Mein richtiger Name ist Elizabeth Stride. Aber nur wenige nennen mich so", sagte sie in der Hoffnung, auf diesem Wege wieder an Geld zu kommen.

„Sie sind nicht aus dieser Gegend. Sie sehen nobler aus", versuchte sie ihn einzuwickeln. Dabei bemerkte sie nicht, dass es sich genau andersrum verhielt. James nutzte die Gelegenheit. Wie ihre Vorgängerinnen schien auch sie bereit, sich ihm hinzugeben.

„Du bist ja ein ganz Schlimmer!", hauchte sie, als Maybrick sie, ohne zu zögern, vor sich durch die Passage in den Innenhof drängte. Waren sie jetzt schon miteinander per du? Er hatte es ihr nicht erlaubt; schon deswegen würde er sein Messer, so tief es nur ging, in sie hineinstoßen! Wen dachte sie, vor sich zu haben? Einen neuen Freier, mit dem sie spielen durfte, wie es ihr beliebte? Diese verkommenen Weiber waren doch alle gleich: Wenn man ihnen Hilfe anbot, versuchten sie gleich, Kapital daraus zu schlagen. Bald schon würde sie anderer Meinung sein. Spätestens dann, wenn das Blut aus ihr heraussprudelte! Er roch ihren süßlichen Atem, als sie zu ihm aufsah und ihm direkt in die Augen blickte. Sie war etwas größer als die anderen. Mindestens zehn Zentimeter. Zehn Zentimeter mehr Platz zum Aufschlitzen! Er durfte nicht länger warten. Wer konnte schon wissen, wie lange es noch dauern würde, bis wieder irgendwer daherkam, ihn bei seinem Vorhaben zu stören! Mit dem Fuß trat er gegen das Tor, aber es bewegte sich nicht. Egal, dieser kleine Lichtspalt sollte ihn bei seinem Unternehmen nicht hindern. War es vom Himmel so gewollt, dass sie ihn als letzten Lichtstreifen der Freiheit erkennen sollte, wenn sie begriff, dass sie dem Tod ausgeliefert war? James hatte keine Zeit auszukundschaften, ob es ein Schloss oder einen Riegel gab, den er vorschieben konnte. Letztendlich hätte es ihn auch nur verdächtig gemacht, danach zu suchen, und so beließ er es dabei. Elizabeth Stride war eine Gelegenheitsprostituierte, und jetzt forderte sie von ihm, was sie vor wenigen Minuten verloren hatte. Wie sehr sie sich doch in ihm getäuscht hatte!

„Dieser Kerl vorhin hat dir wohl Angst gemacht?“, stellte er fest und sah ihr dabei tief in die Augen. „Das brauchst du nicht mehr, ich bin jetzt bei dir.“

„Du hast alles gesehen?“

„Oh ja“, nickte er und wiederum roch er diesen süßlichen Atem. Dieser Geruch machte ihn noch verrückt! Er hatte nur noch diese perversen Gedanken, endlich das Blut ihrer Innereien zu riechen.

„Das Leben ist eine empfindliche Flamme, die dem Wind des Zufalls ausgeliefert ist. Die Flamme deines Lebens ist einem sehr mächtigen Wind ausgesetzt. Man sollte immer darauf achten, dass sie nicht ausgelöscht wird!“

Elizabeth Stride wusste nicht, wovon er redete. Sie wunderte sich über seine schrullige Art. Nie vorher hatte sie einen Menschen so seltsam reden gehört. Anfangs hatte sie gehofft, durch ihn wieder an Geld zu kommen, aber jetzt wünschte sie sich, sie hätte seine helfende Hand nicht entgegengenommen. Zu sehr hatte sie sich von seinem Charme verführen lassen. Das Messer in seiner Hand sah sie zu spät hervorschnellen, als dass sie sich noch hätte abwenden können. Ihr Kreischen erstickte im Schmerz der inneren Blutungen. Dennoch bekam sie deutlich mit, was er sagte, bevor das Leben sie verließ.

„Willkommen in deinem Albtraum! Ich weiß, wovor du Angst hast“, hauchte Maybrick.

Ihre Luftröhre füllte sich blitzschnell mit Blut. Die Pastille hatte gute Arbeit geleistet und ihre Luftröhre ausreichend geöffnet, damit der Saft in sie hineinfließen konnte. Das wenige Blut, das noch aus der Wunde trat, tropfte geräuschlos auf ihre Kleidung, aber es spritzte nicht. Das Gewicht des Kopfes drückte das durchtrennte Fleisch gegeneinander, und so zeichnete sich nur eine kleine, saubere Linie ab, die von einer Halsseite zur anderen verlief. Maybrick kam das sehr gelegen; denn Blut, das nicht spritzte, konnte auch keine verräterischen Flecken auf seiner Kleidung hinterlassen. Elizabeth Stride fiel zur Seite und schlug heftig auf den Boden auf.

„Ob sie dich ebenso vermissen wie all die anderen?"

Nun lag sie da zu seinen Füßen und das Blut floss aus ihrem Körper. Ein Teil sickerte in ihre Kleidung, der Rest hinterließ eine kleine Pfütze auf den Pflastersteinen. Ihr langsames, am eigenen Blut erstickendes Gurgeln brachte ihn in die richtige Stimmung. Ihre Gesichtsmuskeln zuckten leicht, ebenso wie ihre Beine; doch dann hörten sie auf sich zu bewegen.

‚Perfekte Arbeit!', dachte er, als er das Leben aus ihrem Körper weichen sah. James wollte gerade seine Arbeit fortsetzen, als ihn ein Geräusch schlagartig in die Realität zurückriss. War er zu sehr mit Liz beschäftigt gewesen und hatte etwas überhört, was ihm gefährlich werden konnte, oder waren es nur Hirngespinste, die ihm wie letztes Mal, bei Annie Chapman, so real erschienen? Maybrick zog sich in den Schatten des Torflügels zurück und duckte sich in der dunkelsten Ecke des Hofes nieder. Wenn jetzt jemand auftauchen würde, könnte es das Ende für ihn und seinen Streifzug bedeuten. Das sicherste Versteck wäre weiter hinten unter der Holztreppe gleich neben dem abgestellten Pferdekarren gewesen, aber das Wiehern eines Pferdes gebot ihm Ruhe zu bewahren. Maybrick saß kaum einen Yard von der Leiche entfernt und konnte deutlich das Geräusch sich nähernder Schritte vernehmen.

Hätte James das Pferd und das Rattern der Karrenräder nicht gehört, hätte er den Mann tatsächlich nicht wahrgenommen. Louis Diemschutz trat ganz leise auf, beinahe so lautlos wie eine Katze. Doch was wollte er? Hatte Diemschutz das Kreischen von Long-Liz gehört und wollte jetzt feststellen, wer es verursacht hatte? Die Hufe des Pferdes hörte Maybrick jetzt noch deutlicher. Auch das Rattern der Räder war lauter geworden, doch die Schritte des Mannes waren kaum vernehmbar. Erst auf dem letzten Stück des Weges, der von der Straße zur Pforte führte, war er nicht mehr zu überhören. Ohne das warnende Wiehern des Pferdes hätte Diemschutz ihn in seiner Euphorie überrascht. Dann wurde es für einen Moment lang still. Er untersuchte wohl die Pforte. Ein eventuell vorhandenes Schloss hätte der Mann wahrscheinlich untersucht, aber dieses Tor zur Hölle besaß einfach keines. Vielleicht war es auch diese spaltbreite Öffnung, die ihn stutzig machte. Doch diesen Gedanken verwarf Maybrick gleich wieder; immerhin stand sie genauso weit offen, wie er sie vorgefunden hatte. Dennoch musste es irgendetwas geben, worauf er nicht geachtet hatte, als er die Hure vor sich her in den Hof drängte. Das Pferd wieherte erneut, diesmal viel lauter. Dieses verdammte Vieh wollte einfach nicht mehr aufhören. Louis Diemschutz versuchte vergeblich es zu beruhigen, indem er sanft auf es einsprach. James wusste, dass Pferde viel feinere Sinnesorgane haben. Womöglich witterte es bereits das Blut. Im nächsten Moment schwang das Tor nach innen auf. Der aufgestoßene Torflügel bot James einen besseren Schutz. Jetzt saß er genau dahinter. Diemschutz führte das Pferd an der Leine und der Karren ratterte in den Innenhof. Maybrick musste Ruhe bewahren. Vielleicht würde er ja an ihnen vorbeigehen und sie nicht bemerken. Niemals zuvor hatte er sich so in die Enge getrieben gefühlt. Wiehernd sträubte sich das Pferd und zog das Fuhrwerk zur gegenüberliegenden Häuserwand. Das Tier versuchte der Leiche auszuweichen und weigerte sich anschließend weiterzugehen. Diemschutz hatte Mühe, es an den Zügeln festzuhalten. Maybrick hockte in seiner Ecke, ganz stumm und zusammengeduckt. Seine Chancen standen miserabel und wurden noch schlechter, als der Mann eine Peitsche von seinem Karrensitz nahm. Dieser Kerl hatte es geschickt eingefädelt. Er hatte ihn hinter der Pforte hocken gesehen, aber es sich nicht anmerken lassen. Wenn er jetzt auf ihn zukäme, musste Maybrick handeln. Aber Diemschutz hatte die Peitsche nicht seinetwegen genommen. Im nächsten Moment beugte er sich vor und stocherte damit in dem blutdurchtränkten Bündel. Jetzt musste er wissen, was er dort gefunden hatte. Es konnte sich nur noch um Sekunden handeln, bis er auch ihn sehen und sich auf ihn stürzen würde. Saß er doch so nahe, dass er nur seine Hand auszustrecken brauchte, um sein Bein zu berühren. Da die Pforte gänzlich geöffnet war, leuchtete der Mond einen Teil des Innenhofes aus; aber der Schein erfasste die Leiche nicht. James sah den Mann deutlich im Mondlicht. Allem Anschein nach hatte dieser Idiot immer noch nicht begriffen, was er dort gefunden hatte; denn anschließend entzündete er ein Streichholz und beugte sich noch tiefer zu ihr herab. War er wirklich so blind? Hätte er sein Pferd nicht dabeigehabt, wäre er höchstwahrscheinlich an der Leiche vorbeigegangen, ohne sie zu bemerken. Erschrocken sprang er zurück, als er realisierte, was er vorgefunden hatte. Panik ergriff ihn. James lauerte weiter unbemerkt in seiner Ecke. Diemschutz ließ sein Pferd zurück und eilte völlig aufgelöst hinaus auf die Straße. Er war Händler von billigen Schmuckwaren. Was er damit verdiente, reichte gerade mal aus, um nicht in der Gosse zu landen, und so half er an manchen Abenden als Kellner im angrenzenden Club aus. Hastig rannte er zum Nachbarhaus um Hilfe zu holen. Für Maybrick kam das sehr gelegen. Heimlich schlich er an der Leiche und dem Pferdekarren vorbei und machte sich aus dem Staub. Dabei schlug er die Richtung ein, aus der Diemschutz gekommen war. Dieser war gerade nebenan in dem Clubgebäude verschwunden. Der Eingang zum Club lag genau an der Ecke zur Fairclough Street. Die Haustür stand sperrangelweit offen und Musik drang auf die Straße. Aber für James war es der nächste Weg, ungesehen verschwinden zu können. Kaum drei Sekunden waren vergangen, seit Diemschutz den Club betreten hatte, als Maybrick in die Fairclough Street verschwand. Nur wenige Meter noch und er hatte die Back Church Lane erreicht. Dort wäre er in Sicherheit. ‚Nicht zu schnell', sagte er sich. ‚Wenn man dich sieht, machst du dich nur verdächtig.' Wieso hatte dieser verfluchte Kerl ihn auch bei der Arbeit gestört? Er hätte ihm ebenfalls die Kehle aufschlitzen sollen, nicht ganz so weit wie die von Long Liz, nur so viel, dass er ihm nicht mehr in die Quere hätte kommen können. Dann hätte der schäbige Möchtegernkellner neben der Hure im Hof sein armseliges Leben aushauchen und Jack the Ripper bei seiner Arbeit zusehen können. Es wäre noch listiger gewesen, Stride vor den Augen dieses dahinscheidenden Dreckskerls aufzuschlitzen. James fluchte innerlich bei dem Gedanken, weil er ihm erst jetzt gekommen war. Warum hatte er nicht eher daran gedacht?

Als Maybrick in die Back Church Lane einbog, hatte er das seltsame Gefühl, beobachtet zu werden, aber er drehte sich nicht um. Diemschutz war der Erste, der das Haus verließ, gefolgt von einer

Gruppe Männer, die weder Tod noch Teufel fürchteten. Einen Moment lang glaubte Diemschutz am Ende der Fairclough Street einen Schatten durch die Nacht huschen zu sehen; aber es mochte auch der aufsteigende Nebel gewesen sein, der seine Sinne verwirrte, denn im nächsten Augenblick war nichts mehr zu sehen. Während er den Hof wieder aufsuchte, um den anderen seinen Fund zu zeigen, verschwand der Ripper durch die Back Church Lane. Diemschutz war in Gedanken zu sehr auf den Leichenfund fixiert, als dass er weitere Überlegungen über dieses Trugbild, für das bestimmt nur seine aufgewühlte Phantasie verantwortlich war, hätte verschwenden wollen.

Einer der Männer hatte einen Polizisten geholt, der gerade seine Runde durch die Ellen Street machte, als die anderen den Hof betraten. Er kannte Louis zu gut, als dass er ihn für einen Aufschneider gehalten hätte. Nein, Louis Diemschutz prahlte nie mit etwas und er war auch keiner, der im Rausch durch seine Phantasiewelt getrieben wurde und damit angab, um sich wichtig zu machen. Wenn Louis sagte, es sei so gewesen, dann war es auch so, daran gab es keinen Zweifel! Der Polizist hatte mit seiner Trillerpfeife weitere Gesetzeshüter gerufen, und bereits wenige Minuten später versammelten sich Polizisten und weitere Zuschauer in diesem Vorhof zur Hölle. Das Bündel lag immer noch im Schatten der Pforte. Einer der Polizisten hatte seine Laterne bereit. Sie warf keinen großen Lichtkreis, reichte aber aus, um die schreckliche Szenerie zu beleuchten. Diemschutz hatte Recht: Elizabeth Stride lag auf dem Rücken in einer Blutlache, doch der Mörder war fort.

„Schaffen Sie die Leute aus dem Hof!“, forderte der Polizist mit der Lampe in der Hand.

„Und Sie“, teilte er einem weiteren Schutzmann mit, „Sie informieren schleunigst Scotland Yard!“

Er wusste nur zu gut, was zu tun war. Für ihn gab es keinen Zweifel, dass es sich bei der Toten um ein weiteres Opfer des Whitechapel-Mörders handelte.

„Sagen Sie Scotland Yard, sie sollen Inspektor Abberline herschicken, und zwar sofort! Ich glaube, wir haben eine weitere Leiche im Fall Lederschürze!“

24. KAPITEL

London, East End, 30. September 1888

Abberline und George Godley wollten gerade nach Hause gehen, als sie die Nachricht im Yard erreichte, und nur wenig später stiegen sie in der Berner Street aus einer Droschke. Eine unüberschaubare Menschenmenge bevölkerte die Straße; jeder von ihnen wollte einen Blick auf die Leiche werfen.

„Scotland Yard!“, rief Abberline und zwängte sich an den Zuschauern vorbei.

„Gehen Sie aus dem Weg oder ich lasse Sie entfernen!“, schrie Godley einen Mann an, der partout nicht Platz machen wollte. Er hatte die Leiche noch nicht gesehen und wollte jetzt unbedingt einen Blick darauf werfen. Als George ihn aber wortlos zur Seite stieß, ließ er ihn ohne Einwand durch.

„Gut, dass Sie schon hier sind, Inspektor Abberline“, sprach der Polizist ihn an, der nach ihm geschickt hatte. Er hielt immer noch die Lampe in der Hand und hatte die Schaulustigen, so gut es in seiner Macht stand, in gebührendem Abstand gehalten. Irgendwoher musste er ihn kennen, aber Fred wusste nicht, wo er dieses Gesicht einordnen sollte. Zu seiner Zeit in Whitechapel hatte es viel zu viele Gesichter gegeben. In seinem Bezirk war es zugegangen wie in einem Krankenhaus. Viele von ihnen waren gekommen und dann über kurz oder lang wieder verschwunden. Die, die es länger geschafft hatten, wurden dennoch irgendwann in andere Bezirke versetzt; von den Übrigen wurde nie wieder gesprochen. Abberline hatte sich nicht jedes einzelne Gesicht merken können, und das hier musste wohl eines von vielen sein. Immerhin hatte er mit Nerven und Ausdauer bewiesen, dass er sich durchzusetzen wusste, und das war weiß Gott nicht einfach in Whitechapel.

Abberline benötigte nicht lange, um die Leiche der Frau zu untersuchen. Dann schüttelte er den Kopf und sah George ungläubig an.

„Was denkst du?“, fragte Godley.

„Hast du den Brief noch, George?“

Godley schüttelte den Kopf. Er hatte ihn im Yard gelassen. Es war durchaus nicht üblich, dass sie Briefe durch die Stadt schleppten. Was bezweckte er also mit dieser Frage?

„‚Beim nächsten Mal schneide ich der Lady die Ohren ab und schicke sie der Polizei, nur so zum Spaß!‘“, zitierte Abberline.

„Du glaubst, dass wir es nicht mit demselben Mörder zu tun haben“, entgegnete Godley, die Ohren der Toten betrachtend. Wenn der Brief wirklich echt war, war es nicht die Tat von Jack the Ripper, wie er sich selber genannt hat, denn die Ohren sind nicht abgeschnitten worden.

„Genau, mein Junge. Sieh sie dir an. Eine durchschnittene Kehle, aber keine weiteren Verstümmelungen.“ Mit dem Zeigefinger wies er auf den Hals. „Bis auf dieses Merkmal fehlen alle typischen Anzeichen!“

„Zugegeben, einige Gemeinsamkeiten fehlen. Es könnte sich um einen Nachahmer handeln, aber die Zeit und die Umgebung würden passen.“

„Jemand wie er würde nie von seinem Schema abweichen. Entweder haben wir es nicht mit Jack the Ripper zu tun oder er wurde frühzeitig gestört!“

„Jack the Ripper“, meldete sich der Polizist zu Wort, der die Leiche bis jetzt bewacht und ihnen aufmerksam zugehört hatte. „Ich dachte, man nennt ihn ‚Lederschürze‘!“

„Wissen wir schon, wer die Frau ist?“, ignorierte Abberline die Frage.

„Sie heißt Stride, Elizabeth Stride. Sie war bekannt in dieser Gegend, aber keine Prostituierte!“

„Haben wir schon die Familie unterrichtet?“

„Es gibt keine Familie. Sie lebte mit einem Kerl zusammen, aber ich hatte noch keine Zeit, ihn zu benachrichtigen. Man sagt, ihr Mann und die Kinder seien vor zehn Jahren beim Untergang des Themsedampfers ‚Princess Alice‘ ums Leben gekommen.“

„Ich erinnere mich an die Katastrophe. Die hat damals um die sechshundert Tote gefordert“, murmelte Abberline.

„Genau! Seitdem verdiente sie sich etwas Geld mit Näharbeiten und solchem Zeug.“

„Und Abends mit Gelegenheitsarbeiten“, vervollständigte Abberline.

„Wer hat sie gefunden?“

„Louis Diemschutz, ein Kellner aus dem Club gleich nebenan. Er steht draußen in der Menge. Wenn Sie wollen, hole ich ihn!“

Wenige Sekunden später stand Louis zum dritten Mal neben der Leiche im Hof und erzählte den Beamten, wie es sich zugetragen hatte.

„Der Mörder muss sich noch im Hof befunden haben, als ich die Leiche fand! Es war derart dunkel, dass ich sie nicht gleich sehen konnte. Ich bin erst auf sie aufmerksam geworden, als mein Pferd sich sträubte und nicht mehr weitergehen wollte. Ich dachte, da liege ein alter Sack, und habe mit meiner Peitsche in ihr rumgestochert. Erst als ich das Streichholz angezündet hatte, erkannte ich, was da vor mir auf dem Boden lag. Ich habe mich fast zu Tode erschrocken!“

Aufmerksam hörten sie dem Mann zu. Was er erzählte, war glaubhaft. Abberline war sicher, dass diese Sache noch viel Ärger bereiten würde. Gleich nach dem Mord in der Hanbury Street hatten sich mehrere Geschäftsleute des Londoner East End zu einer Vereinigung zusammengeschlossen. Wenn die Polizei schon nicht imstande war, ihre Frauen zu schützen, dann würden sie sich selber darum kümmern. Eine größere Menge an helleren Straßenbeleuchtungen und stärkere Polizeipräsenz wurden gefordert. George Lusk, der sich selber zum Vorsitzenden der Kommission ernannt hatte, gab nicht nach. Seit dem Mord an Annie Chapman hatte er den ganzen Bezirk in Aufruhr versetzt. Die „Times“, der „Star“ und viele kleinere Zeitungen hatten inzwischen Theorien vorgebracht, welche die Untersuchung nur erschwerten.

„Die Zeitungen schreiben, dass ein Ausländer für diese Verbrechen verantwortlich sei. Ich habe sogar schon gehört, er sei Jude oder komme aus einem vornehmeren Kreis. Es sei keiner aus der Arbeiterklasse, sagt man!“, verdeutlichte Diemschutz.

„Sie sollten nicht alles glauben, was Sie so hören“, entgegnete Abberline.

„Dieser Fall macht mir ernsthaft Sorgen“, gestand Abberline, als Louis Diemschutz seine Aussage gemacht und sich wieder auf die Straße begeben hatte.

„Die Menschen hören zu sehr auf Vorurteile und verlieren die Tatsachen aus den Augen, Fred. Das liegt in unserer Natur!"

„Was uns sehr ungelegen kommt. Der ganze Aufruhr, der seit dem ersten Mord entstanden ist, hilft uns nicht; es macht uns nur anfälliger, und genau das können wir im Moment nicht gebrauchen, George!"

„Ich habe gehört, dass es sich um einen Arzt handeln soll", ergänzte Godley.

„Jetzt fang du auch noch mit diesen haarsträubenden Theorien an! Es reicht mir durchaus, was die Zeitungen schreiben!"

„Nicht die Zeitungen schreiben das, Fred. Es ist die Meinung von Doktor Bagster Phillips!"

25. KAPITEL

London 1888 – Nacht des Doppelmordes

Als Constable Louis Robinson in die Zelle sah, musste er feststellen, dass Catherine Eddowes immer noch fest schlief. Der Geruch von Alkohol, der von ihr ausging, war allgegenwärtig. Er hatte sie in den frühen Abendstunden volltrunken, die Glocke eines Löschfahrzeugs imitierend, in der Aldgate Street aufgelesen. Eine beträchtliche Menschenmenge hatte sich um sie versammelt und unterhielt sich köstlich, als sie sich zum Schlafen auf den Bürgersteig legte.

„Du bist müde?", hatte Robinson sie gefragt, als er die Menge auseinandergetrieben hatte. „Na, da habe ich doch ein besseres Plätzchen für dich, um deinen Rausch auszuschlafen!", versicherte er ihr und nahm sie mit zur Wache.

„Ich weiß nicht, was und wie viel sie in sich hineingeschüttet hat, aber ‚*Mrs Nothing*' ist völlig abgetreten", erklärte er Constable George Hutt, der ihn gegen 21.45 Uhr auf der Polizeistation Bishopsgate ablöste.

„Mrs Nothing?"

„Das war der Name, den sie mir angegeben hat, als ich sie von Sergeant Byfield in die Ausnüchterungszelle sperren ließ. Ich würde sie nicht entlassen, bis sie wieder klar im Kopf ist!"

„Dann werde ich sie mal solange in ihrer Zelle lassen. Nicht dass sie noch auf ‚*Mr Something*' stößt. Ich weiß nicht, was dann passieren würde", entgegnete Sergeant Byfield lächelnd.

Kurz nach Mitternacht hörte er ein Geräusch, das aus der Ausnüchterungszelle kam. Die Dame schien erwacht zu sein und versuchte sich nun als Sängerin.

„George, würdest du mal nachsehen, ob sie wieder nüchtern ist? Wenn sie wieder klar denken kann, lassen wir sie laufen."

„Sicher bin ich in der Lage, auf mich aufzupassen, Herzchen", brachte sie die Worte in richtiger Reihenfolge zusammen, als er ihr hilfsbereit unter die Arme griff, um sie aufzurichten. „Ich bin das doch immer!“

„Da habe ich aber was ganz anderes gehört“, entgegnete George Hutt ernst und führte sie ins Vorzimmer, um ihre Personalien aufzunehmen.

„Diesmal brauchen wir aber Ihren richtigen Namen, Mrs Nothing, und auch Ihre Anschrift, wenn es geht“, entschied Sergeant Byfield.

„In Ordnung, Quatschkopf!“, entgegnete Catherine Eddowes. „Mein Name ist Mary Ann Kelly, wohnhaft in der Fashion Street 6, und wenn mich nicht alles täuscht, ist das hier nicht mein Zuhause!“

„Dann sollte es das auch nicht werden“, konterte Byfield und führte sie dem Ausgang entgegen.

„Gute Nacht, alter Sack!“, verabschiedete sie sich, zog ihre schräg sitzende Strohhaube gerade und trat in die dunkle Nacht hinaus.

Zur gleichen Zeit, als Catherine Eddowes die Polizeistation verließ, flüchtete der Ripper aus Dutfield's Yard.

Er hatte Glück gehabt - ein Zeichen, dass Gott wirklich auf seiner Seite gewesen war, ansonsten hätte er ihn nicht so einfach davonkommen lassen. Sein Herz klopfte wie besessen und seine Gedanken drehten sich im Kreis. Wieso aber hatte Gott ihn seine Vision des Schreckens nicht vollenden lassen? Er wollte doch auch, dass die Stadt gesäubert würde, sonst hätte er ihm nicht geholfen, aus diesem Hof zu entkommen. Doch dann kam Maybrick ein neuer Gedanke. Gott hatte in dieser Nacht sicher noch etwas anderes mit ihm vor!

Jetzt aber wiegte er sich in Sicherheit, hatte er den Schauplatz seines Mordes doch längst verlassen. Es mochte eine halbe Stunde vergangen sein, vielleicht auch mehr, und er befand sich bereits in der Duke Street. Nur wenige Straßen weiter lag die Wentworth Street mit seinem Versteck. Er war außer Atem und hatte vor sich zunächst etwas zu erholen. In einer Stunde könnte er dann noch einmal auf die Jagd gehen; reichlich Zeit hatte er, denn die Nacht war noch jung. James war nicht gerade sportlich veranlagt, aber die Strecke von der Berner Street hierher hatte er, ohne zu laufen, in Rekordzeit zurückgelegt. Ein Blick auf seine goldene Taschenuhr verriet ihm, dass er den ganzen Weg in nicht einmal fünfzehn Minuten geschafft hatte. Das war außergewöhnlich schnell für diese Strecke. Die Zeit war ihm aber wesentlich länger vorgekommen. Als Maybrick den Entschluss fasste, sich tatsächlich für eine gewisse Zeit zurückzuziehen, betrat Catherine Eddowes die Duke Street. Ausschau haltend nach einem Freier, den sie ausnehmen konnte, sah sie nur wenige Meter entfernt diese Gestalt. Sie stand reglos an der Ecke Duke Street und Church Passage. Vielleicht würde er ja auf einen kurzen Sprung mit ihr gehen und ihr anschließend etwas Geld für einige Gläser Schnaps spendieren. Ausgeschlafen hatte sie in der Ausnüchterungszelle reichlich. Erschrocken fuhr er herum, als sie ihre Hand auf seine Schulter legte, und sie sah kurz in ein versteinertes Gesicht, das im Dunkeln bleich schimmerte.

„Oh, das habe ich nicht gewollt", entschuldigte sie sich und legte beruhigend ihre Hand auf seine Brust. „Du bist wohl ein ganz Ängstlicher!"

„Seht euch mal den feinen Pinkel an. Kate hat diesmal aber einen niedlichen Fang gemacht!", hörte sie einen der Männer sagen, die gerade den „Imperial Club" verließen.

‚Joseph Lawende und seine Freunde, genau die Richtigen', dachte sie. ‚Denken, die alte Kate sei ausgelaugt und hätte nichts mehr zu bieten. Da täuschen sie sich aber!' Kate lächelte ihnen zu. Sollten sie ruhig sehen, was für einen schicken Herrn sie sich ausgesucht hatte. Sie strich über Maybricks Brust und die blinkende Kette, die aus seiner Brusttasche ragte, und bald schon hielt sie seine goldene Taschenuhr in der Hand. Die Männer hatten zwar Notiz von ihnen genommen, zogen aber weiter Richtung Aldgate.

Wenn das Glück auf ihrer Seite war, würde sie in Zukunft öfter in nobler Gesellschaft verkehren. Tatsächlich aber scherte sich keiner von ihnen darum, was sie tat und was nicht. Für sie war Kate nur eine Nutte unter vielen, ein Sandkorn in der Wüste.

„Weg da!", fuhr Maybrick sie an und nahm ihr die Taschenuhr aus der Hand. „Bestehlen kannst du die anderen!"

„Ich wollte dich nicht bestehlen", entgegnete sie gekränkt. „Wenn du das von mir denkst, dann liegst du falsch. Ich habe selbst genug und brauche das nicht!"

James unterdrückte ein Lachen. War ihr das wirklich ernst gemeint? In Whitechapel stibitzte jeder, da machte sie ganz sicher keine Ausnahme! Es gab weiß Gott nichts Mystisches an dieser schrulligen alten Schachtel. James ekelte sich vor ihr, aber sie hypnotisierte ihn wie ein Geist.

Hatte der Herr seine Wahl getroffen und ihm dieses verwelkte Weibsstück für seine Unterhaltung ausgewählt? Sicher hätte er etwas Besseres gefunden; aber wenn er es so haben wollte, dann sollte es so sein. Ausruhen würde er sich später, dafür hätte er noch reichlich Zeit.

„Wenn du mich nicht bestehlen willst, was willst du dann?“, fuhr er sie an.

„Was denkst du denn? Ich bin keine Diebin!“, versuchte sie sich rauszureden.

Aber die Wege des Lichts sind klar und deutlich, und klar war auch, dass sie eine echte Schlampe war, genau wie Florie, nur etwas ausgedorrter. Florence hatte noch Feuer im Blut, nicht mehr für ihn, aber sie war nicht entwässert wie diese verwelkte Wüstenblume. Am Ende der Duke Street lag der St. James Place, das war Balsam für seine Seele. Schlagartig ahnte er, was Gott ihm bieten wollte. So weit hatte er nicht gedacht! Eine bessere Wahl hätte nicht einmal Jack the Ripper treffen können. Wenn er sie dorthin bekommen könnte, wäre das die perfekte Kombination. Der heilige James würde das Lamm schlachten und der Platz würde sein Altar sein. Er dachte daran, die Duke Street bis zum Ende zu gehen und dann nach links abzubiegen, aber warum sollte er nicht gleich die Church Passage nehmen? Dort unten auf dem Mitre Square gab es auch einen Zugang zum St. James Place, also sprach nichts gegen die Abkürzung. Aber Catherine Eddowes hatte ihn bereits an die Hand genommen und wie ein Liebespaar waren sie zusammen auf dem Fußweg im Schatten der Häusergiebel verschwunden. Maybrick überließ ihr die Führung. Wenn dies ihr letzter Wunsch war, dann durfte sie auch auswählen, wo sie am liebsten sterben wollte. Gleich am Ende des Durchgangs lag der mit Kopfstein gepflasterte Mitre Square, doch den überquerte gerade ein Polizist. Er nahm den Eingang, den auch Maybrick nehmen wollte und der zum St. James Place führte. Heute schien nicht sein Glückstag zu sein. Zuerst wurde er bei seiner Arbeit mit Long-Liz gestört und jetzt musste er im Schutz des Schattens bleiben, um nicht von dem Polizisten bemerkt zu werden. Einen Moment lang dachte er ernsthaft darüber nach seinen Streifzug abzubrechen. Fast unmerklich zuckte er und zog sich weiter in den Schatten der Häusergiebel zurück.

„Was hast du?“, forschte Catherine. „Es ist nur ein Polizist, lass ihn gehen. Wir machen schnell, in einer Viertelstunde erst kommt er wieder vorbei.“ Aber Maybrick schien mit seinen Gedanken ganz woanders zu sein. James vernahm ihre Worte. Zuerst laut und deutlich, dann wurden sie schwächer und drangen schließlich nur noch wie aus weiter Ferne in seine Gedanken. Er sah den Platz andere Konturen annehmen. Die Ecke, die eben noch vor ihm lag, verschwand in einem seltsamen Dunst, und dort, wo der Gehweg in die Mitre Street führte, bildete sich ein Blumenbeet, in das drei Sitzbänke in eine Nebelwolke eingebettet waren. Häuserwände verschwanden und transparente, pferdelose Droschken zogen vorbei. Er konnte durch sie hindurch die andere Straßenseite sehen. Waren es Geisterwesen oder war er verrückt geworden? Die Schatten zogen weiter und verschwanden im Nichts. Die Häuserwand zu seiner Linken war zu einem schmiedeeisernen Tor geworden. Dies war nicht seine Welt. Sie hatte sich zu einer Traumwelt verformt, die er so nur im Rausch oder im Fieber erleben konnte. Dieses Whitechapel kannte er nicht; überhaupt war ihm alles gänzlich unbekannt geworden. Weitere Geisterwesen tauchten auf, zogen an ihm vorbei und ein durchsichtiger Mann sah ihm von diesem neuen Eingang entgegen. Es war kein Blick, der durch ihn hindurchging; es war, als ob diese Augen ihn auch hätten sehen können. Aber er passte nicht in das neue Gesamtbild hinein. Alle anderen Geistwesen trugen Kleidung, wie er sie noch nie gesehen hatte, doch dieser Mann am Eingang schien den gleichen Anzug zu tragen wie er. Die Frau an Maybricks Seite war nicht verschwunden, aber sie sah nicht, was er sah, und dort, gleich neben ihr an der Mauer, stand in weißer Farbe dieser Frauenname: „Catherine Eddowes Square“ und darunter ein Datum, 1842-1888. James spürte einen kalten Schauer über seinen Rücken ziehen; seltsame Gedanken zogen durch seinen Kopf. Für den Bruchteil einer Sekunde hatte sich sein London gänzlich verändert. Der Platz, auf dem er stand, war nicht der Ort, den er betreten hatte, und dieser Frauenname dort an der Wand, was hatte er zu bedeuten? Verwirrt sah er sich um. Dieses Wesen blickte immer noch zu ihm herüber, bis es selbst und der Rest dieser unwirklichen Welt sich verzerrten, um sich in einer konturlosen Form aufzulösen. Dann hörte er Catherine erneut dieselben Worte zu ihm sagen, nur kamen sie diesmal aus weiter Ferne und wurden immer deutlicher.

„… machen schnell, in einer Viertelstunde erst kommt er wieder vorbei.“

‚Seltsam‘, dachte er. Er konnte sich nicht erklären, was vorgefallen war. Vor diesem Trugbild hatte sie mit ihm geredet, und jetzt, nach der mysteriösen Erscheinung, benutzte sie die gleichen Worte erneut, so als hätte es diesen kurzen Augenblick überhaupt nicht gegeben.

Dann tippte er an seinen Zylinder, nahm sie in den Arm und führte sie auf den freien Platz, dorthin, wo eben noch dieses Tor gewesen war.

James schüttelte den Kopf und sah in ihre Augen. Er durfte nicht länger warten. In ihren Augen konnte er es deutlich sehen: Sie wartete nur darauf, dass er sich mit ihr beschäftigte, und enttäuschen wollte er sie ganz bestimmt nicht!

„Weißt du, uns unterscheidet im Grunde nicht sehr viel. Du neigst dazu nachts zu arbeiten, genauso wie ich. Die Pfade der Nacht sind unergründlich und deinen Weg hat dein Schicksal bestimmt.“

„Was willst du damit sagen?“

„Dass heute Nacht eine weitere Seele zu ihrem Schöpfer fahren wird!“

Es traf sie völlig unvorbereitet. Mit unerwarteter Schnelligkeit legten sich seine Hände um ihren Hals. Das Schultertuch, das sie trug, behinderte ihn dabei in keiner Weise. Mit all seiner Kraft drückte er zu. Sie kam nicht mal dazu zu schreien. Sein erstes Opfer hatte laut geschrien, dieses Risiko durfte er kein weiteres Mal eingehen. Hier und jetzt würde er vollenden, was er bei Elizabeth Stride versäumt hatte. Sie wehrte sich heftiger als all die anderen, versuchte seine Hände zu lockern, aber die lagen wie Stahlklammern um ihren Hals. Woher nahm dieses kleine Wesen bloß diese ganze Energie? James wurde wütend. Hätte er ihr wie all den anderen gleich die Kehle durchtrennt, wäre es einfacher gewesen. Er durfte nicht lockerlassen und legte noch mehr Kraft in seine Hände. Hing sie wirklich so sehr an diesem schäbigen Dasein, das sie Leben nannte?

„Komm schon, komm schon …“, flüsterte er ganz leise. „Lass es geschehen, ich werde dich unsterblich machen!“

Ganz langsam verließ sie der Lebenswille, und er spürte, wie ihr Körper unter seinen Händen schlaff wurde, bis sie nur noch wie eine Marionette in seinen Händen hing. James ließ sie los und ihr Körper sackte kraftlos in sich zusammen. Sie war noch nicht tot, so weit hatte er es nicht getrieben. Nein, das wollte er noch nicht. Catherine hatte nur das Bewusstsein verloren. Am liebsten hätte er ihr ganz sacht den Bauch geöffnet und sie ganz langsam ausgeweidet. Hätte er sie doch nur bei vollem Bewusstsein aufschlitzen können! Eine unglaubliche Erregung hatte ihn befallen und seine Vorstellungskraft bot ihm ein Dunstbild seiner bestialischen Phantasie. In seinen Gedanken zog er ihre Gedärme seelenruhig aus der klaffenden Wunde. Er konnte buchstäblich fühlen, wie ihre lauwarmen Eingeweide durch seine Finger glitten. Seiner Einbildungskraft waren keine Grenzen gesetzt, aber die Situation ließ es einfach nicht zu, seinen Herzenswunsch hier und jetzt zu verwirklichen. Das Risiko war zu groß. Beim nächsten Mal würde er versuchen, seinen Plan in die Tat umzusetzen. Dann brauchte er einen Platz, wo er ungestörter arbeiten konnte; an einem öffentlichen Ort wie diesem war es zu gefährlich. Jede Sekunde konnte ein Schatten um die Ecke kommen und seinem Traum für immer ein Ende bereiten.

Irgendwann im Zuge seiner Wahnvorstellungen hatte er seine Tasche geöffnet und sein Werkzeug hervorgeholt. Das Blut der ersten Nutte klebte noch an der Klinge. Maybrick hatte nicht einmal Zeit gefunden sie zu reinigen. Dem Knacken folgte ein Knirschen, als das Messer sich in ihren Hals bohrte und ihre Kehle sich öffnete wie ein zweiter Mund. Bisher hatte er dieses himmlische Geräusch nie wahrgenommen. Es hörte sich an wie Knorpel oder kleine Knochen, die zermahlt wurden. Maybrick hoffte, sie würde das Knacken ebenso gut vernehmen wie er. Es wäre eine Schande, wenn sie diese Erfahrung nicht mehr miterleben dürfte. Seine Hände bewegten sich wie die Pinselstriche eines Malers, der sein Meisterstück auf die Leinwand bringt und nicht mehr damit aufhören kann, bis es fertig ist. Am liebsten hätte er nie wieder damit aufgehört. Ihr Leib war geöffnet und die Gedärme glitten ihm aus der Hand. Erneut griff er in ihren Körper und riss sie heraus. Die Innereien wanden sich wie eine Schlange in einer klatschenden Brühe aus Schmiere und er fühlte sie unter seinen Händen dahingleiten. Nach nur wenigen Minuten hatte er erledigt, was er sich vorgenommen hatte. Die Traumwelt löste sich im Nebel der Nacht auf und vom Himmel leuchteten tausend kleine Sternenfunken auf sie herab. Im Rausch seiner Gefühle hatte er ein unvergleichliches Meisterwerk vollbracht. Die alte Schlampe sah nun besser aus als vor ihrer Begegnung, die Wüstenblume war gewässert worden. Diesmal aber hatte er auch Blut abbekommen. Es klebte an seiner Kleidung, seinen Händen, an seinem ganzen Körper.

In seiner Euphorie hatte er ihr Gesicht stark verstümmelt. Beide Augenlider waren mit Längsschnitten geteilt und die Nasenspitze vom Nasenrücken bis zu den Flügeln sauber abgetrennt. Ein weiterer Schnitt teilte die Oberlippe und verlief über den Gaumen bis hin zum oberen Schneidezahn. Über der linken Wange klaffte eine weitere Wunde, die das Gewebe und die Muskelfasern teilte.

Hatte er der „Central News" nicht versprochen, die Ohren abzuschneiden? In seinem Blutrausch hatte er es beinahe vergessen. Noch einmal beugte er sich über sie und ließ sein Messer verrichten, was er versprochen hatte. Als er fertig war, hing das rechte Ohr nur noch an einem kleinen Hautfetzen. Dabei kam ihm eine himmlische Idee. Mit der Messerspitze formte Maybrick unter jedem Auge einen dreieckigen Einschnitt und löste die Wangenhaut so weit vom Fleisch, dass sie nur noch an der Oberseite hafteten. Zwei kleine V-förmige Einschnitte, die, würde man sie zusammenschieben, ein *M* ergäben, das *M* für Maybrick! Wieder hatte er seinen Buchstaben zurückgelassen, zuerst auf dem Umschlag in der Hanbury Street und jetzt hier als Teil von ihr. Vielleicht war Abberline ja schlau genug und würde herausfinden, was die dreieckigen Einschnitte zu bedeuten hatten.

Er wusste, dass dies seine bisher beste Arbeit war. Die Därme waren aus dem Leib gerissen und lagen über der rechten Schulter. Dabei hatte er einen größeren Teil des Dickdarms komplett durchtrennt. Beim Zerteilen hatte sich der Kot über die Organe verteilt und der eiserne Geruch des Blutes sich mit dem Gestank der kotartigen Masse vermischt. Zwei weitere Organe hatte er aus dem Körper entfernt. Ob sie essbar waren? Seine Hände tasteten danach. Wenn ihn nicht alles täuschte, waren sie mit dem Gedärm aus dem Körper geglitten.

Eilig durchsuchte er ihre Taschen nach ihren Habseligkeiten. Wenn er seinen nächsten Brief schreiben würde, könnte er genauere Angaben machen und sie würden ihn nicht für den eines Spinners halten. Wer außer ihm konnte schon wissen, was die ausgesaugte alte Schachtel bei sich trug? Dabei fiel ihm eine metallene Zündholzschachtel in die Hand. Etwas Besseres hätte nicht passieren können.

Nun könnte er seine Arbeit im Schein der Zündholzflamme betrachten. Doch die Dose war leer. Verdammt, diese alte Nutte hatte nicht einmal Streichhölzer dabei! Lange durfte er sich nicht mehr hier aufhalten. Hatte sie nicht von 15 Minuten gesprochen? Dann würde er wieder hier vorbeikommen. Oh ja, das hatte sie gesagt, vor Kurzem, als sie noch reden konnte. James beeilte sich und trennte schnell einen Teil ihrer Kleidung ab. Das verdammte Blut klebte zu sehr an seinen Händen, als dass er, ohne aufzufallen, hätte die Flucht ergreifen können. Mit dem Fetzen würde er sie, so gut es ging, wieder säubern. Seine Tasche stand offen, gleich neben dem verstümmelten Körper. Das Schultertuch war von ihren Schultern geglitten und lag jetzt neben der Leiche. James fand es äußerst hässlich, genauso wie sie! Schnell verstaute er sein Messer und die beiden Körperteile, die er herausgeschnitten hatte. Er würde sie als Trophäe mitnehmen. Wenn ihn die Dunkelheit nicht täuschte, waren es eine Niere und die Gebärmutter, aber damit würde er sich später beschäftigen. Nun musste er schleunigst von hier verschwinden! Wenn er sie schon nicht auf dem St. James Place opfern konnte, würde er den Platz wenigstens als Fluchtweg wählen. Wie er, ohne Verdacht zu erregen, in die Wentworth Street gelangte, würde er dem Zufall überlassen. Bis jetzt hatte Gott auf seiner Seite gestanden, er würde ihn auf seinem Weg schon beschützen. James kannte die kleinen Verbindungsgänge zwischen den Gassen ausreichend genug, dass er jeden bestmöglichen Schlupfwinkel finden würde, und gerade, als er den St. James Place überquerte, hörte er die Kirchturmuhr der St. Botolph's Church 1.45 Uhr schlagen. Wenn die tote Schlampe Recht hatte, würde jeden Augenblick der Wachmann wieder auf dem Mitre Square vorbeikommen. Wer kannte die Zeiten ihrer Rundgänge besser als die Nutten? Was er wohl denken würde, wenn er über die Leiche stolperte?

Als Edward Watkins den Mitre Square betrat, hatte Maybrick die Duke Street bereits hinter sich gelassen und verschwand auf weiteren kleinen Verbindungsgängen Richtung Middlesex Street. Er würde von den Funden und seinen niedlichen Spielchen in den Zeitungen lesen. Das musste ihm reichen, wenn er nicht gefasst werden wollte.

Die Leiche lag auf dem Rücken, die Beine angezogen und auseinandergespreizt. Als Edward Watkins seine Laterne über den leblosen Körper hielt, bemerkte er gleich die rote Flüssigkeit, die aus ihrem

Hals, an der Schulter vorbei in Richtung Rinnstein floss. Das Licht der Laterne genügte um zu sehen, dass sie tot und völlig verstümmelt war. Inzwischen hatte Jack the Ripper die Goulston Street erreicht. Nur wenige Schritte vor ihm lagen das Waschhaus und diese Wasserzapfstelle. Mit dem Fetzen hatte er das Blut so weit entfernt, dass es nicht mehr von seinen Händen tropfte, aber seine Finger klebten immer noch unerträglich. Er mochte es nicht, wenn seine Finger klebten, nicht vom Schweiß und noch weniger von dieser roten Schlampenbrühe.

Am anderen Ende der Straße glaubte James eine Gestalt wahrzunehmen. Ob sie ihm entgegenkam oder aber die Straße in Richtung Whitechapel High Street verließ, war unklar, dafür war sie viel zu weit entfernt. Die Wasserzapfstelle lag gleich gegenüber. Er brauchte nur wenige Sekunden, sich der klebrigen Schmiere zu entledigen. Das Wasser war wohltuend kalt und das Blut frisch genug, so dass es sich ohne langes Reiben von seinen Händen löste. Die Person jedoch hatte die Straße dort oben nicht in Richtung Whitechapel High Street verlassen. Sie kam ihm entgegen und schob eine Holzkarre vor sich her. Kein Wunder, dass der Mann ihn nicht gesehen hatte: Der Marktkarren verdeckte ihm jegliche Sicht. Links von ihm, nur ein paar Schritte entfernt, gab es einen kleinen Eingang, in dem er sich verstecken konnte, bis der Kerl vorbei war. Gleich unten am Ende der Goulston Street lag die Wentworth Street; wäre er nur eine Straße eher abgebogen, säße er bereits sicher in seinem Zimmer. Diese Wasserstelle hatte seine Sinne verwirrt; ebenso gut hätte er sich seine Hände später zu Hause waschen können, aber jetzt zu flüchten würde das Risiko nur erhöhen, entdeckt zu werden. Wie ein Schatten verschwand er im Eingang und drückte sich mit dem Rücken fest gegen die Giebelwand. Er brauchte nicht lange zu warten, bis der Kerl mit seinem ratternden Fuhrwerk an ihm vorbei war. Wenige Sekunden später wagte James einen Blick auf die Straße. Noch war er nicht weit genug entfernt, als dass er sein Versteck sicher hätte verlassen können. Neben ihm führte eine Treppe hinauf in den ersten Stock und unmittelbar neben dem Eingangsbereich grenzte eine Ziegelwand an die Treppe.

„Was willst du Lipski, soll ich dich etwa auch umbringen?“, streiften die Worte des Mannes aus der Berner Street wieder durch seine Erinnerung.

Ein Stück Kreide hatte er dabei, irgendwo im Seitenfach seiner schwarzen Tasche, und die Wand am Ende der Treppe war genau das, was er sich gewünscht hatte!

Als er nach der Kreide tastete, fiel der blutige Stofffetzen aus seiner Tasche auf den Treppenabsatz. Egal, er brauchte ihn nicht mehr. Seine Hände waren sauber und den Fetzen wollte er sehr gerne unter seinem Gedicht zurücklassen. Wie von Geisterhand geführt, fanden die Worte ihren Weg aus seinem Kopf auf die Mauer, und bereits wenige Minuten später verschwanden die Umrisse des Rippers im aufkommenden Nebel der Wentworth Street.

26. KAPITEL

Liverpool, 29. September 1988

Rick Maybrick erwachte aus einem Albtraum. Mittlerweile war es nichts Außergewöhnliches mehr. Seit den letzten Wochen häuften sich die unerklärlichen Phänomene, mit denen er konfrontiert wurde. Dabei hatte er schon alles Mögliche und Unmögliche erlebt: Morde, die sich ereigneten, während er schlief. Kratzer, blaue Flecken und fürchterliche Erinnerungen waren nach solchen Erlebnissen keine Seltenheit mehr. Seit einigen Wochen litt er an einer nie gekannten Müdigkeit, schlafähnlichen Zuständen, Effekten wie unter Hypnose und einem Gefühl, als stünde er unter der zu hohen Dosierung einer Opiumtinktur. Seine Gedanken spielten ihm Streiche, doch er war sicher, dass er am vorigen Abend in seinem Pyjama zu Bett gegangen war. Nun lag er hier, angezogen mit Kleidungsstücken, die ihm nicht gehörten; tatsächlich hatte er noch niemals eine solch altertümliche Kluft besessen. Er musterte sich im Schlafzimmerspiegel, aber es war keine nächtliche Illusion, wie so oft in letzter Zeit. Sie verpuffte nicht und ging auch nicht in Rauch auf. Dieser Anzug war nicht so beschaffen wie die, die er sonst immer trug; dieser war wirklich alt, aber in tadellosem Zustand.

Rick erinnerte sich, dass er in seinem Traum wieder in London gewesen war. Er hatte am Mitre Square gestanden und in diese fremde Welt geblickt; dabei hatte er dieses Paar gesehen. Sie waren nicht weit von ihm entfernt gewesen, und für einen Moment glaubte er, die Frau von einem alten Foto wiedererkannt zu haben. Rick wusste, dass es unmöglich sein konnte; doch diese Frau hatte Catherine Eddowes zum Verwechseln ähnlich gesehen. Aber Catherine Eddowes war auf den Tag genau vor einhundert Jahren am Mitre Square ermordet worden. Tatsächlich aber war sie in den frühen Morgenstunden des 30. September umgekommen, also in der kommenden Nacht vor einhundert Jahren. Es gab keine reale Erklärung für das, was er da erlebte. Wenn es kein Traum war, was war es dann? Seine Arbeit, die ihn nicht mehr losließ? Er verdiente sich seinen Lebensunterhalt damit, und Spaß machte es auch. Dennoch musste er versuchen Abstand zu bekommen, musste seinen Beruf von der Freizeit trennen! Alle diese merkwürdigen Ereignisse waren erst eingetreten, nachdem er seinen Freund Jonathan Peltzer zu Grabe getragen hatte. Am gleichen Tag war er die Küstenstraße entlang von Cardiff nach Liverpool gefahren und hatte in diesem Haus auf den Klippen übernachtet. Seitdem verliefen seine Nächte nicht mehr wie früher. Rick versuchte so lange wie möglich wach zu bleiben, um den Traumdämonen zu entkommen; aber wenn die Müdigkeit die Oberhand gewann, waren sie wieder da und entführten ihn in eine längst vergangene Welt. Nachforschungen hatte er angestellt und alle hatten bis ins kleinste Detail mit seinen Träumen übereingestimmt.

Jetzt stand er hier vor dem Spiegel, in diesem fremden Anzug, einen schwarzen Umhang über den Schultern, und wusste nicht, wie er dazu gekommen war. Wenn es nicht so seltsam gewesen wäre, hätte er sich durchaus damit anfreunden können: ein Anzug aus noblem Hause mit diesem wundervollen Umhang. Keine Falte und alles perfekt geschnitten. Keine Billigware, wie man sie heute in jedem größeren Kaufhaus bekommen konnte. Erst bei der zweiten Musterung fielen ihm die kleinen Flecken auf, die man leicht übersehen konnte. Er würde ihn reinigen lassen, was er ohnehin getan hätte, wenn er sich bis morgen nicht wieder in Luft auflöste.

Rick überlegte. Ob es vielleicht ein Zeichen war? Ein Orakel, das ihm statt der Zukunft die Vergangenheit offenbarte? Aber wozu? Die Vergangenheit war im Sinne des Wortes vergangen, vorbei, jedenfalls für die meisten Menschen. Die Wissenschaft hatte viele Theorien präsentiert, was Zeitreisen anging, aber Rick war anderer Meinung. Er glaubte nicht daran, dass es irgendwann möglich sein würde, mit einer Maschine in die Zukunft zu reisen. Für ihn gab es keinen Unterschied: Gegenwart und Vergangenheit waren immer präsent, nur lagen sie in unterschiedlichen Daseinsebenen; und wenn sich eine Tür von einer Ebene zur anderen öffnete, war es möglich, in sie hineinzusehen. Es spielte dabei keine Rolle, ob Gegenwart oder Vergangenheit! Aber wie stand es mit der Zukunft? Zukunft kann nicht präsent sein, das ist einfache Logik! Rick erinnerte sich, was ihm sein Vater einst erzählt hatte. Damals, an einem strahlenden Sommernachmittag, hatte er am Küchenfenster gestanden und seinen Vater im Garten beobachtet. Nachher erzählte er ihm, dass er diesen von Regen gepeitschten Sturm hinterm Haus erlebt hatte, wo Rick zur gleichen Zeit die schönste Sonne vom Himmel scheinen sah. Damals ahnte er schon, dass sein Vater in ein anderes Raum-Zeit-Kontinuum geschaut haben musste. Seitdem ließ ihm dieses Thema keine Ruhe mehr. Wenn es möglich sein sollte, durch dieses Fenster in eine andere Zeit zu sehen, musste es auch möglich sein, diese Ebene zu betreten.

Heute Nacht würde er wissen, was es damit auf sich hatte. Wenn sein Traum die Vergangenheit war, die sich in der Zukunft abspielte, würde er heute Nacht den Doppelmord vom 29. auf den 30. September 1888 miterleben. Sollten es nur Hirngespinste sein, würde er Elizabeth Stride und Catherine Eddowes zu ihrem hundertsten Todestag eine letzte Ehre erweisen. Er hatte sich entschieden: In dieser Nacht würde er dem Londoner East End einen Besuch abstatten.

27. KAPITEL

London, 29. September

Kurz nach Mitternacht stand Rick Maybrick an der Ecke der Commercial Road und sah hinunter zur Fairclough Street. Am Ende der Straße, kurz bevor die Fairclough Street diese Straße kreuzte, hatte sich der Hinterhof befunden, wo vor vielen Jahren Elizabeth Stride dem Ripper begegnet war. Irgendwann im Laufe der Zeit waren die alten Gebäude und Dutfield's Yard abgerissen worden. Nichts sollte mehr an die Morde des Rippers erinnern, doch die Zeit schreibt ihre eigene Geschichte.

Ein Hof, in völliger Dunkelheit gelegen, getrennt von den Augen der Öffentlichkeit durch ein schlichtes, kleines Tor. Damals war es eine Holzpforte gewesen, die zum Hinterhof führte. Jetzt versperrte ein Eisengitter den Zugang zu einem neuen Hof. Anstelle des Clubs hatte man eine Schule errichtet, und an der Stelle, wo Louis Diemschutz die Leiche gefunden hatte, lag jetzt ein leerer Platz gleich hinter dem neuen Gittertor.

Für Rick war die Gefahr, die von diesem Ort ausgegangen war, immer noch präsent; sie war nur in einer anderen Daseinsebene. Hätte die Legende um Jack the Ripper diesem Platz ihr Zeichen nicht eingebrannt, wäre er nur ein weiterer namenloser Ort in den Irrgärten der Stadt. Aber die Zeit trug die Erinnerungen an die Nacht des Grauens in die Gegenwart, und sie würde sie weitertragen, weiter in eine unvorhersehbare Zukunft.

Fest entschlossen, seinen Träumen auf den Grund zu gehen, hatte Rick am Morgen den Zug nach London bestiegen, ebenso wie damals sein Urgroßvater. Die Zeit der Wahrheit war gekommen, und wenn sich das Portal zur Vergangenheit hier und heute öffnete, würde er versuchen, so viele Informationen wie möglich zu beschaffen. Keinesfalls aber durfte er den Mord an Elizabeth Stride verhindern! Das lag nicht in seiner Absicht, er wollte nur beobachten! Die Geschichte war geschrieben, und so sollte es auch bleiben. Zusehen um der Wahrheit willen, das war alles, was er sich wünschte. In all den Jahren, die verronnen waren, hatte der Ripper es geschafft, zur größten, ungelösten Legende der englischen Kriminalgeschichte aufzusteigen. Unzählige selbsternannte Ripperologen hatten über Jahre hinweg zahllose Nachforschungen angestellt und dabei Unmengen an Theorien entwickelt; aber stichhaltige Argumente, den wahren Mörder zu enthüllen, hatte keiner aufweisen können. Neu aufgekommene Hypothesen stürzten vorangegangene Überzeugungen, und wieder neue Behauptungen stellten die neuen Hypothesen in Frage. Ein Kreisel, verloren in den Dimensionen der Zeit! Letztendlich legte jeder für sich eine Geschichte zurecht, wie er sie am liebsten gesehen hätte. Waren Ricks Träume auch nur Ansichten, wie er sich die Geschichte um den Whitechapel-Mörder wünschte? Sicher hatte er eine Theorie, aber die stimmte keinesfalls mit seinen Träumen überein. Für ihn hatte Aaron Kosminski immer zu den Hauptverdächtigen gezählt. Sein letzter Traum hatte am Mitre Square begonnen und auch dort geendet, nicht hier an diesem trostlosen Ort; aber er hoffte, dass sich das Portal, insofern es eins gab, sich hier als Erstes öffnen würde. Auf keinen Fall durfte er zu lange warten. Wenn sich in der nächsten halben Stunde nichts ereignete, musste er auf dem schnellsten Weg zum Mitre Square. Die Leiche von Elizabeth Stride wurde gegen ein Uhr nachts entdeckt. Wenn Ricks Vermutungen richtig waren, musste sich der Ripper bei der Ankunft von Louis Diemschutz noch im Hof aufgehalten haben. Also musste er dem Ripper einen Schritt voraus sein, und das konnte er nur, weil er die Vergangenheit besser kannte als alle anderen. Der Mitre Square befand sich knapp eine halbe Stunde entfernt und lag genau an der Grenze zur Innenstadt. Alle anderen Tatorte hatten im Herzen von Whitechapel gelegen. Mitre Square bildete den Grenzbezirk zwischen Whitechapel und der City of London und fiel somit auch in den Zuständigkeitsbereich des Zentrums. Für Rick war es kein großartiger Plan, es hatte sich einfach so ergeben. Dass der Mord in einen anderen Polizeibezirk fiel, war für den Ripper bestimmt belanglos gewesen. Die Zeit verging und die Zeiger standen kurz vor Eins, als Rick deprimiert zum Mitre Square aufbrach. Kein Zeichen, kein Lichtstrahl, keine Veränderung im Raum-Zeit-Kontinuum hatte sich bemerkbar gemacht.

Zum Mitre Square gelangte man, wie schon zu Zeiten von Jack the Ripper, über drei Eingänge: den Haupteingang, die kleine Passage gleich gegenüber und den Durchgang, der früher zum St. James Place führte. Und ebenso wie am Fundort der ersten Leiche des Doppelereignisses war auch hier eine Schule erbaut worden. Seltsamerweise hatte Rick dieser Tatsache bis heute nie Bedeutung beigemessen, und wenn er jetzt so darüber nachdachte, kam er zu dem gleichen Schluss: Zufall und irrelevant! Wie oft schon hatte er diesen Ort bereits aufgesucht! Nun stand er hier und wartete auf ein Wunder. Zu gerne wäre er in dieser Nacht die Wege der Vergangenheit gegangen.

Am 30. September 1888, gegen 1.45 Uhr, hatte ein Polizist auf seinem Rundgang Catherine Eddowes' Leichnam in einer dunklen Ecke vor einem leer stehenden Haus gefunden. Dieser Platz war nur wenige Schritte von ihm entfernt, gleich vor dem Eisentor. Sein Blick wanderte zu dem Ort, wo ihre Leiche einst gelegen hatte. Die Stelle war damals wie heute ein Bürgersteig; nur dass es keine Ecke mehr gab, in deren Schatten eine Tote vom Mondlicht verborgen bleiben konnte. Der Gehweg führte jetzt geradeaus zur Mitre Street. Damals hatte dort, wo heute das Blumenbeet lag, eine Häuserecke gestanden. Seltsame, schemenhafte Bilder voller Schatten krochen in seine Erinnerungen und im nächsten Augenblick fuhr er erschrocken zusammen. Ein Polizist spazierte so nahe an ihm vorüber, dass er ihn beinahe angerempelt hätte. Er würdigte Rick keines Blickes und summte fast unhörbar eine unbekannte Melodie. Rick konnte die schemenhafte Gestalt nicht sehen, die jetzt an genau der gleichen Stelle stand wie er, und er spürte auch nicht, wie sich die Konturen der beiden in perfektem Einklang zu einem Bündel aus Energie vermischten und ihn für einen Augenblick zurück ins Jahr 1888 schickten. Rick hatte in der vergangenen Nacht von diesem Ort geträumt und sein Geist war ihm vorausgeeilt, voraus an diesen Ort des Schreckens, um den Mord an Catherine Eddowes real zu erleben. Im Traum war er wirklich hier gewesen, was erklärte, dass er am Morgen in diesem seltsamen Anzug aufgewacht war. Doch erst jetzt, durch seine körperliche Präsenz, hatte er seinem Geist die Materie verliehen, die er benötigte, um die tatsächliche Zeitreise möglich zu machen. Erst als der Polizist an ihm vorbei war und dieses Bündel aus Energie zu fester Substanz wurde, bemerkte Rick den Mann, der sich ihnen von der St James's

Passage näherte. Er war in Begleitung, und als der Mann den Polizisten bemerkte, zog er sich instinktiv in den Schatten zurück. Das Bild, das sich ihm bot, kam ihm bekannt vor, aber die eingetretene Veränderung war ihm nicht aufgefallen, dafür hatte er sich zu sehr in die Szene vertieft. Rick sah sich um: Die St James's Passage bot nicht mehr den gewohnten Anblick, wie er ihn kannte, und der Mitre Square ebenfalls nicht. Auch den Schulhof konnte er nun nicht mehr sehen. Dort, wo eben noch das eiserne Tor gewesen war, stand jetzt eine riesige Häuserwand. Die Tore der Zeit hatten sich geöffnet, ohne dass er es bemerkte, und seine Gegenwart meisterhaft mit der Vergangenheit verbunden. Es war kein Trugbild, keine Halluzination. Der Mitre Square sah aus, wie er ihn von alten Fotos kannte. Der Polizist verschwand soeben durch den kleinen Steinbogen zum St. James Place und der unheimliche Fremde spähte verwirrt zu ihm herüber. Er schien beinahe transparent zu sein, doch die Konturen verstärkten sich und aus der geisterhaften Gestalt wurde ein realer Körper. Seine Augen glitzerten, als er Rick ansah, doch sein Gesicht wirkte blass und farblos. Für einen Moment hatte Rick das Gefühl, dass der Fremde ihn wirklich sehen konnte, seine Augen verrieten es ihm. Aber als er aus dem Schatten trat, tippte er an seinen Zylinderhut, nahm seine Begleiterin in den Arm und führte sie die Passage herunter dem Ort entgegen, wo die Leiche von Catherine Eddowes im Jahre 1888 gefunden worden war. Der Mann war mittleren Alters, trug einen Anzug von guter Qualität, aber unauffälligem Schnitt. Seine Absichten waren klar, aber seine Begleiterin ahnte nichts davon. Dort am Tor, das jetzt kein Tor mehr war, waren sie stehen geblieben. Der Mann schien mit ihr zu sprechen, und im nächsten Moment wurde die friedliche Szene zum schrecklichsten Albtraum. Rick versank in einem lebenden Gemälde aus Angst und Blut. Wie hypnotisiert stand er da. Hätte er den Mord auch verhindern wollen, es wäre ihm nicht gelungen. Es war keine optische Täuschung; er hatte die Grenze zur Vergangenheit überschritten und erlebte die letzten Augenblicke im Leben von Catherine Eddowes. Er konnte nicht wegsehen. Der Mann hielt etwas in der Hand, das wie ein Messer aussah. Wie gelähmt sah er zu, wie der Mann im gepflegten Anzug seine Begleiterin aufschlitzte, ihre Innereien aus ihrem Leib riss und diese um sie herum verteilte. Der Fremde hatte die Welt um sich vergessen, er lebte nur für seine perverse Fantasie. Rick war Gefangener in einer packenden Szene mit einem perfekten Mord. Der Mann benötigte nicht lange für seine Tat, und nur kurz nachdem er den Platz durch den Steinbogen zum St. James Place verlassen hatte, betrat der Polizist ein weiteres Mal die Szene. Er befand sich auf seinem Rundgang und wäre fast zum zweiten Mal in dieser Nacht mit ihm zusammengestoßen. Noch vor ein paar Minuten war es umgekehrt abgelaufen: Der Polizist war durch den Steinbogen verschwunden und der Fremde hatte den Mitre Square betreten. Es war, als hätten sie die Rollen vertauscht, nur dass es diesmal eine Leiche gab, die zurückgeblieben war. Wie ein Magnet zog Catherine Eddowes das Interesse des Wachmanns an. Als er sich über sie beugte, war der Ripper bereits in der schützenden Dunkelheit verschwunden. Seine Spuren sollten sich für immer auf den Pfaden der Nacht verlieren.

Catherine lag im tiefsten Schatten des Mitre Square, aber der Polizist sah gleich, dass sie schrecklich zugerichtet war. Rick hatte nicht bemerkt, dass es sich diesmal um Police Constable Edward Watkins handelte, der auf seinem Rundgang gewesen war. Für ihn hatte der Polizist Minuten zuvor gleich ausgesehen. Der Überlieferung nach aber musste es beim ersten Mal Police Constable James Harvey gewesen sein. Er kannte die Geschichte um Jack the Ripper wie kein anderer. Wieso war ihm das nicht gleich aufgefallen? Rick war so in die Szene vertieft, dass er nicht darauf geachtet hatte - ein Fehler, der ihm unbewusst unterlaufen war. Es dauerte nicht lange und um die Tote hatte sich eine Menschenmenge versammelt, bestehend aus Polizisten, Totenträgern und anderen, undefinierbaren Personen. Rick erlebte die Vergangenheit bewusst, doch für alle anderen war er nichts weiter als ein unsichtbarer Gast in ihrer Zeit. Es hätte nicht besser sein können. Er war unsichtbar, nicht mikroskopisch klein oder versteckt. Er war nicht wahrnehmbar in einer längst vergangenen Zeit, hier am Mitre Square, dem Ort des Verbrechens, und man schrieb den 30. September 1888. Es brannte sich alles in sein Gedächtnis ein; jede noch so kleine Einzelheit musste er festhalten. Auch wenn niemand ihm glauben würde, er erlebte in diesen Minuten die Vergangenheit am eigenen Leibe!

„Nein, ich sah und hörte niemanden. Keiner kam mir entgegen und keiner hat den Platz verlassen, als ich hier ankam“, hörte er Police Constable Edward Watkins zu einem anderen Polizisten sagen.

„Verdammt, er hatte nicht einmal eine Viertelstunde, um die Frau so zuzurichten!“

„Wenn sie hier ermordet wurde!“, meinte der andere Polizist skeptisch. „Ich sehe kein Blut an den Backsteinen und auch keins auf den umliegenden Pflastersteinen“, vervollständigte er.

„Ein bisschen davon ist in Richtung Rinnstein geflossen“, entgegnete Watkins. „Der Rest wird wohl von den Kleidern aufgesaugt worden sein. Ich glaube kaum, dass sie anderswo ermordet und dann hier abgelegt wurde.“

Rick war näher an sie herangetreten und hörte aufmerksam zu, was jeder zu berichten hatte. Er hätte ihnen den Tathergang genau beschreiben können, aber er war nur ein Unsichtbarer, ein Geist in der Vergangenheit, den niemand sehen noch hören konnte.

Die Zeit verstrich wie im Fluge. Menschen kamen und gingen und ein Gerichtsmediziner hatte sich der toten Frau angenommen. Polizisten verschwanden, um die Gegend nach Verdächtigen abzusuchen, und kamen kurze Zeit später wieder zurück. Catherine Eddowes’ Leiche lag zum Abtransport bereit, aber Rick hatte nicht damit gerechnet, dass die Tote so schnell abtransportiert werden sollte. Bisher hatte auch noch niemand nach Inspektor Abberline geschickt. Die Organisation der Polizei steckte nicht mehr in den Kinderschuhen, aber so fortgeschritten wie zu seiner Zeit war sie noch lange nicht. Abberline würde erst am Mitre Square eintreffen, nachdem man die Leiche weggebracht hatte. Wie gebannt hing sein Blick an dem Polizisten, der durch ihn hindurch die Tote anstarrte. Ein seltsames Gefühl überkam ihn. Zuerst glaubte er, es sei der Blick des Polizisten, der ihm dieses Unwohlsein bereitete, aber als er an sich herunterblickte, sah er in den geöffneten Leib von Catherine Eddowes. Der Totenträger hatte den Leichenkarren vorgeschoben und bahnte sich seinen Weg durch Ricks Körper in Richtung Leichenschauhaus. Rick besaß keinen materiellen Körper in dieser Welt, aber so nahe wollte er der Szene nun auch nicht sein. Catherine Eddowes’ Leiche wurde aus seinem Körper hinausgefahren wie aus einer Nebelwand. Es gab kein Gefühl eines Widerstands, nur dieses Unwohlsein, und es wurde ihm noch mulmiger, als er geradewegs in den fast leeren Abdomen der Frau blickte. Die Gedärme hingen hervor, als ob es seine eigenen wären. Das Blut, das auf den Holzbrettern des Leichenkarrens eine

Lache gebildet hatte, bahnte sich seinen Weg an den Holzbrettern entlang und tropfte vom Karren auf die Pflastersteine. Rick wurde schlecht vor Ekel angesichts dessen, was er hier mit ansehen musste. Wie in Zeitlupe sah er die Bluttropfen zu Boden fallen, die auf den Pflastersteinen zersprangen, als wären es kleine Regentropfen. Bevor der Leichenträger seinen Körper durchquerte, sah er in Catherine Eddowes' verstümmeltes Gesicht, und die schwarze Strohhaube, die ihren Kopf zierte, war nicht nur mit perlenbesetztem Samt verziert. Sie war vom Blut getränkt, und die Schnüre, mit der die Haube am Kopf zusammengezogen war, schienen ihn zusammenzuhalten. Dann war der Spuk vorbei; der Leichenkarren wurde zur Hauptstraße geschoben und mit ihm verschwand auch Ricks Übelkeit.

Mitre Square aber war nicht der letzte Ort, an dem Jack in dieser Nacht seine Visitenkarte hinterlassen hatte. Das letzte Bravourstück aus der Nacht des Doppelmordes war als Goulston-Street-Graffito bekannt geworden. Rick blickte auf seine Uhr. In den frühen Morgenstunden würden sie es von der Wand wegwischen. Rick nahm den gleichen Weg, auf dem Jack the Ripper Mitre Square verlassen hatte. Gegen 5.30 Uhr, also noch vor Sonnenaufgang, würden sie das Graffito entfernen. Es war erst kurz nach drei und der Streifenpolizist Alfred Long musste den blutbefleckten Stofffetzen bereits im Eingang des Mietshauses gefunden haben. Rick beeilte sich. Wie viel Zeit ihm noch blieb, wusste er nicht, und jede neue Information, die er aus erster Hand bekommen konnte, war wertvoll. Er hatte sich nicht geirrt. Der Streifenpolizist war bereits vor Ort und musterte soeben den Stofffetzen, als Rick eintraf. Der Polizist wusste nicht, wem das Teil gehörte; aber er konnte deutlich sehen, dass es stark mit Blut getränkt war. Er hockte im Eingangsbereich und hielt sich selbst das blutige Stück wie einem Spürhund unter die Nase. Rick fragte sich, was es daran zu riechen gab; aber er roch nicht nur daran, er hielt es sich näher vor die Augen, damit er es besser betrachten konnte. Noch hatte der Polizist es nicht identifiziert; wahrscheinlich wusste er zu diesem Zeitpunkt noch nicht einmal von dem Mord, der sich nur wenige Straßen weiter zugetragen hatte. Der Stofffetzen roch nach Blut und Kot. Angewidert ließ er ihn sinken, warf ihn aber nicht zu Boden. Er hatte im Hauseingang gelegen und über der Fundstelle befand sich an der Ziegelwand das Graffito. Rick sah es über den Polizisten hinweg gleich neben der Treppe.

The Juwes are
the men that
will not
be blamed
for nothing

Es war unfassbar. Tatsächlich stand er hier und las den realen Wortlaut vor sich an der Mauer. Rick trat näher an die Wand und streckte seine Hand nach dem Graffito aus. Dabei ging er durch den Polizisten durch, als wäre dieser nicht anwesend, und wie alle anderen konnte auch Alfred Long ihn weder sehen noch fühlen. Nur zwei Schritte noch musste er näher treten, bis er den Schriftzug berühren konnte. Bereits zum dritten Mal las er ihn und seine Hand folgte dem Kreidespruch beim Lesen.

Die Juwes sind
die Menschen, die
nicht grundlos
beschuldigt werden

Er hatte nie daran gezweifelt, dass er mit weißer Kreide an die Wand geschrieben worden war; aber noch am gleichen Tag, als das Graffito von der Mauer entfernt wurde, gab es bereits eine weitere Überlieferung des Beamten Daniel Halse. Laut Halse sollte der Spruch:

Die Juwes sind
nicht die Menschen
die grundlos
beschuldigt werden

gelautet haben. Der Beweis stand dort an der Wand. Halse war einem Irrtum unterlegen. Rick wusste nicht, wieso, aber für ihn hatte die Überlieferung, wie sie hier zu lesen war, immer am glaubwürdigsten geklungen. Long hatte also Recht gehabt. Das ominöse Wort Juwes stand auch so an der Wand, wie er es beschrieben hatte. Diesen Ausdruck gab es in keiner Sprache. Was auch immer es zu bedeuten hatte, der Schreiber musste in der Eile einen Rechtschreibfehler hinterlassen haben. Eine andere Erklärung gab es nicht! Tatsächlich hätte es, wie allgemein angenommen wurde, Jews, also Juden, heißen können. Ein Schreibfehler, wie er jemandem in Eile schnell unterlaufen konnte. Juden gab es haufenweise in Whitechapel, aber eine logische Erklärung dafür war es nicht. Welcher Jude würde solche Morde begehen und seine Religion anschließend auch noch beschuldigen? Ein Jude hatte es sicher nicht getan! Andererseits drängte sich dann die Frage auf, wer die Frauen wegen der Juden so bestialisch abschlachtete? Was hatten die Juden mit den Ripper-Morden zu tun? Egal, wie man es drehte, das Graffito war unverständlich! James Maybrick, seinen Urgroßvater, brachte Rick nicht mit den Morden in Zusammenhang, nie hätte er daran einen Gedanken verloren. Jack the Ripper war eine Bestie in Menschengestalt, sein Urgroßvater ein Nobelmann, der die Welt durchreiste. Ihn zu verdächtigen, wäre einfach absurd und inakzeptabel, selbst dann, wenn Rick von seinen Spielchen gewusst hätte.

Dem Wort Juwes hätte man eine völlig andere Bedeutung geben können. Alleine das *W* als *M* zu betrachten, wäre hilfreich gewesen. Jumes. Dann noch das *U* als *A*, und schon würde die Abwandlung dem Spruch eine ganz andere Bedeutung geben.

Die James' sind
die Menschen, die
nicht grundlos
beschuldigt werden

James Maybrick hatte den Judenspruch so gewählt, dass er mit seinem Namen spielend gut geklungen hätte.

Rick war so sehr in die Vergangenheit vertieft, dass er nicht bemerkte, wie die Zeit verrann. Inzwischen war es fünf Uhr geworden und aus dem Zwei-Mann-Team war eine ganze Ansammlung von Polizisten geworden.

Superintendent Thomas Arnold stand gleich neben ihm. Die Angst war deutlich in seinen Augen zu lesen. Er hatte keine Sorgen wegen Jack the Ripper, sondern fürchtete sich vor dem Aufruhr, den diese Botschaft unter der Bevölkerung hervorrufen konnte. Arnold war verantwortlich für die Gegend um die Goulston Street, doch entscheiden konnte er sich nicht. Einerseits hätte er die Botschaft, wie ihm der Beamte der City-Police vorschlug, gerne für die Akten festgehalten. Andererseits wären die Folgen verheerend, wenn er sie an die Öffentlichkeit brächte. Kurz danach betrat Sir Charles Warren den Schauplatz und herrschte den Beamten der City-Police lautstark an. Alfred Long machte sich eine schriftliche Notiz vom Wortlaut der heftigen Diskussion.

„Sie werden diese Schmiererei nicht fotografieren!", schrie Warren den Beamten der City-Police an. „Die Folgen, die es nach sich zöge, wären von enormer politischer Brisanz! Die Juden in Whitechapel wären ihres Lebens nicht mehr sicher!"

„Es handelt sich um Beweismaterial; wir können es nicht einfach ignorieren und so tun, als ob es nie dagewesen wäre", konterte der Beamte.

„Es gibt keinen Beweis, der dieses Gekritzel mit den Whitechapel-Morden in Zusammenhang bringt! Wie kommen Sie eigentlich darauf? Nur weil dieser blutige Stofffetzen hier liegt?"

„Wenn ich sage, diese Kritzelei wird abgewischt, dann wird sie abgewischt! Es dürfen keine weiteren Unruhen entstehen!", fuhr Warren den Polizisten an.

„Unruhen? Und das aus Ihrem Mund! Muss ich Sie wirklich an den Blutsonntag erinnern?"

„Passen Sie auf, was Sie sagen!", entgegnete Warren völlig aufgebracht. Allzu gut konnte er sich noch an den Tag erinnern. „Ein Arbeiteraufstand, dem nicht anders abgeholfen werden konnte!"

„Eine harmlose Demonstration gegen Arbeitslosigkeit, die Ihretwegen blutig endete! Dummheit, die nicht wieder gutzumachen ist, und wenn Sie diesen Kreidespruch entfernen, ohne ihn zu fotografieren, begehen Sie eine weitere Dummheit!"

„Dummheit?", konterte Warren, blind vor Wut. „Wenn Sie sich weiter mit mir anlegen, werden Sie sehen, wie weit Dummheit führen kann!"

Der Beamte der City-Police schüttelte verständnislos den Kopf. Es war unglaublich, dass diese unfähige Person als Bevollmächtigter der Londoner Polizei handelte.

„Erst vor Kurzem haben wir diesen polnischen Juden verhaftet. Wegen einer Lederschürze! John Pizer, ein Schuhmacher hier aus der Umgebung, besaß eine Lederschürze, ein Messer und ein lückenloses Alibi. Wir mussten ihn laufen lassen. Glauben Sie, ich würde das Feuer neu schüren, indem ich dem Pöbel ein antisemitisches Foto einer Wandschmiererei in der Presse anbiete?“

„Mit Antisemitismus hat das alles nichts zu tun. Sie müssen es nicht an die Presse weiterleiten, halten Sie es zurück als Beweisstück, das Sie der Öffentlichkeit nicht unbedingt zugänglich machen müssen!“

„Zurückhalten von Beweismaterial? Nein, ich halte nichts zurück, weil es nichts mehr geben wird, was ich zurückzuhalten brauche. Die Lederschürzengeschichte ist noch in aller Munde. Wahrscheinlich haben nicht wenige Leute über die Unfähigkeit der Polizei gelästert, als wir Pizer wieder gehen ließen. Eine neue Judengeschichte würde einen Aufruhr bedeuten, den wir uns nicht leisten können!“

„Ihre Meinung interessiert mich nicht! Sie können das Foto zurückhalten, es liegt nur an Ihnen! Sobald es hell genug ist, lasse ich die Schrift fotografieren“, entgegnete der Beamte.

„Das werden Sie nicht tun!“, grollte Warren und wischte die Worte wütend von der Ziegelwand. Zurück blieb nur ein weißer Schleier auf einem dunklen Untergrund.

Rick stand da und sah dem unverständlichen Treiben zu. Für ihn und den Beamten der City-Police hatte es keinen triftigen Grund gegeben, diese Notiz wegzuwischen, ohne sie zu fotografieren. Sir Walter Warren war Liberaler und hatte ständig in Konflikt mit dem Innenministerium gestanden. Sein Motto lautete: „Regelmäßige Intrigen, und du stehst immer im Vordergrund.“ Was Warren tat, war nicht mehr zu entschuldigen. Ein Irrer mit Vollmacht der Regierung! Die Folgen: In zwei Monaten würde er seinen Hut nehmen und wieder aus dem Polizeidienst ausscheiden. Fest stand, dass Warren im Ripper-Fall wichtige Beweise vernichtet hatte. War er ein Dummkopf, wie ihn der Beamte der City-Police bezeichnet hatte, oder vernichtete Warren bewusst Spuren, die zu mächtigeren Personen führten?

Vieles, was in dieser Nacht geschehen war, wurde Rick mit seinem Besuch in der Vergangenheit bestätigt. Aus erster Hand hatte er Informationen aus der Nacht des Doppelmordes erhalten, aber wohin der Ripper in der Dunkelheit verschwunden war, wusste er nicht. Es war durchaus denkbar, dass er sich noch in der Umgebung aufhielt! Nein, Rick war sogar sicher, dass es so war! Nicht auf offener Straße, aber bestimmt hatte er sich irgendwo in der Umgebung ein Zimmer gemietet. Irgendwo in der Nähe, wo er sich ausruhen und über sie lachen konnte. Sein Katz-und-Maus-Spiel hatte ihn heute Nacht beinahe zu Fall gebracht, aber es machte ihm nicht viel aus; der Ripper liebte die Gefahr.

‚Als Jack the Ripper vom Mitre Square durch den Steinbogen flüchtete, hat er bestimmt den gleichen Weg genommen wie ich, um zur Goulston Street zu gelangen. Es gibt keinen anderen Weg', überlegte Rick und sah sich dabei die Umgebung an.

Als der Morgen dämmerte, fiel sein Blick auf ein Haus in der Wentworth Street. Was auch immer ihn in diese Straße geführt hatte, es waren nicht die Händler, die ihren Ramsch an die Öffentlichkeit verhökerten. Sein Blick glitt entlang einer viktorianischen Häuserfassade bis zu einem Fenster im zweiten Stock. Ein kalter Schauer rann seinen Rücken hinab und eine Gänsehaut überzog seinen Körper. Dort oben hinter den Fensterscheiben sah er in das Gesicht jenes Mannes, dem er schon einmal in dieser Nacht begegnet war. Seine Augen verrieten ihn, doch die Gesichtszüge waren verschwommen. Die Schleier der Zeit verzerrten das Bild aus der Vergangenheit fast bis zur Unkenntlichkeit, und dann, nach wenigen Augenblicken, wurde es wieder deutlicher. Das Gesicht hinter dem Fenster verschwand und ein Mann drängte ihn, den Weg endlich freizumachen, damit er seine Ware zum Verkauf auslegen konnte. Das Gebäude hatte sich nicht verändert; immer noch stand es dort in der gleichen unscheinbaren Pracht, mit der gleichen dunklen Fassade. Es hatte die Jahre unversehrt überstanden, so als hätte die Zeit es für immer hier festgehalten. Die Pflastersteine, die Atmosphäre des viktorianischen London, die Polizisten, alles war verschwunden. Die Vergangenheit war nicht mehr präsent, sie hatte sich aufgelöst in Zeit und Raum.

28. KAPITEL

Whitechapel, 30. September 1888

Als der Morgen dämmerte, stand James Maybrick am Fenster und sah hinaus auf die Straße. Wieder einmal hatte er der Polizei ein Rätsel aufgegeben, diesmal sogar in doppelter Hinsicht. Er fühlte sich nicht müde und schlapp, im Gegenteil. Wäre der Tag nicht hereingebrochen, er hätte gleich noch einmal losziehen können. Diese Nacht hatte er sich ganz und gar seinen Liebsten gewidmet. Die Polizei war auf der Suche nach ihm durch die Straßen gezogen und dann waren die Händler gekommen und hatten ihre Marktstände aufgerichtet. Erst vor Kurzem hatten zwei Uniformierte dort unten an der Ecke der Goulston Street gestanden und sich überall nach ihm umgesehen. Dachten sie wirklich, er sei so dumm, sich in der Menge zu verkriechen? James hatte keine Angst vor ihnen; der Einzige, der ihm Sorgen bereitete, war dieser Fremde vom Mitre Square. Wie eine Halluzination war er aus dem Nichts aufgetaucht und kurz danach wieder als Trugbild seiner Gedanken irgendwo im Nirgendwo verschwunden. Vieles in den düsteren Nächten war nicht so, wie es den Anschein hatte. In der Dunkelheit konnte man leicht Dinge sehen, die es nicht gab. Trugbilder kamen und gingen, und so hatte James auch diese Erscheinung eingestuft. Aber seitdem der Unbekannte vor Kurzem wieder unter seinem Fenster aufgetaucht war und zu ihm heraufgesehen hatte, fühlte er sich nicht mehr so sicher. Ein Polizist in Zivilkleidung konnte es nicht sein, sonst hätte der ihn bereits am Mitre Square aufgehalten. James erinnerte sich auch nicht, einen Fehler gemacht zu haben, der ihn als Jack the Ripper entlarvt hätte; sonst würde er nicht mehr hier stehen und sie hätten ihn bereits verhaftet. James sah dem Fremden einen kurzen Moment in die Augen und glaubte für einen Augenblick, sich selber in ihm wiederzuerkennen. Seltsam, der Mann war ihm erschienen wie ein Irrlicht und verschwunden wie eine Kerzenflamme im tobenden Wind.

James durfte keine Bedenken bekommen, durfte nicht von seinem Weg abkommen, den er eingeschlagen hatte, nicht wegen des Fremden und erst recht nicht wegen der Polizei. Sie hatten ihn beeindruckt, das musste er zugeben. Polizisten in Zivil zogen in den Nächten durch die Straßen von Whitechapel; aber wer war auf die Idee gekommen, sie in Frauenkleider zu stecken? Abberline sicher nicht. Große Mühe hatten sie sich nicht gegeben, denn welche Frau trug einen Schnurrbart? Bei diesem Unterfangen hatte er schon etwas mehr von ihnen erwartet. Abberline war ein Schlitzohr, der Einzige, bei dem er wirklich vorsichtig sein musste. Er war clever und hatte eine Strategie, die nicht zu unterschätzen war. Alle anderen waren Tölpel.

Auf keinen Fall durfte James vergessen, sich heute bei der „Central News" zu melden. Er musste sich noch bedanken. Sein Brief war nicht in den Zeitungen erschienen, jetzt durften sie ihn veröffentlichen! Die Postkarte hatte er schon bereitgelegt, er brauchte sie nur noch zu schreiben. Wie sie wohl seinen Namen gefunden hatten, den er sich im ersten Brief gegeben hatte?

Wie von Geisterhand geführt, wanderte die Feder mit der roten Tinte über die Postkarte. Die Adresse kannte er auswendig:

Central News Office
London City
E.C

Verdammt, dieses Mal war es keine rote Tinte, die an seinen Händen klebte. Es waren Reste vom Saft der alten Hure. Das Blut von Catherine Eddowes hatte seine Fingerabdrücke und andere Flecken auf der Postkarte hinterlassen. Beide Seiten waren bereits mit Blut beschmiert. Wollte er seinen ersten Brief nicht mit dem Blut der alten Schlampe schreiben? Diesmal würde er auch rote Tinte benutzen und als Zugabe verschmiertes Nuttenblut.

Ich habe Sie nicht gefoppt, lieber alter Boss, als ich Ihnen den Hinweis gab. Sie werden morgen von Saucy Jacky's Arbeit hören. Diesmal als Doppelereignis. Nummer eins kreischte ein bisschen. Konnte nicht ganz fertig werden. Hatte keine Zeit, Ohren für die

Polizei zu besorgen. Vielen Dank, dass Sie den letzten Brief zurückgehalten haben, bis ich wieder an die Arbeit gehen konnte.

Jack the Ripper

Am liebsten hätte er die Postkarte einem der Polizisten in die Hände gedrückt, aber so weit durfte er sein Spielchen nun doch nicht treiben. Der Ripper hatte heute Nacht ausreichend mit ihnen Verstecken gespielt. Jetzt noch weiter zu pokern wäre zu gefährlich. Möglicherweise würde er bei seinem Spaziergang zum Postamt ja seinem imaginären Freund vom Mitre Square begegnen. Was er dann wohl mit ihm anstellen würde?

„Die Wentworth-Wohnungen sind sauber", hörte er leise einen Beamten sagen, als er auf der Suche nach dem nächsten Postamt an ihnen vorbeikam und sein Blick auf die Innenwand des Gebäudes fiel, an der er heute seinen *„Judenspruch"* zurückgelassen hatte. Die Schweine hatten sein Zeichen nicht verstanden. Wie Anfänger hatten sie es einfach von der Wand gewischt. Dafür hätte er sie auf der Stelle wie eine dreckige Nutte abschlachten können. Wie ein Dampfhammer dröhnte es in seinem Kopf.

„Die Wentworth-Wohnungen sind sauber!"

„Die Wentworth-Wohnungen sind sauber!"

„Wentworth-Wohnungen!?" Das konnte nur ein Scherz sein! Purer Zufall, dass er im Eingang zu den „Wentworth-Wohnungen" sein Zitat hinterlassen hatte, und Glückssache war es auch, dass er zur Untermiete in der Wentworth Street logierte. Wieder ein Zeichen des Herrn, der seine Späße offenkundig zu würdigen wusste. Hatte er doch zuerst die Middlesex Street in Erwägung gezogen.

Sir Charles Warren bestieg gerade eine Droschke und rief dem Kutscher zu, er möge sich unverzüglich zu Scotland Yard begeben. Um alles in der Welt wollte er ein größeres Aufsehen vermeiden. Die Sache mit den Huren bereitete ihm Sorgen, doch ließ er sich's nicht anmerken. Es gab keine Presse und nur zwei Polizisten standen noch vor dem Eingang. Einer der beiden war Long, der den blutigen Stofffetzen im Eingangsbereich gefunden hatte, der andere musste Halse sein. Long war wütend, doch er hielt sich zurück. Dann hörte James Stimmen aus dem Flur. Er hatte sich geirrt, die Polizisten waren nicht allein. Dort auf der Treppe, nur zwei Schritte von dem Ort entfernt, wo er sich noch vor wenigen Stunden versteckt hatte, standen Frederick Abberline und sein Sergeant.

„Diese Morde eskalieren!“, hörte er Abberline sagen. „Wie sollen wir einen Fall untersuchen, wenn bereits alle Beweise beseitigt wurden, noch bevor wir an Ort und Stelle sind?“

James hatte sich getäuscht. Er gab ihnen ein größeres Rätsel auf, als er dachte. Er schmunzelte in sich hinein, als er am Eingang vorbeiging. Keiner hielt ihn fest, keiner sah zu ihm herüber und niemand ahnte, dass er es gewesen war. Er, der nun mit seiner Tasche, der Postkarte und den Innereien der letzten Nutte an ihnen vorbei Richtung Whitechapel Road zog. Dort gab es ein Postamt, und von dort würde er die Postkarte an die „Central News“ abschicken. Er war clever und würde sie in den öffentlichen Briefkasten vor dem Postamt einwerfen; morgen, wenn sie weitergeleitet würde, wäre er in Liverpool. In Sicherheit.

29. KAPITEL

Liverpool, Oktober 1888

Die Innereien lagen über den Tisch verstreut und seine flinken Hände zogen sie näher zu sich heran. Sie hinterließen eine blutige Schleifspur und der Eisengeruch des sich verbreitenden Blutes stieg ihm in die Nase. Genauso würden die Innereien seiner Gelegenheitsnutte auch riechen, wenn er sie einmal ausgenommen hatte. Irgendwann, so hatte er sich vorgenommen, würde er es ihr zeigen. Eines Tages würde sie spüren, wie es war, wenn man mit ihm Spielchen trieb! James wusste, dass Florie wieder eine Nacht mit ihrem Geliebten verbracht hatte, als er auf Geschäftsreise in Whitechapel war. Sie glaubte, alle betrügerischen Spuren beseitigt zu haben, aber er war schlauer als sie und wusste, wo er nachsehen musste. Momentan gönnte er ihnen ihre kleinen Eskapaden, hatte er doch selbst vor Kurzem erst reichlich davon gehabt. Die Innereien hatte er seit seiner Rückkehr aus London kühl gelagert, auf keinen Fall durften sie ungenießbar werden. Seine Tasche hatte er geleert, seine Utensilien von den Überbleibseln der Nacht gereinigt. Nun lagen diese Fleischstücke, diese köstlich aussehenden Organteile, vor ihm auf dem Tisch. Er hatte sich im Dunkel nicht getäuscht: das eine Stück war die linke Niere und das andere die Hälfte der Gebärmutter. Er hätte nie geglaubt, dass eine menschliche Niere so groß sein konnte. Auf jeden Fall würde es für einen saftigen Happen reichen. Nicht nur Florie hatte es mit ihrem Liebhaber hinter seinem Rücken getrieben, James hatte sich auch mit dieser verkommenen Schlampe vergnügt, in der Nacht am Mitre Square, nur auf eine ganz andere Art als Florie und ihr Freund. Ob die Organe genießbar waren, würde er bald herausfinden, doch er zweifelte nicht im Geringsten daran. Er würde sie zu Ragout verarbeiten und sie sich heute Abend bei einem herrlichen Schluck Rotwein herzhaft schmecken lassen. Sicher war, wenn sie noch länger herumlagen, würden die Maden sie verzehren, und das wollte er auf keinen Fall. James hatte Brierleys Einladung ganz gekonnt ausgeschlagen. Seine Absichten blieben unbemerkt, als er Florie drängte, Anstand zu zeigen. „Wenn du darauf bestehst“, meinte sie, „werde ich heute Abend mit ihm dinieren. Er wird sicher fragen, warum du nicht mitgekommen bist, und dann wird er enttäuscht sein.“

Florie hatte Recht. Er glaubte ihr, dass Brierley nach ihm fragen würde, aber enttäuscht wäre er ganz sicher nicht! James wusste nur zu gut, wie ihr Dinner ablaufen würde. Erst das Abendessen und dann das Dessert! Sie würden übereinander herfallen wie die wilden Tiere und sich die ganze Nacht ihren Begierden hingeben. Morgen wäre sie wieder völlig erschöpft und wie üblich würde sie eine Migräne vortäuschen. Aber was sie konnte, konnte er noch viel besser.

James hatte sich entschuldigt, die Übelkeit mache ihm wieder zu schaffen und die Glieder täten ihm höllisch weh. Er würde zeitig zu Bett gehen, damit er sich schnell wieder erholen könne. Geschickt eingefädelt hatte er es. Florie schöpfte keinen Verdacht. Während das vornehme Pack am Tisch saß und alles Mögliche in sich hineinstopfte, würde er das Nierenragout genießen.

Zukunftspläne kreisten durch seinen Kopf und sein Blick wanderte durchs Zimmer auf der Suche nach einer neuen Idee. Auf der Schreibtischplatte lag die Illustration, die vor einigen Tagen im ‚*Punch*‘ veröffentlicht worden war. Die Karikatur vom *Blind-Man's Buff* amüsierte ihn noch immer. Als er sie zum ersten Mal gesehen hatte, konnte er sich nicht mehr vor Lachen halten.

TURN ROUND THREE TIMES
AND CATCH WHOM YOU MAY !

Es hatte ihn so sehr amüsiert, dass er es gleich ins Tagebuch eintrug. Der Polizist mit der Binde vor den Augen und die Schurken, die ihn zum Narren hielten, waren richtig gut, aber dieser Vers war der Höhepunkt. Am Schluss endete alles mit May!

Wie recht sie doch hatten: Wenn May ausging, gab es immer etwas Lustiges zu berichten.

James musste achtsamer werden. Seit seiner Rückkehr aus London waren ihm einige kleine Ausrutscher unterlaufen, und die alte

Schachtel, der er kürzlich im Park begegnet war, hatte sich beinahe in die Hosen gemacht, als er ihr sein Messer zeigte und erklärte, dass er so viele Frauen in Liverpool wie in London ermorden wolle. Manche Zeitungen berichteten von einer Spur, die nach Liverpool führte. Im Daily Telegraph hatte er gelesen, dass George Lusk, ein Bauunternehmer aus Whitechapel, sogar eine Bürgerwehr ins Leben gerufen hatte, um ihm seine Arbeit zu vermiesen. Inzwischen gab es mehrere solcher Unternehmen, aber Lusk plädierte nun als Einziger öffentlich für die Aussetzung einer Belohnung auf seinen Kopf. Er war Anführer einer Organisation von Jammerlappen, deren Gesellschaft von Spendengeldern finanziert wurde, und besaß vor allem nicht die Intelligenz eines Frederick Abberline. Der Doppelmord würde ihnen sicher mehr zu denken geben als alle anderen zuvor. Bisher hatte er seinen Spaß gehabt, hatte es mit den Nutten getrieben, der Zeitung Briefe geschrieben und die Polizei im Irrgarten Whitechapel herumgeführt. Die Zeitung hatte ihre Nachrichten bekommen, George Lusk aber sollte ein besonderes Geschenk erhalten, und James erfreute sich auch bereits an einer amüsanten Idee, wie dieses Geschenk aussehen sollte.

Noch am selben Abend, kurz nach Flories Weggang, duftete es im Hause Maybrick nach gebratenem Fleisch. Er wusste, er konnte sich Zeit lassen. Florie würde nicht vor Morgengrauen zurück sein. Über die Tischplatte hatte er eine saubere weiße Decke ausgebreitet und für sich gedeckt. In der Mitte des Tisches stand eine Kerze, deren beruhigendes Licht in den Bewegungen der Luft flackerte. Die Gebärmutter war zäh geworden und er hatte sie in der Toilette entsorgt. Aber das Nierenragout war köstlich; mit einer krustigen Ummantelung umgeben, zerging es nahezu auf der Zunge. Auch der Rotwein, den er sich für seinen Abend ausgesucht hatte, passte vortrefflich. Schade, dass er nur die halbe Niere verspeisen konnte. Für seinen Schabernack jedoch war er nur zu bereit, den kleineren Teil seiner Errungenschaft zu opfern. Beim nächsten Mal würde er mehr herausschneiden. Gerne würde er öfter von diesen deftigen Nieren kosten. Mit dem Tuch wischte er sich die Sauce vom Mund und leerte den restlichen Rotwein aus der Flasche. Beim nächsten Mal würde er ihr das Herz herausschneiden und es daheim auf offener Flamme grillen. Wenn die Nieren bereits so apart mundeten, wie köstlich musste das menschliche Herz dann erst schmecken?

30. KAPITEL

London, 16. Oktober 1888

„Unsere Stadt ist zum Irrenhaus geworden! Die Polizei steht vor einem Rätsel!", schrie Warren rot vor Wut. „Wenn ich nach Ihrer Personenbeschreibung gehe, verhaften wir die halbe Welt! In Ihrem Bericht steht, die Angaben deuten auf einen Mann mit dunklem Schnäuzer, der einen Hut und schwarze Kleidung trägt. Das ist doch wohl nicht Ihr Ernst!? Wie sollen wir diesen Kerl Ihrer Meinung nach ausfindig machen, wenn die halbe Stadt von solchen Gestalten wimmelt? Sagen Sie's mir, Inspektor Abberline, sagen Sie mir, wie ich das einfädeln soll! Wir stehen unter extremem Druck des Innenministeriums. Sie sind sich dessen wohl nicht bewusst. Die Medien und das Volk sind in Aufruhr und schließen sich dem Innenministerium vorbehaltlos an. Sie fordern, dass das East End endlich aus den Schlagzeilen verschwindet, aber stattdessen häufen sich die Überschriften der Whitechapel-Morde. Das Blutbad gerät außer Kontrolle!"

Abberline schwieg.

„Die Beschreibung trifft auf mindestens die Hälfte der männlichen Bevölkerung Londons zu!", schrie Warren erneut, als könnte er es kaum glauben. „Neulich gab es sogar Gerüchte über das Königshaus! Wenn ich das ganze Gefasel in einen akzeptablen Rahmen stecken könnte, was rein unmöglich ist, liegen die Altersangaben des Verdächtigen zwischen 20 und 40 Jahren, das ist einfach inakzeptabel. Ich muss dem Innenministerium morgen einen Bericht abliefern. Was soll ich denen sagen?", schrie er durch sein Büro.

„Der Kerl ist schlau, er muss die Gegend genau kennen und er weiß, wann er gefahrlos zuschlagen kann", entgegnete Abberline nachsichtig. „Gegen mehr als 300 Männer habe ich bereits ermittelt und musste sie wieder laufen lassen, weil ich keine belastbaren Beweise erbringen konnte. Das Einzige, was wir haben und was meiner

Meinung nach vom wahren Mörder stammt, sind ein Brief und eine Postkarte."

„Ach ja, der ‚*Lieber Boss*'-Brief; wir veröffentlichten ihn, weil wir glaubten, jemand würde die Handschrift wiedererkennen. Sie wissen ja, was es gebracht hat!"

„Nichts, ich weiß, aber immerhin eine Möglichkeit, die wir nicht ungenutzt ließen!", entgegnete Abberline.

„Dem Innenministerium reicht das nicht. Sie haben doch genügend andere Verdächtige, verhören Sie die, aber bieten Sie mir endlich einen Täter!", entgegnete Warren noch wütender und fuchtelte dabei mit der Hand in der Luft zum Zeichen, dass er weiter nichts mehr hören wollte.

„Oh, ja, ich habe reichlich Verdächtige. Da gibt es zum Beispiel diesen Montague John Druitt, einen 31-jährigen homosexuellen Anwalt und Lehrer, oder Francis Tumblety, einen 56 Jahre alten US-Amerikaner. Kommt aus den Staaten und verdient seit Kurzem hier in London seinen Lebensunterhalt als Quacksalber. Michael Ostrog, ein russischer Arzt, war früher einmal Sträfling, wie ich hörte. Aaron Kosminski, ein polnischer Jude, der in unmittelbarer Nähe zu den Tatorten lebt, würde eigentlich perfekt zum Täterprofil passen; man sagt, er sei psychisch krank. Ein verrückter Jude, und der Vorfall in der Goulston Street würde ein mustergültiges Beispiel abgeben! Oh, Entschuldigung! Ich vergaß, Sie haben ja die Schmiererei an der Wand abgewischt. Dann haben wir noch Lewis Carroll, den Schriftsteller. Sie haben bestimmt schon von ihm gehört. Er ist ein Meister der Wortspielereien, hat vor Jahren ‚Alice im Wunderland' herausgebracht. Der würde sich ebenfalls gut als Jack the Ripper machen; einer, der solche Geschichten schreibt, muss einfach verrückt sein."

Abberline wurde inzwischen genauso laut wie Warren.

„Nein, warten Sie", fuhr er aufgebracht fort, als Warren ihn unterbrechen wollte. „Sir William Gull, geschätzter Leibarzt unserer geliebten Königin Victoria, nein, was sage ich, Prinz Albert Victor, der sich nachts in Whitechapel herumtreibt und dort Bordellbesuche macht, ein offenes Geheimnis oder inkognito als Jack the Ripper? Vielleicht ist es ja auch kein Einzeltäter, sondern es sind zwei. Sir William Gull und Prinz Albert Victor würden sicher ein prachtvolles

Team abgeben! Soll ich fortfahren? Ich kann ihnen mehr als 70 solcher Verdächtiger nennen, oder darf es ein beliebiger sein? Wählen Sie einen aus und ich verhafte ihn!"

„Sie haben den Maler vergessen", sagte Warren beherrscht, als Abberline wütend geendet hatte.

„Wie hundert andere auch", entgegnete er. „Es bleibt unser Mann mit dem Schnauzbart, ein Tipp, den wir von mehreren Zeugen bekommen haben. Ich weiß nicht, was sie wirklich gesehen oder gehört haben, aber ich erkenne es, wenn eine Beschreibung nicht handfest ist. Im Fall Elizabeth Stride haben wir einen Mann, der beobachtet hat, wie sie angegriffen und geschlagen wurde. Er wurde auf sie aufmerksam, weil sie schrie."

„Sie schrie?"

„Nicht laut, aber sie hat geschrien."

„Sie reden von Israel Schwartz."

„Ja, ich rede von Schwartz!"

„Ich weiß, was er zu Protokoll gegeben hat, aber es ist mehr als offensichtlich, dass er nicht als vertrauenswürdig gilt. Letztes Jahr brachte er seine Mitbewohnerin um! Der Prozess erregte viel Aufsehen. Und diesem Kerl sollen wir Glauben schenken?"

„Ich weiß, das alles ist vage, aber wir haben nichts Besseres!"

„Ich werde keine Minute mit solchen Beweisen vor dem Innenministerium bestehen können! Die stauchen mich in Grund und Boden!"

„Dann erklären Sie denen, was wir bisher unternommen haben! Sagen Sie ihnen die Wahrheit!"

„Diese Wahrheit wollen sie nicht hören, die wollen Resultate!"

„76 Metzgereien und Schlachthäuser wurden bereits durchsucht, alle, die mit Lederschürzen und Messern arbeiten, es führte zu nichts! Es hilft uns nichts irgendjemanden dafür verantwortlich zu machen, wenn wir nicht den wahren Mörder finden. Ich möchte nur ungern an die Festnahme dieses polnischen Juden vor einem Monat erinnern."

Warren stutzte.

„Welcher polnische Jude?"

„John Pizer, der Schuhmacher. Schon vergessen? Wurde vor einigen Wochen von Detective Sergeant William Thicke verhaftet. Die

Zeitungen haben davon berichtet. Durch unsere Dummheit wurde Pizer beinahe von der Öffentlichkeit gelyncht! Und das nur, weil er in der Gegend als Lederschürze bekannt ist und einige Messer in seinem Zimmer sichergestellt wurden. Aus Angst vor der Lynchjustiz behielten wir ihn länger in Haft als nötig. Pizer hatte ein wasserdichtes Alibi für die Tatzeit!"

„Und nun verklagt er die Zeitungen auf Schadensersatz", endete Warren.

„Das würde ich auch tun", konterte Abberline.

„Was ist mit der Aussage des Fuhrmanns aus der Berner Street?"

„Diemschutz! Hat sich beinahe in die Hose gemacht, als er die Leiche fand. Lief gleich in den angrenzenden Workingman's Club, um Hilfe zu holen, aber gesehen hat er gar nichts!"

„Und wenn Elizabeth Stride kein Opfer des Rippers ist? Das Verstümmelungsmuster passt nicht mit den anderen überein", murmelte Warren in seinen Bart.

„Zugegeben, Elizabeth Stride ist die Einzige, bei der das Muster abweicht. Aber ich glaube, dass er durch den Fuhrmann gestört wurde und nachher am Mitre Square sein zweites Opfer fand. Ich bin sicher, bei ihr und Catherine Eddowes haben wir es mit demselben Killer zu tun!"

„Das liegt Ihnen wohl sehr", vermutete Warren.

„Wie meinen Sie das?"

„Alles, was ich sage, im Handumdrehen zunichtezumachen!"

„Ich lege nur Tatsachen offen. Mir wäre es auch lieber, ich könnte Jack the Ripper endlich verhaften!"

„Und der amerikanische Schauspieler, der zurzeit im Londoner East End residiert und die Hauptrolle in diesem schreckenerregenden Theaterstück spielt; wie heißt es noch?"

„Dr. Jekyll und Mr Hyde!"

„Angeblich hat er bereits ganz London mit dieser Geschichte in Aufregung versetzt. Dieser Mann soll, so sagt man, zwei Gesichter besitzen und sich auf der Bühne in einen Irren verwandeln. Solche Gestalten sind immer verdächtig!"

„Richard Mansfield", lächelte Abberline. „Einer unter vielen. Ich habe ihn gestern Abend in seiner Garderobe aufgesucht und befragt. Er spielt eine sehr merkwürdige Rolle im Lyzeum; aber Mansfield bestreitet, dass eine gespaltene Persönlichkeit wie die, die er auf der Bühne spielt, wirklich existieren könnte, obwohl es, glaube ich, der Realität sehr nahe kommt. Mansfield spielt in diesem Stück beide Personen. Einen respektablen Dr. Jekyll, der sich vor den Augen des Publikums durch die Einnahme einer neuen Medizin in den boshaften Mr. Hyde verwandelt."

„Unvorstellbar", entgegnete Warren. „Aber damit beweist er, dass es möglich ist, nicht nur sein Aussehen zu verändern, sondern auch eine verborgene Persönlichkeit freizusetzen, die im tiefsten Innern eines jeden schlummert."

„Sehe ich auch so", entgegnete Abberline, „aber für die Zeit der Ripper-Morde ..."

„... hat er ein Alibi", beendete Warren den Satz und fuhr sich mit der flachen Hand übers Gesicht. Man konnte ihm ansehen, dass er mit seinen Kräften fast am Ende war.

„Ich habe schon daran gedacht, die Bluthunde einzusetzen."

„Bluthunde!?"

„Da gibt es einen Züchter namens Brough oder so ähnlich. Letzte Woche haben wir im Regent's Park, Kensington Gardens und im Hyde Park erfolgreiche Versuche durchgeführt. Die Hunde Barnaby und Burgho haben einen Mann verfolgt, der eine Viertelstunde Vorsprung hatte und nahezu eine Meile entfernt war. Sie konnten ihn tatsächlich aufstöbern. Angeblich können diese Hunde einen Menschen durch seinen Geruch aufspüren. Ich habe früher schon mal davon gehört und mich letzte Woche für einen Versuch entschieden. Ich hatte mich als Flüchtling angeboten und diese Hunde haben mich wirklich am Albert Memorial gefunden."

„Im Park ...", entgegnete Abberline und schüttelte ungläubig den Kopf. „Whitechapel ist eine stinkende Kloake. Es stinkt nach allem, was man sich nur vorstellen kann, und in dieser Jauche wollen Sie den Ripper mit Hunden verfolgen, weil Sie im Park erfolgreich waren? Das East End ist keineswegs mit einem Park zu vergleichen!"

„Das weiß ich auch, Sie Klugscheißer! Hören Sie endlich damit auf, mir meine Theorien zu vermiesen! Diese Hunde sollen von allen Rassen den besten Geruchssinn haben und sogar Fährten folgen können, die mehrere Tage alt sind. Wenn das stimmt, muss es auch möglich sein, den Ripper im East End ausfindig zu machen."

„Glauben Sie wirklich, dass in Whitechapel, wo Blut, Urin und alles Erdenkliche durch die Straßen fließt, ein Hund einen bestimmten Menschen finden kann?"

„Ich habe keine Ahnung", brüllte Warren, „aber ich gehe davon aus, dass es denkbar ist."

„Wir sollten die Gelegenheit nutzen und es einfach versuchen", fuhr er fort. „Ich werde sie noch einem letzten Test unterziehen, dann werden wir es ausprobieren."

„Wenn Sie wirklich vorhaben Hunde einzusetzen, sollten wir nicht länger warten."

Warren überlegte; auf keinen Fall wollte er sich einem weiteren Fiasko aussetzen, doch der Druck des Innenministeriums ließ ihm keine andere Wahl.

„Wir werden es mit Barnaby und Burgho versuchen. Wenn der Ripper wieder zuschlägt, werde ich die Hunde persönlich zum Tatort bringen. Ich hoffe nur, wir machen uns bei dieser Aktion nicht zum Gespött der Einwohner!"

Abberline antwortete nichts. Und noch während er und Warren sich das Hirn über weitere Vorgehensweisen zermarterten, wurde in der Alderney Road, nur wenige Häuserblocks östlich vom Fundort der ersten Leiche, eine kleine Schachtel abgegeben. George Lusk, der Vorsitzende der Whitechapel-Bürgerwehr, war überrascht. Es kam selten vor, dass er Post bekam, und jetzt hatte ihm irgendjemand gleich ein Päckchen geschickt. Lusk betrachtete es von allen Seiten, bevor er es zu schütteln begann. Auf der kleinen Schachtel stand kein Absender, nur ein Stempel vom 15. Oktober. Etwas stieß gegen die Schachtelwände. Sie war nicht völlig gefüllt und schwer war sie auch nicht. Beim Öffnen fiel ihm ein Brief in die Hände, und darunter lag etwas, was in einen alten, roten Fetzen eingewickelt war. Der Lappen war feucht und hinterließ eine schmierige, klebrige Substanz an seinen Händen. Wenn George sich nicht irrte, musste es Blut sein. Irgendein Witzbold hatte sich einen üblen Scherz mit ihm erlaubt. Als er den Fetzen öffnete, glitt der Inhalt heraus und klatschte vor ihm auf den Tisch. Hatte ihm wirklich jemand ein rohes Stück Fleisch geschickt? Ein seltsames Stück, wie er es so noch nie gesehen hatte. Es fühlte sich an wie altes Gammelfleisch, und so roch es auch.

Der Brief war in einer krakeligen Handschrift verfasst und die Sätze wimmelten von Rechtschreibfehlern. Neugierig hielt er das Schreiben ins Licht, das durch die Fenster in das kleine Wohnzimmer fiel. Der Schreiber hatte sich wirklich nicht viel Mühe gegeben; der Schriftzug war fürchterlich gekritzelt und die vielen Fehler erschwerten das Lesen. Aber die Überschrift war deutlich und unmissverständlich:

Aus der Hölle

Mr Lusk
Härr
Ich sende Ihnen die halbe
Nire die ich von einer Frau nahm
konservierte es für Sie das andere Stück habe ich
gebraten und gegässen es war sehr guht. Ich
sende Ihnen vielleicht das blutige Mässer das Sie
herausschnitt wenn sie nur noch eine Weil länger
wachten.
gezeichnet Fangen Sie mich wenn
Sie können
Mishter Lusk

Mehrmals las er den Brief, bevor er verstand, was der Schreiber ihm eigentlich berichten wollte. Wahrhaftig, es konnte sich nur um einen üblen Scherz handeln. Er wollte ihn glauben machen, dass er Jack the Ripper, der Whitechapel-Mörder, sei. Sein Versuch jedoch war lächerlich. Der Ripper musste von einem ganz anderen Schlag sein. Dieser hier konnte nicht einmal fehlerfrei schreiben. Das kleine Stück Fleisch mochte durchaus eine halbe Niere sein, aber sicher war es keine aus einem der letzten Opfer. In jedem Schlachthaus der Stadt hätte er sich eine Schweinsniere beschaffen und ihm das hier vorgaukeln können. Lusk war nicht bekannt, dass der Ripper bei einem der letzten Opfer eine Niere entnommen haben sollte. Außerdem waren seit dem letzten Mord bereits 16 Tage vergangen. Wenn sie wirklich von Elizabeth Stride oder Catherine Eddowes stammte, müsste sie älter aussehen und noch fürchterlicher stinken, als sie es bereits tat. Weswegen hätte er gerade ihm eine Niere und diesen Brief schicken sollen? Wieso machte sich überhaupt jemand die Mühe, ihm ein Paket mit einem solch scheußlichen Inhalt zukommen zu lassen? Er und sein Bürgerkomitee setzten sich gegen die Morde in Whitechapel ein; daher gab es keinen verständlichen Grund, ihm eine solche Ungeheuerlichkeit zu schicken. George Lusk überlegte fieberhaft. Nein, es gab kein schlüssiges Argument, es sei denn, dass es sich bei dem Schreiber tatsächlich um den Ripper handelte!

Wütend über den Vorfall, legte er ohne zu überlegen das Fleischstück mitsamt dem Brief und der Schachtel in die oberste Schublade seines Schrankes. Morgen würde er es den Mitgliedern seines Komitees zeigen. Er glaubte nicht, dass sich so schnell Maden bilden, und wenn doch, war es ihm auch egal. Er wollte sehen, was sie davon hielten. Bestimmt würden sie genauso reagieren, wie er es getan hatte.

Doch die erhoffte Reaktion blieb aus.

„Wir sollten sie lieber zum Royal London Hospital bringen und dort untersuchen lassen!“, meinte Joseph Barnett als Erster.

„Vergiss es, da will uns doch jemand veralbern!“, konterte Lusk. „Erst kürzlich habe ich eine düstere Gestalt vor meinem Haus lungern sehen. Ich glaube sogar, sie hat mich schon mehrmals verfolgt. Was, wenn der es war? Wenn er uns hier sähe, würde er sich über uns und seinen Scherz totlachen!“

„Und wenn es sich wirklich um eine menschliche Niere handelt?“, konterte Barnett.

„Verdammt, Joseph!“, entgegnete Lusk, nahm die Schachtel und den Brief, verschwand hinaus auf die Straße und eilte damit schnurstracks zum Royal London Hospital.

„Ich weiß nicht, ich weiß nicht“, murmelte Dr. Thomas Horrocks Openshaw, nachdem er Abberline und Godley hatte kommen lassen. Die Sache mit dem Brief und der Niere hatte Openshaw ins Grübeln gebracht.

„Sie haben uns sicher nicht gerufen, um uns das zu sagen“, drängte Abberline.

„Nein, nein, ich meine nur, es ist einfach kompliziert!“

„Für mich ist nur kompliziert, was Sie hier von sich geben, Doktor!“

„Sie müssen wissen, dass eine menschliche Niere der vom Schwein sehr ähnelt. Dr. Brown und ich haben sie bereits mikroskopisch untersucht. Von der Gewebestruktur her ist sie menschlich", gestand Openshaw. „Eine weibliche Niere ist kleiner als die eines Mannes", fuhr er fort. „Da wir aber nur einen Teil dieser Niere hier besitzen, ist es schwierig, fast müsste ich sagen, unmöglich festzustellen, ob sie von einem Mann oder einer Frau stammt."

„Aber Sie sind Arzt. Es muss einfach möglich sein, den Unterschied zu definieren!"

„Ich sagte ja schon, es ist schwierig, aber ja, wir glauben tatsächlich, dass es sich um eine Frauenniere handelt."

„Andererseits", fuhr Dr. Brown dazwischen, „wem auch immer diese Niere gehörte, sie war dem Tod geweiht."

„Ich kann Witze im Moment nicht gebrauchen, Doktor Brown", bemerkte Abberline mit einem müden Lächeln.

„Das war durchaus kein Witz, Inspektor! Gehen wir einmal davon aus, dass sie einer Frau gehörte, dann war sie Alkoholikerin."

„Im East End? Sind Sie sicher?", konterte Godley und versuchte dabei ebenso witzig zu klingen wie Brown.

„Die Niere wurde über Tage hinweg in Ethyl-Alkohol konserviert", fuhr Openshaw dazwischen.

„Und die Frau litt an der Bright-Krankheit", vervollständigte Brown den Gedanken.

„Meinen Sie die Brightsche Krankheit?", wollte Abberline wissen.

„Genau die meine ich. Bei der Brightschen Krankheit schwellen die Nieren an. Eiweißablagerungen hier und da, die Nieren können das Blut nicht mehr reinigen, dadurch werden sie blutleer und schrumpfen anschließend in sich zusammen. Wir können nicht sagen, ob beide Nieren betroffen waren, aber die hier und die von Catherine Eddowes waren es ganz bestimmt! Die Folgen dieses Vorganges sind Vergiftung des Blutes durch Harnstoffe, worauf unausweichlich der Tod erfolgt."

„Wenn es sich wirklich um einen Teil der entfernten Niere von Catherine Eddowes handelt, ist der Brief auch echt!", folgerte Godley.

„Sie wissen, dass ich die postmortale Untersuchung an der Leiche von Catherine Eddowes durchgeführt habe, Inspektor!?"

„Ja, ist mir bekannt“, entgegnete Abberline. „Ihre Untersuchung wurde von Dr. George William Sequeira, Dr. William Sedgwick Saunders und Dr. George Bagster Phillips überwacht.“

„Ohne zu übertreiben würde ich behaupten, dass diese Niere der von Catherine Eddowes sehr ähnlich sieht, und wenn es so ist, ist irgendjemand den Folgen der Brightschen Krankheit zuvorgekommen.“

31. KAPITEL

Whitechapel, 9. November 1888

Mit lautem Peitschenklatschen entfernte sich die Droschke. James Maybrick drängte sich durch die Menschenmenge dem Eingang des Pubs ‚*Britannia*' entgegen. Das Klirren der Gläser mischte sich unter die laute Musik, die aus der offenen Tür hinaus auf die Straße hallte. Über ein Monat war bereits seit seiner letzten Tätigkeit in Whitechapel vergangen. Viel zu lange für seinen Geschmack, aber sein Gesundheitszustand hatte einen früheren Besuch in der Stadt der Huren nicht zugelassen. Erst vor Kurzem hatte sich sein Befinden wieder verbessert, und hätte ihn sein Bruder Michael nicht zum gemeinsamen Abendessen überredet, hätte er sein Glück bereits in der vorherigen Nacht versucht. Der Drang, Michael beim Essen einfach sitzen zu lassen und nach Whitechapel zu kommen, war beinahe übermächtig geworden. Er verwünschte Michael und seine feine Art. James hatte versucht, das Gespräch auf die Morde zu lenken, aber für Michael war es nur ein Irrer mit Messer, der in den Nächten seinen perversen Gedanken nachging. „Du wirst sehen, bald schon macht er einen Fehler und dann erwischen sie ihn. Er wird in der Hölle schmoren für das, was er getan hat!"

Für diese Aussage verfluchte James seinen Bruder, und nur seine starke Willenskraft konnte ihn davor bewahren, sein Geheimnis preiszugeben. Nie zuvor war sein Drang nach Blut so stark gewesen. Ein Teller mit köstlichem Nierenragout zum Dinner hätte Michael vielleicht umgestimmt, doch er liebte Wildschwein von ganzem Herzen, und nie im Leben hätte er geduldet, was James in Whitechapel trieb. Am liebsten hätte James ihn mit seinem Wildschwein sitzen lassen und sich den Töchtern der Nacht gewidmet. Die Mordlust des gestrigen Abends hatte ihm beinahe die Seele geraubt und er musste eine größere Menge seiner Opiumtinktur einnehmen, um seine

Wut zu bändigen. James hatte seinem Bruder gesagt, er müsse in einer dringenden Angelegenheit zurück nach Liverpool, und Michael hatte ihm geglaubt. Michael meinte, dass er ihn unbedingt vor dem nächsten Sommer in Liverpool besuchen wollte. Zu lange war es her, seit sie gemeinsam das Grab ihrer Eltern in dem kleinen Dorf nahe seiner Heimatstadt aufgesucht hatten. James aber verfolgte in Gedanken ganz andere Pläne. Keine, die so weit in der Zukunft lagen wie die von Michael.

„Hörst du mir überhaupt zu?", wollte Michael wissen.

„Ja, ja, ich höre dir zu", log James.

„Wie früher gehen wir dann zusammen zum Grab unserer Eltern. Ich sehne mich so sehr nach ihnen, nach dem Ort der ewigen Ruhe. Was gäbe ich dafür, endlich wieder an ihrem Grab zu stehen, wo zwei Särge unter dem Stein darauf warten, dass noch zwei weitere dazukommen und die Grabstätte dann voll ist."

Michael war noch verrückter als er, nur auf eine harmlosere Art. James hatte eine Aufgabe zu erledigen, die Gott ihm aufgetragen hatte, und der musste er zuerst nachkommen. Wenn Michael so erpicht darauf war, zu ihren Eltern ins Grab zu steigen, dann durfte er das tun, aber ihn sollte er gefälligst außen vor lassen!

„Wie früher", entgegnete James beherrscht und musste ihm versprechen, dass sie noch vor dem nächsten Sommer das Grab auf dem kleinen Dorffriedhof besuchen würden.

Nach dem Essen hatte er ihn zur Euston Station begleitet und sich dort am Bahnsteig von ihm verabschiedet. Michael hatte seine Unruhe bemerkt und James hatte ihm erklärt, dass er in letzter Zeit immer häufiger schlafwandle. Durch seine Tinktur, die er sich täglich bereite, werde sein Leiden jedoch gelindert, und die Einnahme seiner selbstgebrauten Medizin lasse ihn während der Nächte wieder schlafen. Michael hatte die Handlungen seines Bruders nie in Frage gestellt. Mit viel Intelligenz hatte James seinem Bruder geholfen und ihm eine gesicherte Existenz in London aufgebaut. Michael brauchte seinen Bruder mehr, als der ihn benötigte. Nie zuvor aber war James so drogenabhängig gewesen, und Michael sorgte sich sehr um sein Wohlergehen. Wenn James aber sagte, dass die tägliche Einnahme seiner Tinktur ihm half, dann musste es wohl so sein. Es gab keinen Grund, an seinen Worten zu zweifeln.

James hatte den Zug bestiegen und, als Michael verschwunden war, gleich wieder verlassen. Er war nicht abgereist. Jack the Ripper war zurückgekehrt, zurück zu dem Ort, den er kannte, dorthin, wo die Ecken und Gassen noch in Dunkelheit gehüllt waren, fernab von den Gaslichtern der Großstadt. Aber auch dieser Teil der Stadt würde irgendwann, wenn die Zeit gekommen war, sein Aussehen ändern. Straßenlampen würden die Gassen, die jetzt noch in tiefe Dunkelheit gehüllt lagen, mit ihrem warmen Licht erhellen. Ihr Aussehen würde sich verändern, so wie alles sich veränderte, aber die Orte würden bleiben, und dann, in fernen Tagen, wenn alle anderen Menschen, die jetzt wie Würmer durch die Gassen krochen, längst vergessen waren, würde man sich an ihn erinnern. An Jack the Ripper, der Whitechapel weltberühmt gemacht hatte.

Jetzt stand er hier an der Ecke zur Dorset Street, ein Schatten wie Nebel; mit einer Ärztetasche so schwarz wie die Nacht und Gedanken, die noch schwärzer waren, schaute er die Commercial Street hinunter. Bei seinem letzten Besuch hatte er dort unten an der Fournier Street gestanden und war anschließend an der Kirche vorbei die Straße entlanggegangen. Auf der gegenüberliegenden Seite war er dann in die ruhigeren Gassen eingebogen.

Heute Nacht aber wollte er es anders angehen. Er wollte feiern, lustig sein und sich genauso benehmen wie der Rest dieser heruntergekommenen Gesellschaft, die er im tiefsten Innern so sehr verabscheute.

James stand am Eingang des ‚*Britannia*' und lauschte der Musik und den Stimmen, die gellend nach außen drangen. Heute Nacht würde er eine weitere Seele zu ihrem Schöpfer schicken und tatsächlich erst einen Tag später, als Michael glaubte, zurück nach Liverpool reisen. Eines aber durfte er dabei nicht aus den Augen verlieren: Das Team, das Lusk inzwischen einsetzte, war nicht mehr zu unterschätzen. Sie kannten ihr Gebiet sehr gut, waren mit jeder Ecke und jeder Gasse vertraut, und der Plan, den Lusk verfolgte, war mehr oder weniger durchdacht. Aber es fehlte ihm an der nötigen kriminalistischen Erfahrung. Bei einem Abberline als Leiter der Bürgerwehr hätte er seinen nächsten Schritt wesentlich besser planen müssen. Im Gegensatz zu ihm spekulierte Lusk zu sehr, und das wiederum machte ihn berechenbar.

In der hintersten Ecke des ‚*Britannia*', dort, wo das gedämpfte Licht nicht hinreichte, hatte er einen freien Platz gefunden. Der Alkohol floss in Strömen, und bei dem Getöse konnte er nicht hören, was die kleine, schrullige Gestalt wollte, die ihn am Tisch anredete, kurz nachdem er sich gesetzt hatte. Sie erwies sich als kleines, farbloses Wesen, das ihr Alter niemals freiwillig zugegeben hätte. Ganz in Grau gekleidet, trug sie nur noch ein schäbiges Käppchen.

„Was willst du?", fuhr er die Alte an, als sie sich zu ihm an den Tisch setzte.

„Ich habe dich doch gefragt, ob ich mich setzen darf", entgegnete sie in einem bescheidenen Ton, als wollte sie ihre kleine Person völlig unsichtbar machen.

„Und, habe ich ja gesagt?"

„Ich bin Carrie Brown, aber jeder nennt mich nur Old Shakespeare", sagte sie und wartete darauf, dass er sie zu einem Drink einlud.

„Na gut, Old Shakespeare, dann sieh zu, dass du wieder dorthin verschwindest, wo du rausgekrochen bist!"

„Nun sei doch nicht so! Überall schickt man mich weg, keiner will etwas mit mir zu tun haben. Ich tue doch niemandem was!"

„Vielleicht liegt es an deinem Begleiter!"

Die Alte sah sich um, konnte aber keinen Begleiter entdecken.

„Ich bin nicht in Begleitung", sagte sie, vermutend, er habe sich geirrt und gedacht, dass sie mit einem Freund hier sei.

„Ich meine auch keinen physischen Begleiter in Menschengestalt", entgegnete Maybrick. „Ich meine den Gestank, den du mit dir trägst!"

„Ich bin aus New York", überging sie die freche Bemerkung. „Mein Mann war Seemann und ich werde bald schon wieder zurück nach Amerika segeln", schnatterte sie und ließ sich nicht abwimmeln.

„Dein Mann ist wohl tot?", flüsterte Maybrick.

„So tot, wie man nur sein kann", entgegnete sie und zog sein Glas zu sich heran.

„Dann verrate mir eins: Er ist doch sicher an deinem Gestank erstickt, oder?"

„Wieso redest du so mit Old Shakespeare?"

„Weil Old Shakespeare mindestens so tot ist, wie er riecht", entgegnete er und wollte sie endgültig abwimmeln. Doch dann überlegte er es sich anders.

„Bleib sitzen“, forderte er sie auf, als sie sich mit Tränen in den Augen erhob, um ihr Glück an einem anderen Tisch zu versuchen.

„Ich darf bleiben?“

„Darfst du! Habe meine Meinung gerade geändert“, entgegnete er.

„Weißt du“, sagte sie, „ich habe in letzter Zeit sehr viele Niederlagen einstecken müssen. Es war nicht einfach für mich, als ich aus New York hier ankam. Doch das Glück war mir wohlgesinnt, weil ich eine Freundin hatte. Sie hat mir geholfen, mich hier durchzuschlagen, hat mir gezeigt, wie man in dieser Kloake noch leben kann, und nun ist sie tot!“

James wollte schon fragen, ob sie an der gleichen Infektion wie ihr Mann gestorben sei, aber er unterließ es, sie weiterhin an ihren Geruch zu erinnern.

„Du hast sicher gehört, was mit ihr geschah!“

„Ich bin überzeugt, du wirst es mir sagen“, entgegnete er und bestellte sich ein neues Bier.

„Sie wurde ermordet am Mitre Square gefunden. Ein Phantom hat sie geschlachtet und wie eine tote Katze liegen lassen! Aber ich weiß, wer sie getötet hat“, krächzte sie und sah ihm tief in die Augen.

Auf einmal glaubte er zu wissen, warum sie sich zu ihm gesetzt hatte. Sie musste ihn gesehen haben in der Nacht, als er wie von Sinnen war. Aber wenn Old Shakespeare ihn gesehen hatte, hatte sie ganz sicher im Sinn, ihn zu verraten, und das würde seinen Tod bedeuten. Nie würde er lebend aus dieser Hölle herauskommen.

„Du weißt, wer sie getötet hat?“

„Ich habe ihn gesehen.“

In dem Augenblick, wo er sich schleunigst entfernen wollte, bevor sie ihn verraten konnte, begann sie zu schreien.

„Es war Macduff mit seinen Hexen“, schrie sie lauthals in die Gaststube, doch keiner schien sie zu bemerken. James konnte nicht ahnen, dass Old Shakespeare unter den Gästen als völlig verrückte, schrullige Schachtel bekannt war. Niemand hätte sie für glaubwürdig gehalten, auch dann nicht, wenn sie ihn wirklich als Jack the Ripper bezeichnet hätte. Trotzdem – dieses Risiko einzugehen wäre zu gefährlich gewesen.

„Ich sah ihn, den schwebenden, blutbefleckten Dolch. Er traf sie mitten ins Herz, und schuld daran war nur der König!“

„Der König!?"

„Der König, den Macbeth getötet haben soll!"

„Ach der ...", entgegnete Maybrick. Jetzt wusste er, warum sie sich Old Shakespeare nannte.

„Und der hat deine Freundin am Mitre Square umgenietet?"

„Nein", wisperte sie. „Nicht der König. Macduff!"

„Macduff!", entgegnete Maybrick und nickte mit dem Kopf.

„Ich habe ihn gesehen", beteuerte sie. „Er befürchtete, dass sie den Thron besteigen würde. Deswegen hat er sie ermordet und ist mit seinen unheimlichen Schwestern nach Schottland verschwunden!"

„Dann hast du ja nichts mehr zu befürchten", folgerte Maybrick.

„Oh nein, sie wissen, dass Old Shakespeare ihnen auf den Fersen ist. Sie werden nicht ruhen, bis auch ich in die ewige Verdammnis eingegangen bin! Die Geister des Jenseits warten bereits auf mich!"

„Du glaubst also, deine Stunde sei gekommen, und du stehest ganz oben auf der Abholliste des Todes?"

„Worauf du einen lassen kannst! Die haben mich im Auge und werden nicht eher ruhen, bis sie auch mich von der Liste gestrichen haben", erklärte sie mit grollender Stimme. „Immer wieder öffnen sie die Tore ins Jenseits, aber ich werde ihnen den Gefallen nicht tun." Dabei rückte sie mit dem Kopf so nahe an ihn heran, dass sie sich beinahe berührten. Old Shakespeare hatte nicht nur einen extremen Begleiter, sie hatte auch noch Mundgeruch, der James beinahe umkippen ließ.

„Ich wäre die nächste Königin", gestand sie ihm im Vertrauen. „Letzte Nacht schwebte ein Engel über meinem Bett. Er hat es mir verraten. Er kam zu mir durch die Wand. Wie ein Schatten durchschnitt er das silberne Licht des Mondes, das durch mein Fenster fiel, und mit dem Zeigefinger drohte er mir, mich vor ihm in Acht zu nehmen."

Die Gewissheit, dass sie verrückt war, ließ ihn zwar mutiger, aber keineswegs unvorsichtiger werden.

„Ein Engel!"

„Oh, nicht irgendein Engel! Ein Geisterengel. Er bewacht das Land jenseits des großen Flusses."

Mit dem großen Fluss musste sie die Themse meinen, denn einen anderen gab es nicht in der Umgebung.

„Und du hast nicht gefragt, wann du ins Reich der Toten eingehen sollst?"

„Woher soll er das wissen?", fragte sie.

„Er ist ein Engel, oder nicht?", entgegnete Maybrick.

„Nein, nein, nein!", schrie sie ihn plötzlich an. „Er ist kein gewöhnlicher Engel, wie du sie überall finden kannst. Er ist ein Geisterengel!"

„Oh... ja", gestand Maybrick seinen Fehler ein. „Ein Geisterengel. Jetzt weiß ich, welchen du meinst. Ich hatte auch schon mal Besuch von einem Geisterengel, damals, als ich noch ein Kind war."

„Kinder sehen sie zuerst", gestand Old Shakespeare und nickte zustimmend mit dem Kopf. „Sie sind viel näher an der Grenze der Träume als wir Erwachsene. Sie kommen aus dem Feenwald. Von dort, wo die Geisterengel geboren werden!"

„Und ich dachte immer, es sei ein Traum", entgegnete Maybrick. Inzwischen spielte er eine bedeutende Rolle in ihrer Fantasie, und sie war überzeugt, dass er ihr Retter sei und sie auf ihrem Weg begleiten würde.

„Irgendwann in der Nacht", murmelte Maybrick, „wurde ich wach, stieg aus dem Bett und taumelte durchs Zimmer. Ich sah hinaus in den Mondschein und habe sie gesehen, als sie im Garten um ein Lagerfeuer flogen. Ihre kleinen Flügel flatterten im Wind wie Schmetterlingsflügel."

„Das waren keine Engel, du Tölpel!", fuhr sie ihn an.

„Waren es nicht?"

„Das waren Feen aus dem Feenwald, du Narr! Sie kommen aus dem Land jenseits der Träume, von dort, wo die Legenden Wirklichkeit sind und die Welt, die wir für die reale halten, nur Träume. Sie kommen als Vorboten der Geisterengel, und nur die, die reinen Herzens sind, können sie sehen!"

„Oh ja, da kannst du sicher sein, ich bin bestimmt reinen Herzens", gestand James und musste lachen.

„Damals dachte ich, mein Leben habe keinen Sinn und ein Albtraum habe begonnen, aber am nächsten Morgen kam es mir vor, als hätte ich alles nur geträumt."

„Wenn du jung bist, wollen sie dich das glauben machen, aber irgendwann im späteren Leben kommen sie zu dir zurück. Sie brauchen dich genau so, wie du sie brauchst, glaube mir!"

„Dann ist dein Geisterengel zu dir zurückgekommen, weil du ihn brauchst?“ fragte er.

„Sicher doch. Ich sagte dir ja, dass ich weiß, wer Catherine ermordet hat!“

„Jetzt verstehe ich, was du mir sagen willst“, gestand Maybrick. „Das Leben ist eine empfindliche Flamme, die dem Sturm des Zufalls ausgesetzt ist. Du tauchst ein in dein Leben, wenn du noch ganz jung bist, und erst viel später, wenn deine Haut faltig und dein Herz schwach geworden ist, findest du den Weg zurück in deine Vergangenheit. Du tauchst ein wie in Nacht und Nebel, und dann begreifst du deine eigentliche Geschichte. Eine Geschichte voller Mysterien, die einst im Strudel der Zeit verloren ging. All die Irrwege, die du während deiner Lebensphase beschritten hast, reihen sich aneinander. Dann erkennst du, dass alles nur auf den Geschichten deiner Vorfahren beruht. Die Pfade der Vergessenheit treten ans Licht, Steine häufen sich auf Steine, und am Ende werden sie zu einem unüberwindlichen Berg in den Fluten deines Lebens.“

Old Shakespeare starrte ihn an. Auf einmal verstand sie kein Wort mehr von dem, was er sagte. Sollte er überhaupt selber wissen, was er da von sich gab?!

„Vielleicht fühlst du das Licht des Todes näher kommen“, flüsterte er. „Du bist alt und die Nächte werden kalt und kälter. Du bekommst Fieber und wirst krank. Deine Gesundheit verschlechtert sich. Der Wind und die Feuchtigkeit werden zuviel für dich, und du stirbst, noch ehe der Morgen dämmert.“

Old Shakespeare erstarrte, spürte plötzlich Panik in sich aufsteigen.

„Was meinst du damit?“

„Ich denke, das wirst du schon bald herausfinden“, entgegnete er und erhob sich. „Irgendwann kommst auch du an den Ort, an dem die Träume geboren werden. Es tut mir leid, aber die Zeit arbeitet gegen mich. Ich muss jetzt leider gehen“, sagte er, nahm seine Tasche und verschwand Richtung Ausgang. Während sie hier saßen, hatte der Himmel seine Schleusen geöffnet. Ein starker Regenschauer war über London niedergegangen. Blitze zuckten über den Himmel und ein letzter Donner rumpelte dumpf in der Ferne. Kleine Bäche flossen zwischen den unebenen Pflastersteinen und trieben den Abfall der Straßen durch die Gossen der Stadt. Große Wasserlachen hatten sich gebildet, und erst vor wenigen Minuten war der starke Regen in feinen Nieselregen übergegangen.

Es kam ihr vor, als wäre dieser unheimliche Fremde in ihren Gedanken gewesen. Hatten die mächtigen Zauberer aus der Geisterwelt ihren Helfer in Form dieses Mannes geschickt, um zu sehen, ob sie bereit war, diesen Ort, der nur Trauer und Not über sie brachte, zu verlassen und ihren Platz in der Welt auf der anderen Seite einzunehmen? Old Shakespeare wusste genau, dass sie einmal Königin im Land der Träume werden sollte. Das hatten die Kobolde ihr bereits im Garten der verflossenen Jahre erzählt. Damals, vor unendlich langer Zeit, als sie noch ein Kind war, hatte sie sich in diesen Garten verirrt und dort alle getroffen. Als sie erwachsen wurde, konnte sie nicht mehr unterscheiden, ob es ein Traum oder Realität gewesen war, aber sie wusste: irgendwann würde sie alle wiedersehen, alle Elfen, Feen, Zwerge und die anderen Legenden, die sie bis dahin nur aus Büchern und diesem seltsamen Geschehen kannte. Ihre Mutter hatte ihr erzählt, sie sei im Lande Fabelwelt gewesen, dort, wo die Zeit am schönsten war und vor niemandem Halt machte. Diesen Augenblick der Freude hatte Old Shakespeare ihr Leben lang nicht mehr vergessen.

Aber sie versank zu tief in Erinnerungen! Erinnerungen an eine Begebenheit, die viel zu lange zurücklag; und wenn sie sich nicht beeilte, würde es zu spät sein, den Augenblick der Wahrheit zu nutzen, um dieses Glücksgefühl endlich wieder neu aufleben zu lassen.

Wenn dieser Fremde ein großer und mächtiger Magier war, und diese Vermutung lag nahe, musste sie ihn einholen und ihm verraten, dass sie bereit war, mit ihm zu gehen. Niemand, außer einem Wesen von der anderen Seite, konnte wissen, was er wusste. Er hatte sich gekonnt dumm gestellt, damit sie es nicht bemerken sollte. Das Schicksal hatte sie an seinen Tisch geführt, das musste ein Zeichen sein! Irgendwann würde ihre Zeit kommen, und wenn ihre Zukunft auf der anderen Seite dieser Realität lag, war sie bereit, diesen Schritt hier und jetzt zu tun!

Sie verfolgte ihn bis zum Ausgang; doch noch ehe sie sich an seine Fersen haften konnte, verschwand er um die Ecke und tauchte ein in die tiefschwarze Nacht. Seine Konturen verschmolzen mit dem

Regen und der Schatten verschwand im Nichts. Carrie Brown hatte nicht vor, den Rest der Nacht auf den Straßen zu verbringen. An irgendeinem Tisch ließ sich immer einer finden, der Mitgefühl zeigte und Old Shakespeare einen Gin spendierte. Wieder einmal hatte sie die Gelegenheit verpasst; aber sie war sicher, der Tag war nicht mehr fern, an dem sie ihre neue Königin brauchten!

Old Shakespeare hatte es wirklich fertiggebracht, ihn mit ihrer irrsinnigen Geschichte die Zeit vergessen zu lassen, hatte von ihrer Freundin gesprochen und das Gespräch begonnen, als hätte sie genau gewusst, wer er war. Sie hatte Catherine Eddowes tief ins Herz geschlossen und konnte die Schmerzen über ihren Tod nur noch im Alkohol ertränken.

Ein Blick auf seine Taschenuhr verriet ihm, dass es beinahe halb vier war.

James versuchte soeben, einer größeren Wasserpfütze auszuweichen, als ihm dieser Mann entgegenkam, der noch eleganter gekleidet war als er und ihn beinahe angerempelt hätte. Dieser Kerl entschuldigte sich nicht einmal, sondern ging einfach weiter. Er trug einen langen, schwarzen Mantel und Stiefel, die nicht ganz zugeknöpft waren. Die Lederhandschuhe schienen von hochwertiger Qualität, und in seine Westentasche steckte er gerade eine Goldkette, an der sich eine Uhr und ein goldenes Siegel befanden. Im East End aufzutauchen und mit einer solchen Kette zu winken war töricht, beinahe schon strafbar! Sein Alter ließ sich nicht schätzen, denn sein Gesicht versteckte er unter einem über die Augen gezogenen Filzhut. Der Fremde musste bedeutend jünger sein als er. James trug eine Tasche, der Unbekannte ein Paket. Das Siegel sowie die Art und Weise seines Auftretens kamen ihm vertraut vor. James musste ihm früher schon mal begegnet sein. Dann hörte er das Klappern von Pferdehufen, die eilig näher kamen. Eine edle Kutsche, gezogen von zwei nervös wiehernden Pferden, hielt kurz an und der Mann stieg hinein. Wie aus dem Nichts war sie erschienen und genauso schnell wieder in die Nacht entschwunden. Das Wappen an der Karosse war das gleiche gewesen wie das an seiner goldenen Kette. Die Puzzleteile fügten sich zu einem Bild zusammen, und dann wusste James wieder, woher er ihn kannte. ‚Der Herzog von Clarence' kam ihm blitzartig in den Sinn. Schon einmal hatten sich ihre Wege in Whitechapel gekreuzt, erst vor wenigen Wochen, an jenem Abend, als er sich mit Mary Ann Nichols vergnügt hatte. Am liebsten hätte er den Prinzen bereits damals erledigt und sein Blut zum Schreiben eines Briefes an die Königin verwendet. Seine Gedanken waren furchtbar gewesen und sein Verlangen, sie in die Tat umzusetzen, noch furchtbarer. Und nun war Seine Hochwohlgeboren schon wieder hier gewesen, um seine Lust zu stillen!

Prinz Albert Victor war nur wenige Schritte vor ihm aus diesem steinernen Durchgang gekommen, der zum Miller's Court führte. Ein schmaler Lichtstreifen fiel unter dem Steinbogen durch, hinaus auf die Dorset Street. Es musste das Mondlicht sein, dessen Schein ihn mit geheimnisvoller Magie aufforderte, näher zu kommen; eine andere Lichtquelle gab es nicht. Hinter dem Steinbogen lag eine enge, kopfsteingepflasterte Gasse mit schmalen Reihenhäusern auf beiden Seiten. Ein Lied, wie von einer Engelsstimme, hallte aus der Gasse: *A violet from mother's grave.* James kannte es nicht, aber er hörte, was sie sang - von einer Kindheit, von Erinnerungen vergangener Tage, von Eltern, die verstorben waren, und einem Veilchen, das ein Kind vom Grabe seiner Mutter pflückte.

Die Stimme zog ihn magisch an. Als er die kopfsteingepflasterte Gasse erreichte, sah er sie. Nur wenige Schritte entfernt lehnte sie mit dem Rücken an einer Häuserwand und sang dieses wundervolle Lied. Aber er hatte sich geirrt. James dachte, der Lichtstreifen, der durch den Steinbogen in die Dorset Street fiel, sei der vom Licht des Mondes. Doch hier im tiefsten Dschungel von Whitechapel brannte tatsächlich eine Gaslaterne. Von der gegenüberliegenden Häuserwand warf sie ihr flackerndes Licht und hob dieses wundervolle weibliche Geschöpf wie einen Engel aus der Gosse hervor. Als sie ihn sah, hörte sie zu singen auf.

„Du bist zurückgekommen!", sprach sie ihn an; doch dann, als er näher kam, sah sie, dass sie sich getäuscht hatte. Sie musste den Prinzen gemeint haben. Nur mit ihm hätte sie ihn verwechseln können. Demnach hatte sich der Kerl bei ihr ausgetobt!

Der schwarze Umhang spannte sich über seine Schultern, und sein bleiches Gesicht schimmerte unter dem Rand seines hohen Zylinders.

„Entschuldige, ich habe dich für jemand anderen gehalten", fuhr sie fort und ihr Atem streifte wie eine frische Brise sein Gesicht.

„Nein, nein, du musst dich nicht entschuldigen", entgegnete er und blickte in ihre glänzend blauen Augen. „Ich habe dich singen hören und musste einfach herkommen. Du hast die Stimme eines Engels", hauchte er.

„Hat es dir gefallen?"

„Oh ja, es war wundervoll."

Sie war eine junge, wunderschöne Frau und er spürte, wie sein Verlangen nach ihr wuchs. Sie war noch schöner, als Florence es in der Blüte ihres Lebens gewesen war, und er fragte sich, was wohl dazu geführt hatte, dass eine solche Frau hier in der Kloake der Stadt ihr Zuhause gefunden hatte. Sie gehörte nicht in dieses Loch am Ende der Welt, wo der Strudel der Zeit den Abschaum des Lebens mischte. Sie gehörte seiner Ansicht nach in eine vornehmere Gegend, ins West End oder nach Kensington.

„Du bist so schön", sprach er sie an, und sie bemerkte auf den ersten Blick, dass er ihr verfallen war. James konnte einfach keine Worte finden für das, was er sah.

„So wunderschön", hauchte er.

„Willst du, dass ich für dich singe?"

„Das würdest du tun?"

„Warum nicht? Ich liebe es zu singen, das bereitet mir große Freude."

Sein Herz vollführte einen Freudensprung. Niemals hatte er geglaubt, dass es noch etwas Wunderbareres gäbe als Florence, damals, als sie noch jung und begehrenswert war. Als er Florie kennenlernte, war sie die schönste Rose im königlichen Garten. Eine prachtvollere Rose hatte es niemals zuvor gegeben. Aber diese hier war die Rose aller Rosen und noch viel schöner als Florence. Er durfte sie nicht mehr gehen lassen.

„Wenn du magst, ich wohne gleich hier", entgegnete sie und wies auf die Eingangstür gleich neben ihr.

„Es ist nur eine Einzimmerwohnung, aber für mich reicht es aus", fuhr sie fort, drehte am Knauf und stieß die Tür zu ihrem Zimmer auf. James zögerte, als er von der Dorset Street her Stimmen hören konnte, und sah, wie zwei Männer am Steinbogen vorbei Richtung ‚*Britannia*' gingen. Augenblicklich zog er sich in den Schutz des Schattens zurück. Die beiden Männer hatten ihn nicht gesehen, aber er musste Vorsicht walten lassen. James hätte nie geglaubt, dass hier, hinter dem Steinbogen zur Dorset Street, noch andere kleine Gässchen existierten. Die Wohnung dieses wundervollen Geschöpfs lag genau an einer Ecke. Ein zweiter schmaler Weg führte am Fenster ihrer Wohnung vorbei zu einer Wasserpumpe, die sich nur wenige Schritte entfernt am Ende dieser Sackgasse befand. Er hatte die Pumpe ebenso wie das Loch in der Fensterscheibe, das so groß war wie eine Faust, erst bemerkt, nachdem er sich in den Schutz des Schattens zurückgezogen hatte.

„Nun komm schon herein!", sagte sie, packte ihn am Ärmel und zog ihn zu sich hinein. Es war nur eine kleine, schlichte Einzimmerwohnung, aber sie war warm, aufgeräumt und sauber: das Gegenteil von denen, die er bisher in Whitechapel gesehen hatte. Es gab keine großartige Einrichtung. Eine offene Feuerstelle, in der noch etwas Glut brannte, spendete dem Raum eine wohlige Wärme. Aus der niedergebrannten Feuersglut quollen kleine Feuerzungen und der Geruch des verbrannten Holzes erfüllte das Zimmer mit seinen aromatischen Düften. Rechts daneben stand ein Schrank, und zwischen den beiden Fenstern an der linken Wand ein Tisch sowie ein Stuhl; auf dem Tisch posierte eine kleine Ritterfigur. Vor dem Fenster mit dem Loch hing ein alter Mantel. Sie hatte ihn dorthin gehängt, um die eindringende Kälte abzuhalten, aber er diente auch als Sichtschutz vor neugierigen Blicken. Gleich rechts von der Tür in der hintersten Ecke des Zimmers standen ein Einzelbett und daneben ein Nachttisch.

Sie war keine Engländerin. Ihrem Akzent nach zu urteilen mochte sie aus Irland kommen.

„Du bist nicht von hier", stellte Maybrick fest.

„Nein", sagte sie. „Ursprünglich komme ich aus Limerick. Das ist in Irland", bestätigte sie seine Annahme. „Irgendwann gehe ich zurück nach Limerick. Ich wurde dort geboren, in einem kleinen Haus am See. Im Sommer, wenn die Sonne hinter den Bergen versinkt, taucht sie den See in ein Meer aus Farben. Und dann, wenn der Mond die Sonne verabschiedet, spiegeln sich die Sterne vom Himmel im See wie tausend kleine Funken, und die Wellen, die gegen das Ufer klatschen, hören sich an wie das Rauschen des Meeres.

Aber ich bin auch schon in Paris gewesen, das ist noch nicht so lange her!

Mein Name ist Mary Jane Kelly, aber ich mag es lieber, wenn man mich Marie Jeanette nennt."

„Das ist französisch und gefällt dir besser", entgegnete Maybrick.

„Ich finde, es hört sich klangvoller an, obwohl ich Frankreich und die Franzosen eigentlich nicht so sehr mag."

„Man sagt, die Franzosen seien die besten Liebhaber", forschte Maybrick.

„Ich finde sie eher langweilig", gestand sie.

„Dann sollten wir es uns gemütlich machen. Ein bisschen Holz ins Feuer, und während Flammen das Holz knisternd verkohlen, kümmere ich mich um dich. Wie gefällt dir das?"

„So richtig im Feuerschein?"

„Genau so!"

„Worauf wartest du dann noch? Leg endlich Holz nach!", lachte sie.

James legte einige Scheite auf die verbliebene Feuersglut und schürte sie, bis die Flammen wieder ausreichend das Zimmer erhellten. Dann sah er sich zu ihr um. Sie hatte ihr Haar gelöst. In rötlichen Strähnen fiel es jetzt prachtvoll an ihrer Schulter herab. Mary stellte ihre Stiefel neben die Feuerstelle, so wurden sie warm, und wenn sie sie später wieder anziehen würde, wären sie angenehmer zu tragen. Sie hatte sich schon fast entkleidet; alles, was noch ihre Haut bedeckte, war eine dünne Bluse. Die Kleider legte sie ordentlich zusammengefaltet auf den Stuhl. Mary war keine einfache Hure, das hatte James gleich bemerkt. Sie war eine Edelnutte wie Florie und wusste, was sich gehörte.

„Denkst du, es ist jetzt hell genug?", flüsterte sie. In ihren Augen spiegelte sich das Kaminfeuer.

„Vollkommen! Wir brauchen kein größeres Feuer für das, was wir tun, nicht wahr?"

„Ich denke nicht", entgegnete sie und schmiegte sich an ihn wie eine schmusende Katze. Nachdem sie seinen Mantel abgelegt und ihm die Fliege gelöst hatte, zog sie ihn zu sich aufs Bett. Sie küsste ihn liebevoller, als Florie es je getan hatte. Ihre Küsse verwirrten seine Sinne.

Sie war nur zu bereit sich ihm hinzugeben, aber so wollte er es nicht angehen. Das Ausziehen hatte Mary bereits für ihn übernommen. Er brauchte sich um nichts zu kümmern, sie machte es ihm leicht. Mary Jeanette brauchte nicht ganz nackt zu sein, nur so weit, dass er mühelos an ihr arbeiten konnte. Die Bluse dürfte sie anbehalten.

„Warte, warte ...", hielt er sie zurück. „Ich habe da noch etwas ganz Spezielles für dich, ich muss es nur aus meiner Tasche nehmen."

„Kannst du dir das nicht für später aufheben?", stöhnte sie.

„Nein, nein, du möchtest es bestimmt kennenlernen!", tat er geheimnisvoll. „Sieh nur, ich mache dich mit ihm bekannt. Das Geheimnis der Angst!", krächzte er und hielt ihr die im Feuerschein glitzernde Messerklinge vors Gesicht. „Bald siehst du das Tor zu einer anderen Welt. Ich führe dich an den Ursprung alter Legenden, den Quell menschlicher Ängste, Limerick wirst du nie wiedersehen!", murmelte er.

James stürzte sich auf sie, und genau in dem Moment, als sich seine Hand auf ihren Mund legte, schrie sie: „Mord!"

Es kam nur als schwacher Schrei aus ihrem Mund, aber wenn die Nachbarn noch wach waren, konnten sie ihn hören. Elizabeth Prater und Sarah Lewis hatten ihn gehört. Sie waren direkte Nachbarinnen, aber sie werteten ihn nicht als Hilfeschrei, sondern als banaler Ausruf. Dennoch: Seit Jack the Ripper in der Umgebung sein Unwesen trieb, mussten sie vorsichtiger sein. Sie waren jetzt hellhöriger. Wenn dem Wort noch etwas folgen sollte, würden sie nachsehen. Aber es blieb ruhig. Kein weiterer Schrei, keine weiteren Anzeichen eines Gesprächs.

Mary Jane Kelly konnte nicht mehr schreien, aber sie lebte noch und ihr Herz pochte das Blut weiterhin durch ihre Adern. James hatte sein Messer in ihre Kehle gerammt, und nun betrachtete er sein Werk von oben herab. Sie lag vor ihm und winselte vor Schmerzen, wehrte sich aber nicht mehr. Ihre Augen sahen ihn an, als könnte sie nicht glauben, was mit ihr geschah. Das Blut quoll aus der Wunde und versickerte im Bettlaken. Die Strohmatratze saugte die klebrig-warme Flüssigkeit völlig in sich auf. Wenn er sich anstrengte, konnte er seinen Traum noch verwirklichen. Auf keinen Fall durfte er dieses Gefühl versäumen! Mit einem perfekten Schnitt öffnete er ihren Bauch und blitzschnell tauchte seine Hand in ihren Leib hinein. Er tastete sich an den Gedärmen vorbei, sah die Qualen, die in ihren Augen standen. Mary hatte keine eigenen Gedanken mehr. Die Schmerzen jagten wie eine ungebändigte Glut durch ihren geöffneten Körper. Sie gurgelte ihr eigenes Blut. Und dann spürte er es. Er stöhnte vor Aufregung. Ihr Herz pochte in seiner Hand. Ganz deutlich vernahm er die Schläge, spürte, wie es sich zusammenzog und wieder ausdehnte. Es war unbeschreiblich, ein überwältigendes Gefühl. Seine Hand legte sich fester um diesen pochenden Muskel, und er glaubte zu spüren, wie sich ihre Aorta an seinen Arm schmiegte. Es war zum Verrücktwerden; ein solches Gefühl hatte er sich nicht erhofft. Und dann riss er es heraus. Das letzte Blut schoss hervor, als die Arterien und Venen auseinandergerissen wurden, bespritzte das Bett, die Wände und alles um sie herum. Es pochte noch ein-, zweimal, dann war es still. Im Feuerschein sah er sie dort liegen. Die Rose der Nacht hatte ihre Farbe für immer verloren, das Leben sie für immer verlassen. Nun war es an ihm, das Werk zu vollenden. Mary brauchte nur noch still zu liegen und sie würde ihm gehören! Ihre Augen waren leer. Jetzt war sie wie Florie, nur noch eine einfache Rose! Hätte er sie in seiner Jugend kennengelernt und sie wäre seine Frau geworden, hätte es Jack the Ripper vielleicht nie gegeben, aber der Himmel hatte es anders gewollt!

‚*A violet from mother's grave*', klang die Melodie wie Geistermusik in seinen Ohren. Das Lied wollte nicht mehr aus seinem Kopf. Die Zahnräder der Zeit drehten sich weiter und das Lied wurde eins mit seinen Gedanken.

Die Blutspritzer hatten unzählige Tropfen an den Wänden hinterlassen und das Blut lief an der Wand herab, wie kleine Flüsse auf einer Landkarte. Mit dem Finger zog er einen Buchstaben hinein, das *M* für Maybrick. Eine Idee, die ihm spontan gekommen war. Ob sie ihn bemerken würden?

Im Licht des Feuerscheins begann er die Organe aus ihr herauszuschneiden. Schade, dass sie so schnell von ihm gegangen war, aber immerhin hatte sie gespürt, wie er ihr Herz in Händen hielt, hatte gefühlt, als er es so liebevoll entfernte. Sie hatte mehr vom Tod gehabt als alle anderen, aber die waren auch nur einfache Huren gewesen. Eine Edelnutte musste edler behandelt werden, und dafür hatte er gesorgt! Er würde sich Zeit lassen, sein Meisterstück zu vollenden, wer sollte ihn hier schon stören? Es gab keine Ecken, keine öffentlichen Zugänge wie am Mitre Square. Sie hatte ihn an den geeignetsten Ort geführt, den man sich für ein solches Projekt nur wünschen konnte.

Sein Gesicht war weiß und wächsern geworden, und die Blutspritzer stachen wie Masern daraus hervor. Seine Zähne schimmerten, und er konnte ihren köstlichen Saft schmecken, der über seine Wange in den Mund lief. Ein satanisches Lächeln flog über sein Gesicht. Keiner, der sie gekannt hatte, sollte sie wiedererkennen. In einem Wutanfall zog er das Messer durch ihr Gesicht. Für Jack the Ripper gab es keinen Grund jetzt aufzuhören. Mary sollte zu seinem Meisterwerk werden! Er hatte fast alles erreicht, was es zu erreichen gab! Er würde alle vernichten, selbst wenn er dafür bis ans Höllentor gehen musste.

Beim letzten Mal hatte er die Niere mitgenommen. Sie hatte köstlich geschmeckt und er hatte sich vorgenommen, diesmal auch eine Niere mitzunehmen. Aber war das Herz nicht die Krönung des Ganzen? Mary war so vollkommen und er durfte sich ihr Herz nehmen, wann immer er Lust dazu verspürte. Es gab keinen Grund, warum er nicht davon kosten sollte. Mary war besser als alle anderen gewesen, er durfte sie jetzt nicht enttäuschen. Ihr Herz würde auf ewig ihm gehören! James öffnete seine Tasche und ließ es hineingleiten. Er betrachtete es ausgiebig, sah die abgerissenen Adern hervorstehen. James wusste nicht genau, ob es Arterien oder Venen waren. Es schlug nicht mehr, aber es wirkte so riesig. Sein Volumen füllte die Tasche nahezu vollständig aus.

Über den Dächern von London würde bald schon die Sonne aufgehen. Die Dämmerung hing bereits wie ein Hauch dünnen, rauchigen Nebels in der Luft und verwischte allmählich die düsteren Konturen der Häuser und Straßenschluchten; aber das Licht der roten Morgensonne war noch nicht kräftig genug, die Nacht vollkommen zu durchdringen und aufzulösen.

Maybrick schwieg und schaute schmunzelnd ins Feuer. Er war tief in Gedanken versunken, und als er kurz vor 6 Uhr das Zimmer verließ, roch es nach Blut und zerrissenem Fleisch. Ihren Kopf hatte er der Tür zugedreht, damit er ihr ein letztes Mal in die Augen sehen konnte, wenn er sich für immer verabschiedete. Wenn er jetzt auch von ihr ging, ihr Bild würde auf ewig in seiner Erinnerung bleiben.

Das Zimmer war stark verwüstet. Kleine Fleischpartikel hingen an beiden Wänden über dem Bett, aber das größte Stück Fleisch hatte er auf dem Bett zurückgelassen, und dieses war noch wüster zugerichtet als alles Übrige im Zimmer.

Ihren Körper hatte er in die Mitte des Bettes gezogen, ihren linken Arm angewinkelt über ihren Unterleib gelegt. Die Finger ihrer linken Hand bohrten sich in ihre geöffnete Bauchhöhle. Ihre Beine waren gespreizt und ihre Schenkel der Begierde ausgerichtet. Beide Brüste waren mit sauberem Schnitt abgetrennt. Die Oberfläche des Unterleibs und das Muskelfleisch der Schenkel waren so weit entfernt, dass zum Teil die blanken Knochen herausragten. Inzwischen bereute er es, dass er ihr Gesicht in einem Wutanfall bis zur Unkenntlichkeit zerhackt hatte. Eine der beiden Brüste lag neben ihrem rechten Fuß, die andere, an der noch ein größerer Teil der Bauchwand hing, hatte er benutzt um ihren Kopf anzuheben. Sie wirkte wie ein Kissen! Knochensplitter hingen aus dem Hals hervor, das Halsgewebe war sauber abgetrennt. Vergeblich hatte er versucht den Kopf abzuschneiden, das verdammte Ding saß fester, als er gedacht hatte. James fragte sich, ob es überhaupt möglich war, den menschlichen Kopf mit einem einfachen Messer zu entfernen. Die inneren Organe lagen durchs ganze Zimmer verteilt, die Gedärme zur rechten und die Milz zur linken Seite des Körpers. Alles musste seine Ordnung haben. Vom Nachttisch hingen Hautlappen des Unterleibs herunter. Ein letzter Blick zurück verriet ihm, dass er eine gute Arbeit hinterlassen hatte, ein Werk, wie Abberline es brauchte. War er nicht der Professionellste unter ihnen?

James' Sinne waren verwirrt. Er konnte sich nicht mehr an alles erinnern, was er mit Mary angestellt hatte. Er hatte sie geliebt, wie er Florie einst geliebt hatte, und dann am frühen Morgen einfach verlassen. Er hatte sich etwas an der Wasserpumpe gereinigt, zwar nur die Stellen, wo man das Blut hätte bemerken können, wenn er auf offener Straße mit seiner Tasche an den ahnungslosen Passanten vorbeiging, aber das reichte. Der Anzug verdeckte den Rest des Blutes, das an ihm haftete wie die Erinnerungen an den schönsten Tag in seinem Leben. Wenn er wieder in seinem Zimmer in der Wentworth Street war, hatte er Zeit genug, sich sorgfältig zu waschen. An diesem Herbsttag hatte er sie verlassen, aber das Gewicht ihres Herzens spürte er ganz deutlich. Braten würde er es nicht; er würde es kochen, und wenn er es verzehrt hatte, würde ein Teil von ihr für immer in ihm sein.

32. KAPITEL

Lord Major's Day

Whitechapel, 9. November 1888

Am gleichen Morgen, dem jährlichen Tag der Feierlichkeiten zu Ehren des Londoner Bürgermeisters, drängte sich Thomas Bowyer durch die Menschenmenge in den Straßen. Er war auf dem Weg zum Millers Court Nr. 13. John McCarthy, der Vermieter der Millers-Court-Wohnungen, hatte ihn damit beauftragt, die ausstehende Miete von Mary Jane Kelly einzutreiben. Sie war seit Wochen überfällig und McCarthy wollte nicht mehr länger warten. Wenn sie heute nicht zahlen konnte, würde er sie auf die Straße setzen. Doch als Bowyer an die Wohnungstür klopfte, bekam er keine Antwort. Noch einmal pochte er gegen die Tür, dieses Mal energischer.

„Komm schon, Mary! McCarthy möchte endlich sein Geld, sonst setzt er dich auf die Straße!"

Mary sollte endlich wissen, dass mit ihm nicht mehr zu spaßen war, doch die Tür blieb verschlossen. Sie musste zu Hause sein; wäre sie ausgegangen, hätte er ihr im ‚*Ten Bells*' oder dem ‚*Britannia*' begegnen müssen, aber dort war sie nicht gewesen. Gleich um die Ecke gab es ein Fenster, vielleicht würde sie ja durchs Fenster mit sich reden lassen. Doch vor demselben hing ein alter Mantel und verdeckte die Sicht ins Innere. Mary musste mit seinem Besuch gerechnet haben und hatte ihn als Vorhang benutzt. Bowyer sollte wirklich denken, sie sei nicht zu Hause. Bei ihrer Rechnung jedoch hatte sie die zerbrochene Scheibe vergessen! Erst vor wenigen Wochen war er am späten Abend noch bei ihr gewesen. Manche Nächte vergnügte er sich mit ihr, manch andere verbrachten sie nur mit Reden. Bowyer wollte nicht, dass McCarthy sie hinauswarf, und für die Stunden, die er bei ihr mit Reden verbrachte, zahlte er ihr genauso viel wie für die Stunden, wenn ihnen der Sinn nach angenehmeren Dingen stand. Mary hatte Stammkunden, die in regelmäßigen Abständen kamen, Kunden wie Prinz Albert Victor. Für Bowyer war es längst kein Geheimnis mehr, dass der Herzog von Clarence seine Liebesspiele mit ihr trieb. Mary hatte es ihm selbst erzählt, in jener Nacht, als sie sich völlig betrunken bei ihm ausheulte. Zum hundertsten Mal hatte sie ihm offenbart, dass sie es in diesem nach Jauche stinkenden Drecksloch nicht mehr aushalten würde, und wenn sich eine Gelegenheit böte, würde sie wieder zurück in ihr geliebtes Limerick ziehen. Warum aber versteckte sie sich jetzt vor ihm hinter diesem kaputten Fenster? Mary wusste genau, dass sie mit ihm reden konnte. Wenn sie wieder einmal in einer Notlage war, würde er ihr auch ein weiteres Mal behilflich sein, das hatte er sich geschworen.

Vor wenigen Tagen hatte sie einer Freundin erlaubt, bei ihr zu übernachten, aber Bowyer hatte kurzen Prozess gemacht. Mary zahlte nicht dafür, dass zwei Nutten im gleichen Zimmer die Nacht verbrachten. Sie bezahlte nur für sich selbst und ihre Gelegenheitsbesucher. Also hatte er kurzerhand ihre Freundin aus dem Zimmer verjagt. Mary war wütend gewesen. Aber wenn ihr Vermieter Wind davon bekommen hätte, wäre sie mitsamt ihrer Kameradin auf der Straße gelandet, und was dann aus ihr geworden wäre, sah man ausreichend an ihren anderen Vertrauten! Mary hatte mit einem Tonbecher nach ihm geworfen und ihn als Unmenschen beschimpft. Der Becher aber hatte ihn verfehlt und die Fensterscheibe zertrümmert. Sie hatte ihn aufgefordert, das Fenster zu ersetzen, aber er hatte ihr verständlich gemacht, dass sie zuerst ihre Miete zahlen müsse. Dieser Vorfall kam ihm jetzt zugute.

Bowyer griff durch das zerbrochene Fenster, schob den Mantel beiseite und spähte hinein. Auf den Anblick, der sich ihm nun bot, war er nicht gefasst. Er hatte gehofft, Mary zu überraschen; aber stattdessen überraschte sie ihn, als er durch das Fenster eine grausig zerstückelte Leiche auf dem Bett liegen sah. Bowyer war außer sich, als er McCarthy, ihren Vermieter, zum Millers Court führte.

„Ich weiß nicht, ob es Mary ist, ich weiß nicht einmal, ob es eine Frau ist! Es sieht aus wie das Werk des Teufels!“, berichtete er schockiert über das Bild, das sich ihm eingebrannt hatte. Bowyer wünschte sich, es wäre eine ihrer Freundinnen, der sie wieder einmal erlaubt hatte, hier zu übernachten. Sollte McCarthy sie nachher ruhig auf die Straße setzen, alles war besser als das!

Ob es sich um Mary handelte, konnte McCarthy auch nicht sagen. Wortlos war er wieder verschwunden und hatte Bowyer wie einen dummen Jungen zurückgelassen. Aber nur wenige Minuten später kehrte er mit einem Polizisten zurück. Er war Inspektor Walter Beck in der Commercial Street begegnet und hatte ihm von ihrem Fund in Millers Court berichtet. Beck ließ sofort Abberline benachrichtigen, und der informierte George Godley. Abberline hatte sie zurückgehalten, als sie versuchten, sich Eintritt in die Wohnung zu verschaffen.

„Wir brauchen Sir Charles Warren! Unbedingt!“, schrie er sie an. „Die Tür bleibt zu, bis er hier ist! Er soll die Bluthunde mitbringen“, rief er Beck zu, den er damit beauftragt hatte, Sir Charles umgehend zu verständigen. Aber stattdessen kam Superintendent Arnold. Arnold unterrichtete Abberline, dass Sir Charles mit seinen Bluthunden Burgho und Barnaby nicht mehr kommen würde. Vor ein paar Tagen erst hatte man den Innenminister und Warren aufgefordert, zurückzutreten. Als unfähige, alte Narren hatte man sie bezeichnet, und wieder einmal war es zu Auseinandersetzungen zwischen dem Ministerium und Warren gekommen. Sir Charles hatte ihnen erklärt, wenn es unfähige Idioten im Raum gab, er es mit Sicherheit nicht sei. Das Innenministerium aber ließ sich seine Frechheiten nicht mehr bieten. Zu oft war er bereits ausfallend geworden, zu oft mit seinen Unverschämtheiten durchgekommen. Wenn er wenigstens Resultate aufzuweisen hätte …, aber selbst die gab es nicht.

Sir Charles hatte vor, den Fall Jack the Ripper auf seine Art zu lösen, und versuchte partout seinen Willen dem Innenministerium aufzudrängen. Um weiteren Streitigkeiten aus dem Weg zu gehen, hatten die zuständigen Regierungsbeamten ihn fristlos seines Amtes enthoben. Sie würden einen anderen finden, einen, der für diesen Posten geeigneter war als er. Unter ihnen gab es bestimmt einen Ja-Sager, einen, der das, was sie taten, nicht in Frage stellte und dem langen Arm des Gesetzes gegenüber blind gehorsam war.

Nun stand Abberline hier vor einer verschlossenen Tür und wartete auf einen Chefinspektor mit seinen Bluthunden, der nicht mehr kommen sollte. Er war verzweifelt. Die Pläne, die sie gemeinsam entwickelt hatten, waren schlagartig vernichtet. Arnold war gegen den Versuch mit Burgho und Barnaby gewesen; die Polizei würde diese

Arbeit machen, und keine hirnlosen Tiere. Wieder einmal endete die Nachforschung in einer Sackgasse, wieder verloren sich die Spuren im Nichts.

„Wie sieht das wohl aus, wenn wir Hunde unsere Arbeit erledigen lassen?“, schrie er Abberline an und lehnte diese Vorgehensweise noch einmal strikt ab.

„Warren hatte sowieso eine merkwürdige Art vorzugehen. Sie kennen nun das Resultat! Ich werde mich nicht vor den Zeitungen und der Nation lächerlich machen. Die ganze Welt würde mich für inkompetent erklären!“

Abberline müsse sich etwas anderes einfallen lassen, einen anderen Weg finden, sobald er wieder auf sich selbst gestellt sei. Wie dieser Weg aussehen sollte, wusste er noch nicht. Aber wie es im Zimmer aussah, erfuhren sie, als Superintendent Arnold die Tür des Schreckens mit einer Axt zertrümmern ließ.

Er hatte schon viel Schauriges gesehen, aber das hier stellte alles in den Schatten. Godley war gleich wieder aus dem Zimmer geeilt, war um die Ecke zur Wasserpumpe gerannt und hatte sich dort übergeben. Den ganzen Morgen über wurde das Zimmer untersucht, die Leiche nicht bewegt. Jack the Ripper hatte nichts zurückgelassen, was für ihn gefährlich werden konnte. Nichts deutete darauf hin, wer er war, bis auf das *M*, das, von allen übersehen, neben Mary an der blutigen Wand im hintersten Teil des Zimmers stand. Wie ein Auge aus einer anderen Welt wachte es, für alle sichtbar und doch versteckt, über das Geschehen. Arnold hatte einen Fotografen beauftragt, den Tatort auf Bildern festzuhalten. Diesmal gab es keine Andeutung für einen rassistischen Hintergrund wie im Goulston-Street-Vorfall. Erst nachdem die Leiche fotografiert und das Zimmer fertig untersucht worden war, wurde die Tote, von der man annahm, dass es sich um Mary Jane Kelly handelte, ins Leichenschauhaus überführt. Dr. Thomas Bond und Dr. George Bagster Phillips kümmerten sich um die Obduktion. Überraschenderweise ergab die Autopsie, dass Mary Jane Kelly im dritten Monat schwanger war. Der Vater jedoch war unbekannt. Insgeheim wurde gemunkelt, Thomas Bowyer sei der Vater. Bowyer aber tippte auf den Herzog von Clarence, nur er alleine konnte der Vater sein. Mary hätte es ihm längst gesagt, wenn er es gewesen wäre, dafür verstanden sie einander zu gut. Wäre er der Vater gewesen, hätte er dazu gestanden und Mary würde noch leben! Keiner wusste, dass Bowyer in den meisten Nächten nur zum Reden bei ihr gewesen war. Wenn es für jemanden einen Grund gegeben hätte, Mary zu töten, dann für den Herzog von Clarence. Mary hatte es dem Herzog erzählt, als sie erfuhr, dass sie ein Kind von ihm unter ihrem Herzen trug. Ein herzogliches Kind, geboren von einer Nutte in Whitechapel, würde einen Skandal ohnegleichen heraufbeschwören! Der einfachste Weg ihn zu vermeiden war Mary's Tod. Bowyer glaubte fest an seine Theorie, doch er schwieg, um nicht selbst in Gefahr zu geraten.

Zehn weitere Tage sollten vergehen, Tage, die wie Säure am Fall Jack the Ripper fraßen; jede Spur, der sie nachgingen, endete im Nichts. Mary sollte nie wieder in ihr Heimatdorf nach Limerick zurückkehren. Am 19. November 1888 wurde sie auf dem Saint-Patrick-Friedhof in Leytonstone beerdigt. Eine gewaltige Menschenmenge hatte an dem Trauerzug teilgenommen, und immer mehr Menschen hatten sich ihm angeschlossen. Manche hatten sie gekannt, andere nicht, aber jedem einzelnen von ihnen war es wichtig, sie auf ihrem letzten Weg zu begleiten.

Jede Woche besuchte Bowyer ihr Grab. Er stand lange da, allein in dieser ungewohnten Stille, bis er endlich begriff, dass Mary nie mehr zurückkehren würde. Mary hatte es ihm sagen wollen. Bowyer musste erfahren, dass er der Vater ihres Kindes war. Beim nächsten Mal, wenn sie gemütlich zusammensaßen und die Nacht mit Reden verbrachten, wollte sie ihn damit überraschen. Mary war sicher, Bowyer würde sie heiraten und gemeinsam mit ihr nach Limerick ziehen. Tief im Herzen fühlte sie, dass ihr Traum vom kleinen Haus am See doch noch wahr werden sollte. Aber Jack the Ripper hatte ihr Leben und ihren Traum genommen und Bowyer sollte nie erfahren, dass er der Vater ihres ungeborenen Kindes war.

So vergingen viele Jahre. Das Frühjahr brachte Regen, der Sommer Sonne, der Herbstwind wehte die gefallenen Blätter über den Friedhof und der Winter legte eine weiße Schneeschicht auf das Grab. Bowyer zog es in jeder Jahreszeit zu Mary's Grab, aber er hatte sich damit abgefunden, dass nur die Erinnerungen an sie blieben.

Und dann, in jener Herbstnacht, glaubte er ihre Stimme zu hören. Die Geister der Ermordeten waren alle da, und er spürte die Tränen der Engel, als sie vom Himmel auf ihn herniederfielen.

33. KAPITEL

Der Herbst des Schreckens

James Maybrick war nach dem 9. November nach Liverpool zurückgekehrt. Wer würde die Nächste sein, die Angst vor ihm haben sollte? Wie würde sie heißen?

Er hatte sich vorgenommen, weiterhin in Whitechapel zu wüten, doch mit den Tagen, die vergingen, verschlechterte sich sein Gesundheitszustand, und seine Opiumtinktur, die er sich in immer höheren Dosierungen verabreichte, führte ihn am 11. Mai, einem sonnigen Frühlingsmorgen, hinüber ins Reich der Toten. Die Umstände seines mysteriösen Todes wurden untersucht. Eine Analyse ergab, dass für seinen plötzlichen Tod eine Überdosis Arsen verantwortlich war. Michael Maybrick wollte nicht ruhen, bevor die Schuldige gefunden war. Er war sicher, dass Florence ihren Mann wegen ihrer Seitensprünge umgebracht hatte.

Niemand erinnerte sich daran, dass James Maybrick sich während seines Aufenthaltes in Norfolk an Malaria infiziert hatte. Als Gegenmittel für sein Leiden hatte der Arzt ihm Arsen verschrieben. Er sollte es einnehmen, bis es ihm wieder besser ging. James aber nahm es weiter, auch noch nach seiner Genesung. Dieses Pulver offenbarte ihm ganz andere Bewusstseinshorizonte: Türen, die vorher verschlossen waren, öffneten sich und zeigten ihm das Leben von einer völlig neuen Seite. Aber das Gift machte ihn auch für den Rest seines Lebens abhängig.

Ob Florie ihm wirklich untreu war oder alles sich in seiner Fantasie abgespielt hatte, konnte nicht geklärt werden. Für Michael war Florie, James' vom Teufel besessene Frau, die Schuldige. Sie hatte schon immer diesen hinterlistigen Blick gehabt, den Blick einer Mörderin! Alfred Brierley war ein Freund der Familie; James hatte ihn als Ehebrecher und sie als Nutte bezeichnet. Waren es Halluzinationen oder Tatsachen, die ihn bis zum Äußersten trieben? Entsprach die Geschichte der Wahrheit oder handelte es sich um reine Fiktion?

Florie wurde ein Prozess gemacht. Er endete mit einem Schuldspruch und sie wurde zu lebenslangem Zuchthaus verurteilt. Viele Jahre später wurde ihr Fall erneut aufgerollt. Plötzlich gab es andere Beweise im Todesfall James Maybrick. Anhaltspunkte, die vorher übersehen worden waren, eröffneten neue Perspektiven. Florie wurde wieder freigesprochen und starb am 23. Oktober 1941. Sie war nie wieder zum Battlecrease House am Mersey River zurückgekehrt.

34. KAPITEL

Liverpool, 11. Mai 1989

Rick Maybrick war nach seinem Urlaub, den er sich seines toten Freundes wegen genommen hatte, nicht wieder nach London zurückgekehrt. Die Spuren seines letzten Aufenthalts führten nach Liverpool.

Seinen Rover fand man in der Auffahrt zum Battlecrease House und seine Leiche im selben Bett, in dem auf den Tag genau vor hundert Jahren die Leiche seines Urgroßvaters gefunden worden war. Offiziell hieß es, er sei im Schlaf gestorben, doch die Autopsie hatte etwas anderes ergeben. Er war, wie schon sein Urgroßvater, an einer Überdosis Arsen verstorben. Rick Maybrick aber hatte nie Drogen genommen. Der Einzige, der dies hätte bezeugen können, war sein Freund Jonathan Peltzer, doch der war tot. Ricks Leichnam wurde nach London überführt. Begraben wurde er auf dem Saint-Patrick-Friedhof in Leytonstone, und wenn die Dunkelheit ihre Schatten über die Stadt warf und die Ruhe der Nacht sich über die Gräber legte, war es, als könnte man zwei Stimmen hören. Stimmen, die aus dem nassen Erdreich drangen und von vergangenen Zeiten erzählten.

‚*A violet from mother's grave*', ein uraltes Lied und kaum noch bekannt, wurde vom Wind durch die Nacht getragen, und ein kleines Geistermädchen tanzte an einem Grab. Nachdem das Lied in der fernen Nacht verklungen war, kniete es nieder und pflückte das letzte Veilchen vom Grabe seiner Mutter; und jeder aufmerksame Anwesende hätte das Geisterkind sehen können, bevor es wieder hinunter ins dunkle Erdreich verschwand.

Am Ende, bevor die unheimliche Stille sich wieder über die Gräber legte, erzählte die andere Stimme ihre mysteriöse Geschichte, die einst so traurig begonnen hatte, und Mary hörte ihm aufmerksam zu. Sie hatte alle Zeit der Welt.

Und noch heute, wenn die Dunkelheit sich über Leytonstone legt, kann man sie manchmal im Winde hören.

„Damals, am Freitag nach dem Begräbnis meines Freundes Jonathan Peltzer, lenkte ich meinen Wagen zum südlichsten Zipfel von Wales. Dort schlängelt sich eine schmale Landstraße die gewundene Küstenlinie entlang, von Cardiff nach Liverpool. Unweit des Dorfes Pembroke zweigt eine kaum befahrene Nebenstraße von der Küstenstraße ab und führt nach und nach, beinahe wie zufällig, ins Landesinnere, wobei die Straße ...“

Nachtrag

Mit der Ermordung Mary Jane Kellys endete die Mordserie; aber die Untaten Jack the Rippers sollten für immer unvergessen bleiben. Jedes Jahr, wenn der Spätsommer kam und die Tage kürzer wurden, schritten Menschen in Scharen durch die Gassen, die blutigen Verbrechen des Whitechapel-Mörders nachzuerleben. Mit dem Herbst gingen sie wieder und ließen dem kalten Winter seine Aufgabe, die Schneeflocken durch die engen Gassen zu treiben. Im nächsten Sommer würde man sich wieder an fünf Frauen erinnern, die auf unglaublich grausame Weise aus dem Leben gerissen worden waren. Immer wieder erzählte man sich die Geschichte, wofür sie gelebt und warum sie gestorben waren. Und so ist es bis heute geblieben.

Die Orte sind noch immer dieselben. Aber die Zeit verändert ihre Erscheinung, und wenn man in den dunklen Herbstnächten durch Whitechapel wandert, kann man manchmal, am Ende der Dorset Street, einen Schatten im Nebel stehen sehen, einen Mann mit Schnurrbart und schwarzer Tasche, hinunterblickend zur Fournier Street.

JAMES UND FLORENCE MAYBRICK

Wer war Jack the Ripper?

Vom 30. August bis zum 7. November 1888 durchstreifte ein Schatten auf der Suche nach Prostituierten die Gassen des Londoner Stadtteils Whitechapel. Bei seinem Streifzug hinterließ er eine Spur des Grauens. Sein Name und seine Identität liegen genauso im Dunkeln wie die Gassen, in denen er zuschlug. Die Brutalität seiner Morde schockierte die ganze Welt, und die wenigen Wochen, in denen er London in Aufruhr versetzte, sollten als „Herbst des Schreckens" in die Annalen der Geschichte eingehen.

Ein Wahnsinniger? Möglicherweise. Sicher aber der erste Serienmörder, der durch seine bestialische Vorgehensweise weltweit traurigen Ruhm erlangen sollte. Mit roter Tinte geschriebene Briefe tauchten auf, unterzeichnet mit „Jack the Ripper". Rasant breiteten sich die Neuigkeiten über die ganze Welt aus. Der Verfasser hatte sich einen ebenso geheimnisvollen wie brutalen Namen gegeben, die Sensation war perfekt. Doch wer war dieser Jack the Ripper? Stammten die Briefe vom wirklichen Täter oder von einem „Trittbrettfahrer", gar einem sensationslüsternen Reporter?

Es gab massenweise Verdächtige im Ripper-Fall, darunter Prinz Albert Victor, der älteste Sohn des späteren Königs Edward VII., Sir William Gull, der Hausarzt von Königin Victoria, und Aaron Kosminski, ein geisteskranker Pole. Fest steht: Jack the Ripper bleibt auch nach über 125 Jahren ein Phantom!

1993 veröffentlichte Shirley Harrison „Das Tagebuch von Jack the Ripper", verfasst von einem gewissen James Maybrick, einem Baumwollhändler aus Liverpool. Das Tagebuch, anfänglich von Experten für echt befunden, wurde später als Fälschung bezeichnet. Tatsache ist: 1888 gab es im Ripper-Fall Spuren, die nach Liverpool führten. Darüber hinaus ist nicht von der Hand zu weisen, dass James Maybrick drogenabhängig war. Obwohl er seines Berufes wegen viel in der Welt umherreiste, hielt er sich zur Zeit der Morde in England auf. Die Affären seiner Frau Florence könnten in ihm einen unbändigen Hass auf Frauen entfacht haben. Ein Tatmotiv? Als Ausgangspunkt für diesen Thriller jedenfalls eine interessante Theorie ...

Mary Jane Kelly
9. November
2
HANBURY St.
5
DORSET St.
COMMERCIAL STREET
BRICK LANE
BISHOPSGATE
MIDDLESEX St.
GULSTON St.
HOUNDSDITCH
CHAPE
WHITE
DUKE St.
ALDGATE
MITRE St.
4
LEADENHALL St.
MINORIES
Catherine Eddowes
30. September
THE TOWER

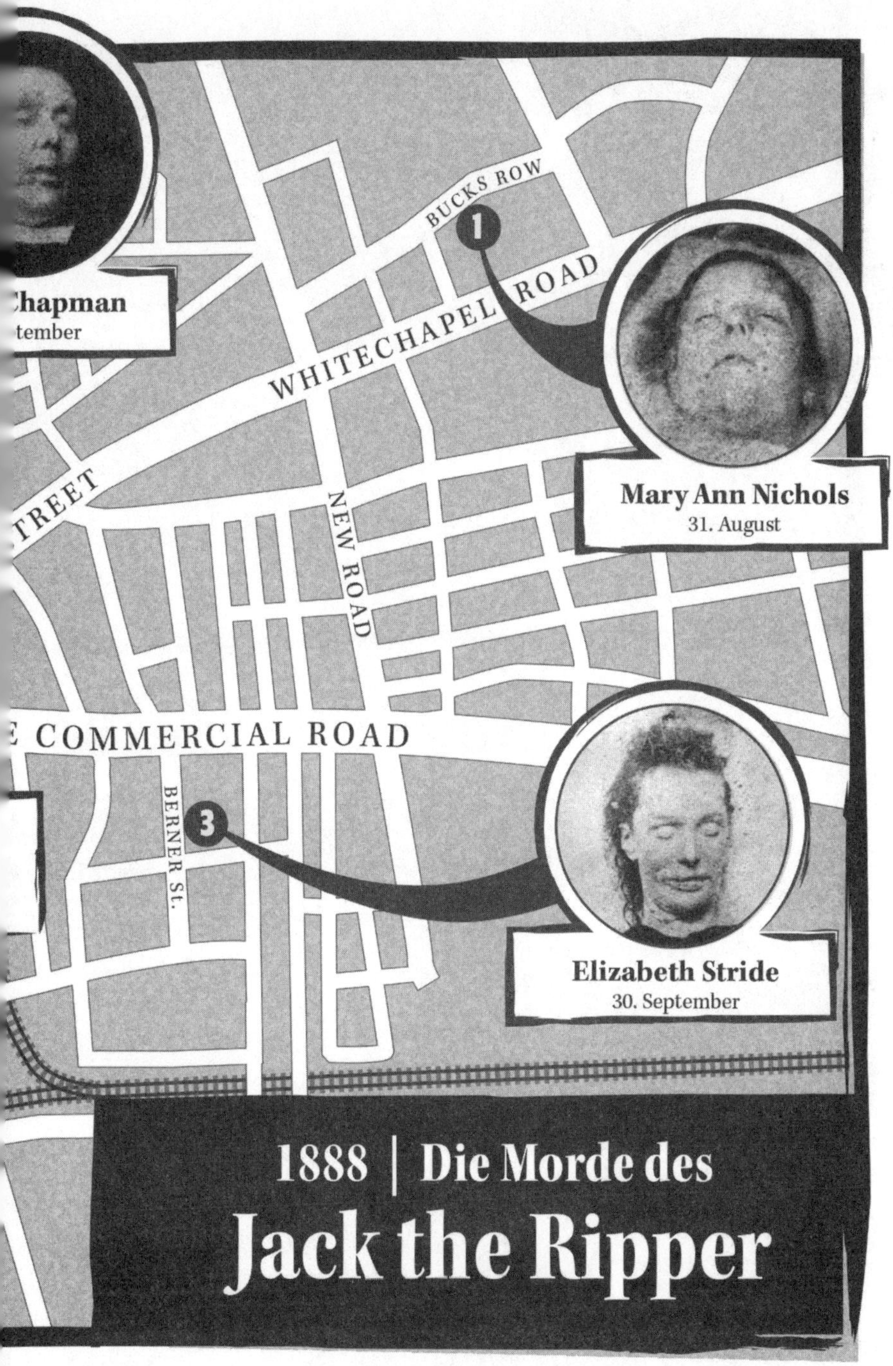

1888 | Die Morde des Jack the Ripper